HEYNE <

Das Buch

Der Wurrling Tipperton Thistledown glaubt sich dem Ende seiner Reise nahe: Gemeinsam mit seinen Gefährten ist er den Horden des Schwarzmagiers Modru entkommen, er hat gefährliche Ödwälder durchwandert und konnte dem feurigen Zorn eines mächtigen Drachens entfliehen.
Doch als es den unerschrockenen Freunden endlich gelingt, Aven zu erreichen, das Land König Agrons, beginnt für sie das größte Abenteuer ihres Lebens: Denn der unerbittliche Magier Modru setzt seine finstere Macht ein, um Tipperton und seine Gefährten daran zu hindern, ihren geheimnisvollen Auftrag zu Ende zu führen – und er schreckt vor keinem Mittel zurück. Die Freunde beginnen zu ahnen, dass das Schicksal des gesamten magischen Kontinents Mithgar allein in ihren Händen liegt ...

Dennis L. McKiernans MITHGAR-Romane:

Bd. 1: Zwergenkrieger
Bd. 2: Zwergenzorn
Bd. 3: Zwergenmacht
Bd. 4: Elfenzauber
Bd. 5: Elfenkrieger
Bd. 6: Elfenschiffe
Bd. 7: Elfensturm
Bd. 8: Magiermacht
Bd. 9: Magierschwur
Bd. 10: Magierkrieg
Bd. 11: Magierlicht
Bd. 12: Drachenbann

Der Autor

Dennis L. McKiernan, geboren 1932 in Missouri, lebt mit seiner Familie in Ohio. Mit seinen Romanen aus der magischen Welt Mithgar gehört er zu den erfolgreichsten Fantasy-Autoren der Gegenwart.

DENNIS L. McKIERNAN

MAGIER KRIEG

Roman

Deutsche Erstausgabe

WILHELM HEYNE VERLAG
MÜNCHEN

Titel der amerikanischen Originalausgabe
HÈL'S CRUCIBLE: INTO THE FIRE – PART 1
Deutsche Übersetzung von Wolfgang Thon

FSC
Mix
Produktgruppe aus vorbildlich bewirtschafteten Wäldern und anderen kontrollierten Herkünften
Zert.-Nr. SGS-COC-1940
www.fsc.org
© 1996 Forest Stewardship Council

Verlagsgruppe Random House FSC-DEU-0100
Das für dieses Buch verwendete
FSC-zertifizierte Papier *München Super*
liefert Mochenwangen.

Deutsche Erstausgabe 08/2007
Redaktion: Joern Rauser

www.heyne.de
Printed in Germany 2007
Titelillustration: Arndt Drechsler
Umschlaggestaltung: Nele Schütz Design, München
Satz: C. Schaber Datentechnik, Wels
Druck und Bindung: GGP Media GmbH, Pößneck

ISBN: 978-3-453-52280-0

Den Tanque Wordies und den
anderen Schreibergruppen,
deren Ziel es ist, die Qualität dessen zu steigern,
was andere Menschen lesen.

Ein Teil von Mithgar

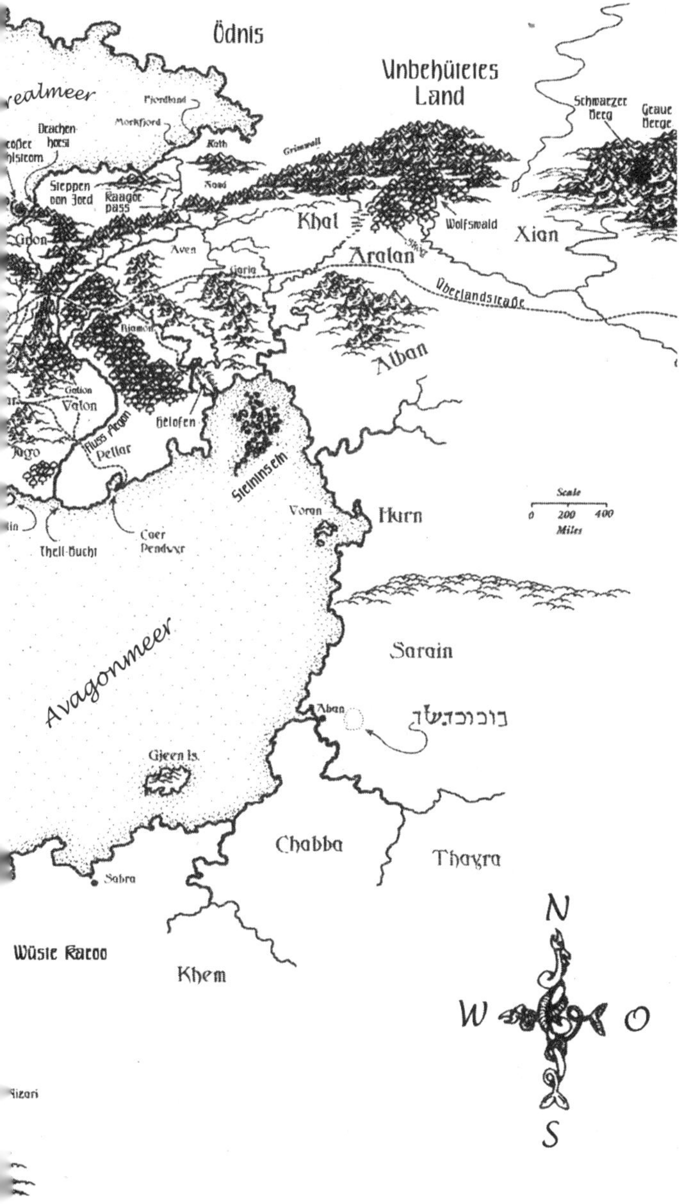
Ödnis
Unbehütetes Land
Schwarzer Berg
Graue Berge
Fjordland
Morkfjord
Drachenhorst
Koth
Grimwall
Steppen von Jord
Raagorpass
Khal
Wolfswald
Xian
Aralan
Aven
Goria
Überlandstraße
Alban
Valon
Fluss Argon
Pellar
Helofen
Steininseln
Voran
Hurn
Scale
0 200 400
Miles
Thell-Bucht
Caer Pendwyr
Sarain
Avagonmeer
Aban
Gjeen Is.
Chabba
Thayra
Sabra
Wüste Karoo
Khem
N
W
O
S

Aven
N
W
O
S
Gron
Dendor
Jallor Pass
Skarpal-Massiv
Aven
Minenburg Nord
Dael
Kristallfluss
Riamon
Rondor
Darda Galion
Valon
Hèlofen
Gjeen
Fluss Argon

Vorwort

In meinem Leben habe ich zahlreiche Geschichten über Menschen mit einer besonderen »Macht« oder Fähigkeiten gelesen, oder aber über Leute, die sich für ganz gewöhnliche Menschen halten, in Wirklichkeit jedoch Söhne und Töchter von Königen oder Zauberern oder dergleichen sind und an irgendeinem verborgenen Ort versteckt werden, an dem die Mächte des Bösen nicht suchen. In diesen Geschichten werden sie plötzlich mitten ins Getümmel geworfen, und ihre »Macht«, die ungewöhnlichen Fähigkeiten oder ihre Herkunft geben plötzlich den entscheidenden Ausschlag.

Das sind keineswegs Geschichten über gewöhnliche Menschen, die in ungewöhnliche Situationen geraten und sich bemühen müssen, dieser Herausforderung zu begegnen; nein, sie handeln stattdessen von ungewöhnlichen Menschen mit »Macht« und Herkunft und Fähigkeiten, und man weiß als Leser von Anfang an ganz genau, dass sie die Herausforderung bestehen und den Feind zermalmen werden.

Eine solche Geschichte wollte ich eben nicht schreiben, sondern eine über gewöhnliche Leute, die plötzlich in Ereignisse verwickelt werden, die sie nicht kontrollieren können, und zu deren Lösung sie sich auch weder auf eine besondere Herkunft oder »Macht« noch auf außergewöhnliche Fähigkeiten stützen können. Mit anderen Worten, ich wollte über gewöhnliche »Soldaten« schreiben, die mit den Dingen so klarkommen müssen, wie sie ihnen begegnen, über »gewöhnliche« Leute in ungewöhnlichen Situationen, Menschen, die vielleicht die Fähigkeiten besitzen, diese Herausforderungen zu meistern. Oder auch nicht.

Diese Geschichte dreht sich um Tipperton Thistledown und Beau Darby, zwei »gewöhnliche« Wurrlinge, die in Ereignisse geraten, für die sie nichts können. Sie sind weder von adliger Herkunft, noch besitzen sie Zauberkräfte oder gehören einem Volk mit außergewöhnlichen Talenten, außergewöhnlicher Macht oder Intelligenz an; stattdessen sind sie ganz durchschnittliche Soldaten, vorausgesetzt natürlich, es gibt so etwas ... dass gewöhnliche Leute in ungewöhnliche Situationen geraten und versuchen, sich durchzuschlagen.

Das heißt, etwas Außergewöhnliches besitzen sie vielleicht doch ... und zwar besonderen Mut.

Sollte es die Geschichte eines gewöhnlichen Soldaten überhaupt geben, dann bitte schön, hier ist sie. Doch gibt es denn überhaupt so etwas wie einen gewöhnlichen Soldaten?

Das entscheiden Sie.

Ich hoffe, Sie genießen, was Sie in diesem Buch finden.

Dennis L. McKiernan

ANMERKUNGEN DES AUTORS

Magierkrieg ist der dritte Teil des großen Magier-Zyklus' in der Mithgar-Reihe. Zusammen mit den beiden ersten Bänden *Magiermacht* und *Magierschwur* sowie dem abschließenden vierten Band *Magierlicht* bildet er die Geschichte vom Großen Bankrieg, gesehen durch die Augen von zwei Wurrlingen, Tipperton Thistledown und Beau Darby.

Die Geschichte beginnt im Jahr 2195 der Zweiten Ära von Mithgar, zu einer Zeit, als die *Rûpt* sowohl am Tag als auch bei Nacht umherstreifen konnten, obwohl behauptet wird, dass sie ihre Untaten lieber in der Dunkelheit begingen als im hellen Tageslicht.

Die Geschichte des Bankrieges wurde aus verschiedenen Quellen rekonstruiert, von denen eine wichtige die Thistledown-Saga ist. Ich habe die Lücken an einigen Stellen mit eigenen Vermutungen ergänzt, aber im Großen und Ganzen entspricht die Sage der ursprünglichen Quelle.

Wie auch bei einigen anderen Werken über Mithgarian kommt es häufig vor, dass sich in der Hitze des Augenblicks Menschen, Magier, Elfen und andere unwillkürlich in ihre Muttersprache flüchten. Um jedoch eine mühsame

Übersetzung zu vermeiden, habe ich ihre Worte ins Pellarion übertragen, die Gemeinsprache von Mithgar. In einigen Fällen jedoch habe ich die Sprache auch nicht übersetzt, um zu demonstrieren, wie viele Sprachen in Mithgar verbreitet sind. Außerdem sperren sich einige Worte und Redewendungen jeder Übersetzung. Diese habe ich dann entweder nicht übersetzt oder in besonderen Fällen einen entsprechenden Ausdruck in Anführungszeichen daneben gesetzt, der dem Wort seine besondere Note gibt. Einige Ausdrücke mögen zum Beispiel wie Rechtschreibfehler wirken, sind jedoch ganz korrekt, wie zum Beispiel »DelfHerr«. Es ist ein ganz normales Wort mit einem großen H in der Mitte.

Die Elfensprache Sylva ist ziemlich archaisch und formal. Um diesen besonderen Beigeschmack zu erhalten, habe ich entsprechend altertümliche Ausdrücke benutzt. Allerdings habe ich mich dabei im Interesse der Lesbarkeit zurückgehalten und viele der noch älteren Ausdrücke ersetzt oder eliminiert.

Für die besonders Neugierigen: Das *w* in Rwn wird wie *uu* ausgesprochen, ein w ist schließlich auch nur ein doppeltes u. Manchmal klingt es jedoch auch wie oo. Deshalb wird Rwn nicht wie *Renn* ausgesprochen, sondern wie Roon oder Ruhn.

Was bisher geschah

Tipperton Thistledown, Wurrling, ehemaliger Müller, Kundschafter und Bote, ist es gelungen, den Horden Modrus, der Brut, zu entkommen. Diese nämlich überrennen das ganze Mithgar, die Mittelwelt, und zwar auf Geheiß und mithilfe des Gottes Gyphon. Dabei helfen Tipperton sein Freund Beau Darby, Wurrling und Heiler, sowie die beiden Lian Dara Phais und Alor Loric, zwei Elfen. Auf ihrer gefährlichen und beschwerlichen Reise durch Valon in Richtung Aven, wo sie eine Münze, das Unterpfand eines sterbenden Gefolgsmannes, das jener Tipperton zu treuen Händen übergeben hatte, einem gewissen Agron ausliefern wollen, stoßen sie auf einen fünften Gefährten: Bekki, den Sohn des DelfHerrn Borl der Zwergenfeste Minenburg Nord. Gemeinsam setzen die fünf Gefährten ihre Reise fort, gelangen zum Ardental der Elfen, wo ihnen Dara Rael, eine Seherin, in Trance einen wichtigen Rat mit auf die Reise gibt: »Suchet die Hilfe derer, die keine Menschen sind, um die Flammen des Krieges zu ersticken.« Ein Rat, der den Gefährten Rätsel aufgibt, weil niemand, auch die Seherin selbst nicht, weiß, wer damit gemeint sein könnte.

Sie gelangen auf ihrer Reise nach Caer Lindor, einem

Stützpunkt der Verbündeten und einer Garnison der Dylvana-Elfen sowie der Baeron, der Waldmenschen. Dort treffen sie auf eine Kompanie von Bogenschützen der Wurrlinge, die von Rynna Fenrush angeführt werden, einer Wurrling-Maid, in die sich Tipperton hoffnungslos verliebt. Seine Gefühle werden erwidert, doch beide haben eine Mission zu erfüllen und müssen sich trennen.

Umso schlimmer trifft Tipperton nach seiner Abreise aus dem Stützpunkt die Kunde, dass Caer Lindor von Flussleuten, die dort angeblich Schutz suchten, an die Brut verraten und dem Erdboden gleichgemacht wurde. Angeblich gab es keine Überlebenden.

Tipperton trauert, setzt jedoch seine Reise fort und schwört der Brut blutige Rache. Schließlich erreichen die Gefährten Minenburg Nord, doch dort schlagen ihnen die Flammen des Krieges nun wahrhaftig entgegen, nämlich die des Feuerdrachen Skail von der Ödnis, der gemeinsam mit Modrus Horden die Festung belagert und unter den Zwergen eine schreckliche Verheerung anrichtet.

Den Gefährten gelingt es, die Zwerge in der Festung zu erreichen, und durch einen listigen Plan Tippertons bringen es die Verbündeten, Zwerge, Elfen der Dylvana, Baeron und Daelsmannen von Prinz Loden, auch fertig, die Belagerung zu durchbrechen und die Brut, die sogar gewaltige Trolle in ihren Reihen hat, in die Flucht zu schlagen.

Dabei wird Phais jedoch durch einen in Vulg-Gift getauchten Pfeil der Brut schwer verletzt, und nur Beaus Klugheit ist es zu verdanken, dass sie diese schreckliche Verletzung überlebt.

Der kleine Heiler behandelt die Elfe mit Güldminze, einer Heilpflanze, die ihm die Elfen in Ardental gaben, sodass die Dara gerade noch vor dem Tod bewahrt werden kann.

Die Gefährten ruhen sich in der Zwergenfeste Minenburg Nord aus, bis Phais wieder gesundet ist, und machen sich dann zusammen mit Bekki, der schwor, auf Tipperton aufzupassen, auf den Weg nach Aven, um dort die für König Agron bestimmte Münze zu übergeben und damit Tippertons Versprechen zu erfüllen.

Wir begleiten die fünf Gefährten auf ihrem beschwerlichen und gefährlichen Weg durch Mithgar nach Aven, auf eine Reise, auf der neue, unbekannte Gefahren und unvorhergesehene Ereignisse auf sie lauern, Ereignisse allerdings, deren Tragweite sich erst in der Zukunft erweisen wird, denn, wie Beau Darby zu sagen pflegt: »Alles ist irgendwie miteinander verwoben, wisst Ihr?«

1. Kapitel

Die fünf Gefährten, Tipperton, Beau, Phais, Loric und Bekki, ritten aus den nunmehr freien Toren von Minenburg Nord hinaus, drei auf Ponys, zwei zu Pferde und mit zwei Packtieren, die sie hinter sich her führten. Sie ritten aus dem Portal und über die Straße auf der östlichen Seite des Bergtals nach Süden, zwei Wurrlinge, zwei Elfen und ein Zwerg.

Schon bald bogen sie nach Osten ab und folgten dem Handelsweg in die Stadt Dael. Von der gewaltigen Schlacht, die kaum zehn Wochen zuvor vor den Toren getobt hatte, und bei der die Belagerung der Rûpt aufgebrochen und Modrus Gezücht in Panik geflohen war, von diesem Kampf gab es nur noch wenig Spuren zu sehen. Denn das Schlachtfeld war mit dem unauffälligen Dezemberschnee bedeckt, und nicht einmal die riesigen Aschehaufen von den anschließenden Feuerbestattungen der Gefallenen schimmerten durch. Nur die runden Erdhügel unter dem Weiß verrieten, wo die Daelsmannen ihre Toten beerdigt hatten.

Die fünf ritten an diesem blutgetränkten Schlachtfeld vorbei, über einen Berghang hinweg. Geschlitzte Brillen schützten ihre Augen vor dem blendenden, unberührten

Gleißen des Schnees in der Wintersonne, die ihnen jedoch nur wenig Wärme spendete.

»Sag«, Beau warf Tipperton einen Seitenblick zu, »wie weit ist es bis Dael?«

»Dreißig, vielleicht fünfunddreißig Werst über Land«, antwortete Tipperton. »Kürzer wäre es, wenn wir fliegen könnten.«

Bei diesen Worten schaute Beau unwillkürlich in den Himmel empor. Nirgendwo waren Vögel zu sehen, nur Federwolken hoch über ihnen, die nach Süden zogen. »Pah. Selbst wenn ich ein Vogel wäre, fände ich es zu kalt zum Fliegen. Nein, Tip, ich halte mich lieber an mein Pony, auch wenn uns die Reise fünf oder sechs Tage kosten wird.«

»Fünf oder sechs Tage, Beau, so lange dauert es bis nach Dael. Wir werden vierzig bis fünfundvierzig Tage lang nach Dendor benötigen, und das auch nur, wenn wir unterwegs nicht auf Schwierigkeiten stoßen.«

»Fünfundvierzig Tage ...?«

»Es sind zweihundertsechzig bis zweihundertsiebzig Werst, Wurro.«

»Meiner Seel, also fast achthundert Meilen?«

»Das sagt Bekki jedenfalls, Beau.«

Bekki knurrte. »Es sind zweihundertsechzig Werst und zwei Meilen und noch ein paar Schritte auf der Route, die wir nehmen, und das auch nur, wenn alle Schritte so verlaufen, wie wir sie geplant haben.«

Beau nickte und zählte dann an den Fingern seiner behandschuhten Hand ab. Nach einer Weile gab er zu: »Du hast recht, Tip. Wenn wir sechs oder sieben Werst am Tag schaffen, brauchen wir tatsächlich mehr als fünfundvierzig Tage.« Beau schüttelte den Kopf. »Eine lange Zeit, die wir uns von Feldrationen ernähren müssen.«

»Ach, Beau, nur Mut«, erwiderte Tipperton. »Wir kommen unterwegs an zwei Städten vorbei.«

Beau schüttelte den Kopf. »Darauf können wir uns nicht verlassen, Tip, solange die Rûpt hier überall rumlaufen. Ich meine, sieh dir an, wie lange wir gereist sind, als wir Ardental verließen, bevor wir wieder eine gute, warme Mahlzeit bekommen haben. Bis zum Grimmwall, darunter hinweg und durch die Gûnarring-Schlucht und hinauf bis nach Darda Galion.«

Tipperton schüttelte den Kopf. »Du vergisst das Murmeltier und das Kaninchen, die wir auf den Ebenen von Valon gebraten haben.«

»Na gut, und? Was heißt das schon? Eine warme Mahlzeit auf tausend Meilen? Das nenne ich nicht gerade eine ausgewogene Ernährung.«

Tipperton hob ergeben die Hände. »Wir haben in Darda Galion und in Caer ...«, Tips Miene wurde traurig, aber er schaffte es weiterzusprechen, »Lindor gut gespeist.«

Beau warf seinem traurigen Freund einen kurzen Seitenblick zu und deutete dann mit dem Daumen über seine Schulter. »In Minenburg Nord auch.«

Tipperton lächelte unter Tränen, als er Beaus Blick erwiderte. »Ja, das stimmt.« Dann seufzte er und wischte sich die Tränen mit den Handschuhen von den Wangen. »Tut mir leid, Beau, aber immer, wenn ich an Caer Lindor denke, fällt mir alles wieder ein.«

»Ich weiß, Wurro«, erwiderte Beau. »Ich weiß. Ist schon gut.«

Sie ritten in trübsinnigem Schweigen eine Meile weiter. Ein kalter Wind fegte von hinten heran, sie hüllten sich fester in ihre Mäntel.

Schließlich kamen sie zum Ausgang des Tales, wo die

Straße nach Osten abbog. Sie folgten ihr in dieser Richtung und hinterließen auf dem unberührten Schnee Spuren. Plötzlich zogen dicke Wolken über sie hinweg.

Phais sah hinauf und setzte ihre Schneebrille ab. »Ich glaube, da zieht ein Sturm auf.«

»Meiner Treu«, erwiderte Beau. »Sollten wir lieber umkehren? Immerhin sind wir noch nicht weit von der schützenden Minenburg entfernt.«

Phais sah Loric an, der den Kopf schüttelte. »Wir haben Winterzeit, Beau, und ganz gleich, wann wir aufbrechen, es wird schneien ... Es sei denn, Ihr möchtet bis zum Frühling warten.«

»O nein«, erklärte Beau rasch und unterstrich seine Weigerung mit einer Handbewegung. »Wir sind in dieser Mission schon viel zu lange unterwegs, um noch mehr Zeit zu vergeuden, während wir auf besseres Wetter warten. Außerdem, welche Botschaft oder Bedeutung oder welchen Zauber diese Münze auch immer in sich birgt, wir müssen sie schleunigst dem überbringen, für den sie gedacht ist.«

Bei der Erwähnung von Magie runzelte Tipperton seine Brauen und fuhr nervös mit der Hand zur Brust seiner Eiderdaunenjacke. »Beau, ich wünschte, du würdest endlich aufhören, ständig von Hexerei zu reden. Es genügt schon, dass ich die Münze tragen muss ... auch ohne dass jemand von Zauberei oder Magie oder dergleichen redet.«

»Schon gut, Wurro«, antwortete Beau. »Ich bin ja schon still. Ich weiß doch, dass es dir Unbehagen bereitet zu glauben, dass etwas, das deine Haut berührt, vielleicht verzaubert ist. Ich meine, wenn ein Magier die Münze verzaubert hat, oder eine Hexe sie verhext oder ein Zauberer einen Bann darauf ...«

»Beau, das reicht!«

Beau riss erstaunt die Augen auf und runzelte verwirrt die Stirn. Schließlich lächelte er verlegen. »Ach so, schon gut.«

Loric und Phais sahen sich an und lachten schallend, obwohl sie versuchten, ernst zu bleiben. Ihr Gelächter hallte von den hohen Bergwänden zu ihrer Linken zurück, bis schließlich zuerst Beau und dann Bekki mit einstimmten.

Tipperton sah sie alle nur böse an, am Ende musste jedoch auch er grinsen.

Währenddessen wurden die grauen, schneebeladenen Wolken über ihnen immer dicker.

»Meiner Treu!« Beau deutete auf eine Stelle links vor ihnen und sog zischend die Luft zwischen den Zähnen ein. »Modrus Banner.«

Eine Fahnenstange mit einer zerrissenen Flagge ragte aus dem Schnee auf. Auf schwarzem Grund zeigte sie das Symbol eines Ringes aus Feuer.

»Vermutlich wurde sie von der fliehenden Horde zurückgelassen«, meinte Phais.

»Unter dem Schnee liegt etwas.« Loric spornte sein Pferd an, ritt zu der Fahne und stieg ab.

»Seid vorsichtig!«, rief Beau.

Loric kniete sich hin und strich mit seiner behandschuhten Rechten den Schnee weg.

»Was ist es?«, wollte Tipperton wissen.

»Ein toter Ruch«, antwortete Loric. Er blickte auf das dunkle Gesicht herab. Als er noch mehr Schnee von der Leiche fegte, enthüllte er die große Wunde im gepolsterten Harnisch des Ruch. Loric sah zu seinen Gefährten hoch. »Die Wunde stammt von einem Schwerthieb. Vermutlich hat er sie in der Schlacht erhalten. Er kam bis hierher, bevor er verblutete.«

Tipperton stieß den Atem aus, der in der kalten Luft eine Wolke bildete. »Ich würde lieber schnell im Kampf sterben, als einen so langsamen und qualvollen Tod zu erleiden.«

»Meiner Seel, sicher«, erklärte Beau. »Aber noch besser wäre es, im hohen Alter sanft zu entschlummern, oder nicht?«

Tipperton lachte, während Loric wieder aufstieg. »Ja, und das nach einem langen und fruchtbaren Leben, was?«

Als Beau zustimmend nickte, mischte sich Bekki ein. »Ich hätte lieber ein langes und fruchtbares Leben, sagen wir drei oder vier Jahrhunderte, und würde dann in einer ruhmvollen Schlacht den Heldentod sterben. Wenn das allerdings nicht geht, dann würde ich auch Altersschwäche akzeptieren.«

Erneut ritten sie nach Osten. Plötzlich runzelte Beau die Stirn und sah Phais an.

»Wir sterben nicht an Altersschwäche, Beau«, antwortete sie, »falls Ihr darüber nachdenkt. Sondern bis unser Leben durch Gewalt oder durch ein Unglück oder, wie bei mir schon einmal fast, durch Gift endet.«

»Meiner Seel!« Beau sah sie bestürzt an. »Ihr sterbt niemals friedlich?«

Phais schüttelte den Kopf.

Beau sah auf seinen Medizinbeutel. »An Krankheiten?«

Phais breitete die Hände aus. »Es gibt einige Krankheiten, die auch die Elfenrasse treffen, und zwar die gefährlichsten.«

»Meiner See!«, wiederholte Beau. »Meiner Treu.«

Sie ritten weiter, während der eisige Wind um sie pfiff, und sich die düsteren Wolken am Himmel weiter zusammenzogen.

»Hier entlang!«, schrie Bekki gegen das Heulen des Windes an, doch Tipperton, der hinter ihm ritt, konnte ihn kaum verstehen. Er drehte sich herum und schrie nach hinten: »Hier entlang! Hier entlang!« Tipperton wusste nicht, ob Beau ihn hörte und die Nachricht weitergab.

Sie folgten Bekki blindlings durch den Schneesturm, konnten dabei jedoch kaum das Pferd oder Pony vor sich sehen, als sie sich in einer Reihe weiterkämpften.

Schließlich erreichten sie die fast senkrechte Flanke eines Felsen, und Bekki wandte sich nach rechts, nach Osten, während der eiskalte Wind von oben heulte und ihnen Eis und Schnee ins Gesicht peitschte.

»Sag«, schrie Tipperton Bekki zu, aber seine Worte gingen in dem Tosen des Windes unter. Wäre es nicht besser, wir würden uns anleinen?, hatte Tipperton sagen wollen. Aber niemand konnte ihn hören oder seine Gedanken lesen. Also folgte er Bekki unangeleint, und ihm wiederum folgte Beau, hinter dem Phais ritt, und Loric, der die Nachhut bildete. Rechts ragten irgendwelche Schatten empor. Bäume? Er wusste es nicht. Gerade wollte er Bekki noch einmal etwas zurufen, als das Tosen schlagartig aufhörte, während er in eine riesige Höhle ritt. Er sah in der Dämmerung, wie Bekki unbeirrt auf seinem Pony weiterritt, tiefer in die riesige Höhle hinein.

Tipperton trieb sein Pony hinter ihm her und drehte sich um. Beau folgte ihm, und dahinter sah er Phais, die ein Packtier an der Leine führte, und schließlich tauchte auch Loric auf, mit zwei Hengsten im Schlepp.

Bekki deutete mit einem Nicken auf das Feuer. »Bevor wir gehen, sollten wir Holz sammeln, um das zu ersetzen, was wir verbrannt haben.«

Beau sah sich in der Höhle um. Es war eine Art Felsendom, dessen Decke und Wände sich bis zum Boden wölbten, und der zwar von Geröll übersät, aber beinahe eben war. Sie saßen recht gemütlich am rückwärtigen Ende der Höhle, während der heulende Wind den Schnee dreißig Meter weiter an dem gewölbten Eingang der Höhle entlangpeitschte.

Beau drehte sich zu Bekki herum. »Meiner Treu, Bekki, wie habt Ihr diesen Platz überhaupt finden können?«

»Es ist eine Schutzhöhle für Wanderer der Châkka. Ich war schon einmal hier.«

Beau betrachtete die Holzstapel an der hinteren Wand der Höhle. »Ja, aber ich meine, wie konntet Ihr sie bei diesem dichten Schneetreiben sehen?«

»Das konnte ich gar nicht, aber wie gesagt, ich war schon einmal hier.«

Beau hob verständnislos die Hände.

Bekki warf Tipperton einen kurzen Blick zu. »Châkka können sich nicht verirren. Wenn wir einmal irgendwo gewesen sind, erinnern wir uns immer genau an den Weg. Das ist ein Geschenk von Elwydd.«

Beau sah in den tosenden Schneesturm hinaus. »Meiner Seel, ein wunderbares Geschenk, würde ich sagen.« Er drehte sich zu Tipperton um. »Ich frage mich, ob wir nicht auch so eine Gabe besitzen. Ich meine uns Wurrlinge.«

Tipperton seufzte und tippte sich auf die Brust, wo die Münze ruhte. »Ausdauer, das würde mich jedenfalls nicht verwundern.«

Phais betrachtete die beiden Wurrlinge und schüttelte den Kopf. »Nein, Tipperton, sondern Mut.«

Sie verbrachten die Nacht und den gesamten nächsten Tag in der Schutzhöhle, während draußen der Sturm tobte. In der zweiten Nacht flaute er während Bekkis Wache allmählich ab, und am nächsten Morgen hatte er sich vollkommen gelegt – es schwebten nur noch vereinzelte Schneeflocken vom Himmel. Die fünf sammelten unter den Bäumen vor der Höhle abgestorbenes Holz und ersetzten damit die Vorräte, die sie verbraucht hatten. Dann ritten sie weiter nach Osten. Ihre Pferde und Ponys bahnten tiefe Spuren durch den hohen Schnee, manchmal jedoch kamen sie auch über Terrain, auf dem der Schnee von dem Sturm weggefegt worden war.

Langsam klarte es sich auf, und am Nachmittag ritten sie unter den Strahlen einer fahlen Wintersonne. Die Luft war eisig kalt, ihr Atem bildete dicke Wolken, die sich als Eis auf den Schals niederschlugen. Diese hatten sie um ihre Gesichter gewickelt. In Bekkis Bart bildete sein Atem sogar Eisklumpen.

Durch die Schlitze der Schneebrille musterte Beau seinen Freund Tipperton, der in seinen Mantel vermummt war. »Himmel, Tip, ich kann mir nicht mal vorstellen, dass mir je wieder warm wird. Das hier ist noch schlimmer als unsere Reise durch den Ödwald.«

»Gehen wir ein Stück zu Fuß, Beau.« Tipperton schwang ein Bein über den Rist des Pferdes und sprang aus dem Sattel. »Dann wird uns wärmer.«

»Mit Vergnügen.« Beau stieg ebenfalls ab. »Ich würde sogar bis nach Dendor zu Fuß gehen, wenn es mich warm hielte.«

»In Dael wird es eine geheizte Herberge geben«, erklärte Tipperton. »Mit warmem Essen und einem heißen Getränk.«

»Meiner Treu, Glühwein mit Gewürzen«, stöhnte Beau. »Ich kann ihn schon schmecken.«

»Ein warmes Bad würde Euch besser tun«, erklärte Phais, die mit zwei Pferden an der Leine hinter ihnen ging.

»Allerdings«, stimmte Beau ihr zu. »Ein heißes Bad mit Glühwein, den ich schlürfen kann, während ich mich so richtig aufweichen lasse.«

Tipperton erinnerte sich an ihr erstes Bad in Ardental, als die Wärme die Kälte aus ihren Knochen vertrieben hatte. Dann errötete er, als er an die dunkelhaarige, blauäugige Lady Elissan dachte, die ins Bad gekommen war, als er splitternackt in der Wanne stand und die Augen zugekniffen hatte, weil ihm die Seife aus den Haaren ins Gesicht lief. Da schossen ihm die Worte durch den Kopf, die sie zum Abschied zu ihm gesagt hatte. *Wenn Ihr das nächste Mal ein Bad nehmt, dann haltet fein die Augen offen, sonst passiert es Euch noch, dass Ihr erneut Eure ganze Pracht entblößt.*«

Tipperton lachte, und eine dicke Atemwolke stieg weiß vor ihm auf.

Beau sah ihn überrascht an. »Was ist denn?«

Tipperton schüttelte den Kopf. »Ach, nichts.«

Sie trotteten weiter und passierten hier und da Leichen der Rûpt, die den Verletzungen erlegen waren, die sie sich in der Schlacht vor den Portalen von Minenburg Nord zugezogen hatten. Die Verwundungen hatten schließlich ihr Leben gefordert, während die Horde geflohen war. Und sie wussten nicht, an wie vielen anderen toten, unter dem Schnee verborgenen Rûpt sie ahnungslos vorbeigegangen waren.

Am frühen Morgen des neunzehnten Dezember führte die Straße, der sie folgten, in den Grosswald hinein, einen ausgedehnten Wald in Riamon. Die kahlen, starren Zweige und Äste der Bäume waren von einer Eisschicht überzogen.

»Meiner Treu«, rief Beau, als sie durch den trostlosen Wald ritten, »mit ihren Zweigen, die sie in den Himmel recken, erinnern mich diese Bäume ein bisschen an den Ödwald.«

»O nein, mein Freund«, entgegnete Phais. »Dhruousdarda ist ein Unterholz des Bösen, der Arindarda aber nicht.«

Beau runzelte die Stirn. »Arindarda? Ah, Ihr meint den Grosswald.«

»Aye.«

Tipperton nickte. »Finde ich auch. Im Ödwald konnte man das Böse fast wittern, aber hier spüre ich nichts dergleichen.« Dann wandte er sich zu Phais herum. »Sagt, Arindarda, bedeutet das nicht ... Ringwald?«

»Aye, das stimmt. Früher einmal war das ganze Land im Kreis des Rimmen-Gebirges mit diesem Wald bedeckt. Aber die Menschen haben ihn so weit abgeholzt, bis nur dieser Rest noch übrig geblieben ist.«

»Meine Güte!« Tipperton schüttelte den Kopf, als er sich an die sanften Hügel erinnerte, die er mit Vail ausgekundschaftet hatte. »Was für ein Verlust.«

Später am Tag überquerten sie eine vereiste, steinerne Brücke über einen zugefrorenen Seitenarm des Eisenwasser-Flusses. Auf der anderen Seite schwenkte die Straße nach Süden ab, dem Lauf des Stromes folgend.

»Wir schlagen hier an der Biegung unser Lager auf«, erklärte Bekki, und schätzte mit einem Blick durch die kahlen Äste den Stand der Sonne ab.

»Wie weit ist es noch bis Dael?«, erkundigte sich Beau, der bereits abstieg.

»Zehn Werst und eine Meile, abzüglich einiger Schritte, dann haben wir die Stadtmauern erreicht«, antwortete Bekki und lockerte den Kinnriemen seines zottigen Ponys.

»Scheunenratten!«, stöhnte Beau. »Ich hatte gehofft, dass wir morgen die Herberge erreichen, aber es sieht aus, als würden wir noch zwei Tage benötigen, richtig?«

Bekki drehte sich zu ihm herum und schüttelte den Kopf. »Nicht ganz. Trotz Eis und Schnee sollten anderthalb Tage eigentlich genügen.«

Beau nahm seinem Pony den Sattel ab. »Noch anderthalb Tage, Tip, dann erwarten uns Glühwein und ein heißes Bad.«

Am Nachmittag des nächsten Tages trafen sie auf einen erfrorenen Mann. Er hatte seinen Mantel um sich geschlungen und lehnte an einem Baum gleich neben der Straße. Schnee bedeckte seine Füße und Beine, und von der Hüfte ab glitzerte der Frost an ihm. Sein eisiges Gesicht war weiß, seine Augen zugefroren.

»Ist das einer von der Horde?«, erkundigte sich Tipperton.

Bekki schüttelte den Kopf. »Nein, das glaube ich nicht. Nach seiner Kleidung zu urteilen gehört er zu den Daelsmannen. Schätze, er wurde vom Sturm überrascht.«

»Aye«, bestätigte Phais. »Obwohl erst am Ende des Sturms, weil nur wenig Schnee ihn bedeckt.«

»Er könnte weggeweht worden sein«, mutmaßte Tipperton.

Loric hob eine Braue. »Möglich, obwohl ich wähne, dass die Worte von Dara Phais eher der Wahrheit entsprechen.«

Beau hatte den Leichnam untersucht und drehte sich jetzt zu den anderen herum. »Er ist vollkommen erfroren. Wir können nichts mehr für ihn tun.« Er sah Bekki an. »Vielleicht sollten wir ihn verbrennen? In dieser hart gefrorenen Erde können wir ihn nicht bestatten.«

Bekki lehnte den Vorschlag ab. »Wir werden ihn der Stadtmiliz melden. Sie holen ihn mit einem Karren und schaffen ihn nach Dael. Seine Familie muss ihn identifizieren, damit sie ordentlich um ihn trauern kann.«

»Und was ist mit Wölfen und dergleichen?«, gab Tipperton zu bedenken. »Werden sie ihn nicht vielleicht ...?«

»Nein, Tipperton«, widersprach Loric. »Er ist ja ganz durchgefroren und gibt kaum einen Geruch ab. Und obwohl der Sturm schon vier Tage her ist, hat bisher noch niemand an seiner Leiche gefressen. Ich nehme an, dass er hier auch weiter unberührt liegen wird, bis ihn die Stadtmiliz holt. Es sei denn, es würde wärmer werden.«

»Ich sehe mal nach, ob er etwas bei sich trägt, das uns sagt, wer er ist.« Beau hockte sich hin und öffnete gewaltsam die gefrorenen Taschen des Mannes.

Tipperton runzelte die Stirn, sagte jedoch nichts, weil diese düstere Aufgabe notwendig war.

Schließlich stand Beau auf und schüttelte den Kopf. »Nichts.«

Nach einer Meile fanden sie ein erfrorenes Pferd, dessen Vorderlauf gebrochen war.

»Hmm«, meinte Loric. »Das ist allerdings ein Rätsel.«

»Wie meint Ihr das?«, wollte Tipperton wissen.

»Wenn das hier das erfrorene Pferd des Mannes sein sollte, ist er weitergegangen, statt nach Dael zurückzukehren.«

»Dann war er vielleicht verwirrt«, spekulierte Beau, »hat sich im Sturm verlaufen. Oder er hat so gefroren, dass er nicht mehr wusste, was er tat.«

»Möglicherweise«, knurrte Bekki. »Aber ich glaube, dass er geflüchtet ist.«

Tipperton riss die Augen auf. »Geflüchtet? Wovor?«

Bekki deutete auf das Pferd. »Seht Ihr den Frost in seiner Mähne? Das ist gefrorener Atem, würde ich sagen. Das Pferd ist vielleicht galoppiert, als es sich ein Bein brach. Wer würde ein Pferd auf Eis zum Galopp treiben, wenn nicht jemand, der flieht? Außerdem ist seine Kehle nicht durchgeschnitten, also frage ich: Wer würde ein Pferd mit einem gebrochenen Lauf lebendig und vor Schmerz wiehernd zurücklassen? Jemand, der flieht, würde das tun. Und zwar jemand, der voller Panik flieht.«

»Schon«, gab Beau zu. »Aber Ihr habt Tips Frage nicht beantwortet. Wovor ist dieser Mann geflohen?«

Bekki zuckte die Achseln und blickte nach Südosten, dem Lauf der Straße nach. »Vielleicht«, knurrte er dann, »ist er aus der Stadt Dael geflohen.«

Am nächsten Tag kamen sie an einem weiteren Erfrorenen vorbei, dann an noch einem, dann an dreien. Sie alle waren mit Eis und Schnee bedeckt. Und je weiter sie nach Dael ritten, auf desto mehr Erfrorene trafen sie, bis die Straße schließlich von Leichen gesäumt war, Männer, Frauen und Kinder. Einige waren zu Fuß geflüchtet, während andere geritten waren. Sie stießen auf Karren und Kutschen mit Toten, deren Pferde erfroren in den Geschirren lagen. Und alle ohne Ausnahme waren in nordwestlicher Richtung geflüchtet, dort, wo nur Minenburg Nord lag, nichts sonst.

»Flüchtlinge?«, fragte Loric Phais, als sie weiterritten.

Sie nickte grimmig. »Mir deucht, Bekki hat die Wahrheit schon erkannt, als wir den ersten Toten fanden. Er floh aus Dael, so wie die anderen.«

»Aber was ist in Dael?« Beau sah sich furchtsam um. »Warum sollten sie aus der Stadt fliehen?«

Loric hob seine Hände, die in dicken Handschuhen steckten. »Diese Frage können wir erst beantworten, wenn wir dort ankommen, Beau.«

»Vielleicht sollten wir die Stadt lieber umgehen?«, schlug Tipperton vor. »Ich meine, wenn dort etwas Gefährliches lauert, ein Gargon zum Beispiel ...«

»Oh«, hauchte Phais und sah Loric an. »Vielleicht ist es tatsächlich ein Draedan!«

»Gargon, Draedan oder Ghath«, knurrte Bekki, »wir sollten jedenfalls nahe genug hingehen, damit wir es sicher wissen.« Er deutete nach Süden. »Irgendwo dort verfolgen mein Sire und der Rest seiner Verbündeten den Abschaum, und wir müssen sie warnen, falls ein Ghath Dael angegriffen hat.«

Loric nickte zögernd. »Bekki hat recht. Wir müssen schon in unserem Interesse nachsehen, was dort auf uns wartet. Und nötigenfalls den Coron, den DelfLord, den Häuptling und den Prinz warnen.«

Tipperton zog seinen Bogen aus der Hülle an seinem Sattel und nahm einen Pfeil aus dem Köcher. »Halte Schlinge und Kugel bereit, Beau. Wir reiten nach Dael.«

Sie standen auf dem Kamm des Hügels und blickten auf das gefrorene Land hinab, wo die Stadt Dael hätte stehen sollen. Aber was sie sahen war nicht das, was sie erwartet hatten, nämlich eine Hafenstadt am Fluss, die von hohen Steinmauern umgeben war. Stattdessen bot sich ihrem Auge eine Masse von schneebedeckten Trümmern. Nicht ein einziges Gebäude stand noch, obwohl hier und da eine beschädigte Mauer oder ein einsamer Schornstein aufragten, wo einst ein Gebäude gestanden hatte. Geborstene Bastionen umringten die Trümmer. Die hohen steinernen Befestigungen waren an Hunderten von Stellen eingerissen, zertrümmert und dem Erdboden gleichgemacht. Gewaltige Breschen klafften zwischen den Mauerresten, durch die ein eisiger Wind den Schnee über die Ruinen dahinter fegte.

»Himmel.« Beau betrachtete das Werk der Zerstörung. »Wer kann das getan haben? Die Horde?«

Phais schüttelte den Kopf. »Nein. Sie waren auf der Flucht, verfolgt von unseren Verbündeten. Für so etwas hatten sie keine Zeit.«

»Ein Gargon?« Tips Herz hämmerte heftig vor Angst.

Wieder verneinte Phais die Frage. »Sie sind ein schrecklicher Feind, gewiss, aber nicht einmal sie haben eine so verheerende Wirkung.«

»Außerdem«, fügte Loric hinzu, »spüre ich auch keinen Rest der Furcht, die ein solches Wesen hinterlässt.«

Tipperton erinnerte sich an den Gûnnaring-Schlitz, wo sein Herz schon vor Angst heftig gepocht hatte, obwohl er einen Gargon nur aus der Ferne gesehen hatte. Aber hier empfand er kein bisschen von dieser Furcht.

»In den Ruinen rührt sich nichts«, knurrte Bekki und sah die anderen an.

»Ich sehe auch nichts«, bestätigte Phais.

»Was tun wir?«, wollte Beau wissen. »Reiten wir daran vorbei?«

Loric schüttelte den Kopf. »Nein. Wir müssen herausfinden, was ihnen widerfahren ist. Andere werden uns danach fragen.« Er trieb sein Pferd weiter und zog sein Schwert, während er den Hügel hinabritt.

Die anderen folgten ihm und seinem Beispiel. Bekki hatte seinen Streitkolben in der Hand, Phais ihre Klinge, Beau seine geladene Schlinge und Tipperton hatte den Pfeil auf der Sehne eingenockt.

Sie ritten durch die Reste der zertrümmerten Tore und in den Schutt hinein, der dahinterlag. Überall lagen gefrorene Leichen herum. Einige waren auch verbrannt. Außerdem waren die Gebäude nicht nur eingestürzt, sondern verkohlte Balken und Asche kündeten von einem verheerenden Feuer.

Phais und Loric sahen sich an und nickten in unausgesprochenem Einklang.

»Was?«, fragte Beau.

»Drachen«, antwortete Phais.

Der Wind pfiff zwischen den Ruinen wie flüsternde Gespenster, als sie über die Trümmer zum Palast ritten. Sie folgten Bekki und suchten sich den Weg zwischen Schnee und Eis und Schutt und Leichen. Als sie den Palast erreichten, fanden sie nur verbrannte Leichen zwischen geborstenen, verkohlten Ruinen.

Beau sah sich ungläubig um. Seine Bestürzung zeichnete sich in seinen aufgerissenen Augen deutlich ab.

»Ich frage mich ...«, begann Tipperton, doch Phais hob rasch die Hand.

»Hist!«

Während der Wind weiter durch die geschwärzten Trümmer und verkohlten Balken pfiff, neigte Phais den Kopf in verschiedene Richtungen, blickte schließlich Loric an und deutete zum Fluss.

Er nickte. »Denke ich auch«, sagte er leise.

Bekki runzelte die Stirn. »Ich höre nicht das ...«

»Aber sie tun es«, unterbrach ihn Beau und beugte sich zu den Elfen.

»Was?«, flüsterte Tipperton.

»Lachen. Und Weinen«, murmelte Loric.

»Zu Pferd oder zu Fuß?« Phais zog ihr Schwert.

»Zu Pferde, denke ich.« Loric trieb sein Tier vorwärts.

Jetzt runzelte Beau die Stirn. »Das Lachen und Weinen ist ... beritten?«

»Nein«, flüsterte Tipperton. »Wir reiten zum Fluss, statt zu Fuß dorthin zu gehen.«

»Ah.«

»Verteilt Euch«, befahl Phais. »Geht über die nächste Straße. Wir wollen nicht alle gemeinsam in einen Hinterhalt geraten.«

Beau sah Tipperton an. *Hinterhalt?,* fragte er lautlos.

Tipperton zuckte die Achseln und lenkte sein Pony mit einem leisen Schnalzen nach rechts.

Beau seufzte einmal tief auf und wandte sich dann nach links.

Sie ritten in einer lang gezogenen Reihe durch die vereisten Trümmer zum zugefrorenen Eisenwasser hinab. Bekki in der Mitte, Phais über eine gepflasterte Straße rechts von ihm, Loric links. Eine Straße von Phais und Loric entfernt ritten Tipperton und Beau.

Jetzt hörte auch Tipperton ein unregelmäßiges Zischen

und Plappern, unverständliche Wortfetzen, die von Kichern und Weinen unterbrochen wurden und ... Stille. Er ritt weiter, bis er den vereisten Fluss vor sich sehen konnte, der sich kalkweiß gegen den grauen Himmel abhob. Schließlich kam er an den langen Kai, der den Eisenwasser-Fluss säumte. Daran waren viele Boote und Barken vertäut, die in der winterlichen Kälte verlassen dalagen. Tipperton hielt den Bogen schussbereit und wartete darauf, dass auch die anderen den langen Kai erreichten. Plötzlich hörte er erneut die zischenden Worte, als vertraue jemand einem Freund Geheimnisse an. Allerdings wusste Tipperton nicht, was gesprochen wurde, denn er kannte die Sprache nicht.

Links, Wurro, und ganz in der Nähe. Aber warte auf die anderen.

Schließlich tauchte Beau an einer steinernen Mole ein Stück entfernt von ihm auf, dann ritten Bekki, Phais und Loric kurz hintereinander auf den windgepeitschten Kai.

Phais drehte sich zu Tipperton herum und hob Ruhe gebietend die Hand, während sie lautlos abstieg.

Tipperton folgte ihrem Beispiel, schwang vorsichtig sein Bein über den Sattelknauf und glitt von seinem Pony.

Dann schlich er zu der Dara, lauschte und sah sich angestrengt um, als wollte er alles auf einmal in sich aufnehmen. Als er an einer breiten Rampe vorbeikam, über die man Schiffe aus dem Fluss auf den Kai und weiter in die jetzt freilich zerstörten Ruinen eines ehemaligen Lagerhauses ziehen konnte, hörte er in den Trümmern das kichernde Plappern und zischendes Wehklagen.

Tipperton drehte sich dorthin um und bedeutete Phais, das Geräusch sei von dort gekommen. Er wartete, bis sie bei ihm war.

Gemeinsam krochen sie in die Trümmer und fanden die Quelle der Geräusche: aus einer kieloben liegenden Barke. Als Bekki, Loric und Beau eintrafen, knieten sich Phais und Tipperton hin und spähten unter dem Rand der Barke hindurch.

In dem Schatten sahen sie ...

»Lord Tain!«, keuchte Tipperton.

Der weißhaarige Mann hielt den erfrorenen Leichnam einer verbrannten Frau und flüsterte ihr etwas ins Ohr.

Während sich das Weinen und Gezischel fortsetzte, richtete Bekki sich auf. »Ich sage: Töten wir ihn auf der Stelle.«

»Was?«, platzte Tipperton heraus.

»Er ist vom Schlachtfeld desertiert und hat nur den Tod verdient, den ein Feigling stirbt.«

Loric legte Bekki eine Hand auf die Schulter. »Aye, mein Freund, er ist vor den Rûpt bei Minenburg Nord geflohen, aber er war der Berater von Prinz Loden, also fällt er unter die Rechtsbarkeit von König Enrik. Ihm allein obliegt es, über den Mann zu urteilen, nicht uns.«

»König Loden, meinst du wohl«, erklärte Bekki.

Tipperton sah Bekki an. »Ist das nicht Prinz Loden?«

Bekki schüttelte den Kopf. »Nein, Tipperton, Loden ist jetzt König. Enrik ist tot.«

»Woher wisst Ihr das?«

Bekki deutete auf die umgekippte Barke. »Craven Tain behauptet das.«

»Ihr versteht die Sprache, in der er plappert?«

Bekki nickte. »Es ist Riamonisch.«

»Was sagt er?«

Plötzlich jedoch wurde Bekkis Blick weich, und er seufzte traurig.

»Was denn, Bekki?«, fragte Tipperton nach.

»Er hat gerade ihren Namen gesagt.«

»Wessen Namen?«

»Den Namen der Leiche, die er in den Armen hält. Es ist Lady Jolet, seine Tochter.«

In diesem Augenblick kam Beau zu der Barke. Er hielt seine Medizinbeutel in der Hand. »Ist er noch unter dem Kahn? Ich will ihn behandeln.«

Bekki schüttelte den Kopf. »Er hat zu viel Angst, um herauszukommen.«

»Dann gehe ich zu ihm«, schlug Beau vor.

»Nein, Beau«, widersprach Loric. »Ihr wisst nicht, zu was er imstande ist, jetzt, da er den Verstand verloren hat.«

Beau sah Phais an.

»Habt Ihr ein Mittel, das gegen Wahnsinn hilft?«, fragte sie.

Beau schüttelte den Kopf.

»Dann könnt Ihr ihm nicht helfen, wohingegen er Euch in seinem Zustand ernsthaften Schaden zuzufügen imstande ist.«

»Trotzdem ...«, beharrte Beau.

Bekki knirschte mit den Zähnen. »Warte, ich versuche, ihn herauszuholen.«

Bekki hockte sich hin und schob seinen Kopf unter den Rand der Barke. *»Radca Tain, wychodzic.«*

Tain hielt nur den Leichnam und wiegte sich sanft hin und her.

»Radca Tain, proze wychodzic.«

Tain reagierte noch immer nicht.

Bekki zog den Kopf zurück und sah Beau an. »Er weiß nicht einmal, dass wir hier sind.«

»Dann gehe ich zu ihm.« Bevor ihn jemand aufhalten konnte, krabbelte Beau unter die Barke.

»Tipperton!«, fuhr Bekki den Wurrling an. »Legt einen Pfeil auf die Sehne und zielt auf Tain. Wenn er eine falsche Bewegung macht, tötet ihn.«

»Aber ich könnte Beau treffen«, protestierte Tipperton.

»Nein«, widersprach Phais. »Denn Ihr zielt gut. Bekki hat recht. Es ist besser, einen Wahnsinnigen zu töten, als einen Freund zu verlieren.«

Hastig legte Tipperton einen Pfeil auf die Sehne, kniete sich hin und machte sich bereit, falls Lord Tain versuchen sollte, Beau anzugreifen.

Bekki hockte sich neben ihn.

Tain murmelte weiter.

»Was sagt er jetzt?«

Bekki holte tief Luft. »Er spricht von Drachen. Sleeth, der großes Unheil anrichtete.«

»Einer der Abtrünnigen«, flüsterte Phais.

»Und jetzt sagt er, dass König Enrik tot ist«, fuhr Bekki fort. »Getötet von Drachenfeuer.«

Beau öffnete seinen Medizinbeutel und nahm einen kleinen Tiegel mit Salbe heraus, die er auf Tains verbrannte Stirn strich. Der Mann bemerkte den Wurrling nicht einmal.

Bekki übersetzte weiter, sofern er aus dem wirren Geplappere Sinnvolles aufschnappen konnte. »Er sagt wieder, dass Enrik tot ist, und meint, dass Lady Jolet jetzt Enriks Kind unter dem Herzen trägt, ein Kind, das einmal der Thronfolger des Reiches werden soll.«

Phais stieß entsetzt die Luft aus. »Bei Adon, sie war schwanger.« Sie griff nach Lorics Hand, und die Tränen traten ihr in die Augen.

Bekki blickte hoch. »Er glaubt, dass alle Prinzen von Riamon jetzt gefallen seien. Einige von Drachen getötet, andere durch die Kälte, und er vermutet, dass Loden und Brand im Kampf gegen die übermächtige Horde vor den Toren von Minenburg Nord dem Tod nicht haben entrinnen können.« Bekki schüttelte den Kopf. »Er begreift nicht, dass Lady Jolet tot ist, sondern spricht von ihrem Kind, dem Prinzen und zukünftigen König, dem sie das Leben schenken wird.«

Beau sprach unter der Barke derweil leise auf Tain ein, während er ihm einen Verband um den Kopf wickelte. Aber der Ratgeber des toten Königs plapperte weiter.

»Jetzt spricht er von Sleeth, der Vernichtung von Dael und schimpft auf alle, die aus der Stadt geflohen sind, nennt sie Feiglinge. Pah, als wäre er nicht selbst ein feiger Deserteur!«

Beau schloss seinen Medizinbeutel, Tipperton stieß keuchend die Luft aus und spannte den Bogen, als Beau Tain am Ärmel zog und versuchte, ihn unter der Barke hervorzuziehen.

»Pass auf, Beau!«, rief er. »Er wird dir sicher gleich etwas tun!«

Beau warf Tipperton einen kurzen Blick zu, sah dann wieder Ratgeber Tain an und zupfte erneut an seinem Ärmel. »My Lord Tain«, sagte er. »Wir müssen jetzt gehen. Das Königreich braucht Euch.«

Tain bemerkte jedoch die Anwesenheit des Wurrlings nicht, sondern wiegte sich leise klagend weiter.

Schließlich schüttelte Beau den Kopf, nahm seinen Beutel und kroch wieder unter der Barke hervor.

Tipperton atmete erleichtert aus und entspannte den Bogen.

Sie ließen die Ruinen von Dael hinter sich zurück, als sie der Seestraße in südöstlicher Richtung folgten. Niemand würde in dieser Stadt der Toten bleiben, niemand außer den Toten und Wahnsinnigen. Und auf dem ganzen Weg dieser Handelsroute kamen sie an den erfrorenen Opfern des Wintersturms vorbei.

Bevor sie weiterzogen, hatte Bekki sie zu einem Marktplatz geführt, wo sie in den Ruinen einen gefrorenen Schinken fanden, eine Rehkeule, einige Säcke mit Getreide und zwei Fässer eingelegten Hering sowie mehrere Säcke Bohnen. Sie luden einen Teil der Vorräte auf ihre Packpferde, den Rest jedoch trugen sie zu Ratgeber Tain. Sie ließen auch eine Öllampe bei ihm zurück, die sie gefunden hatten, mit Stahl und Feuerstein. Feuerholz gab es reichlich, denn viele nicht verbrannte Holztrümmer lagen herum. Aber sie glaubten nicht, dass Tain sie benutzen würde. Alle stimmten dem zu, was Bekki gesagt hatte. »Er ist verrückt geworden, und in seinem Wahnsinn existiert für ihn nur, was er da murmelt.«

Sie hatten in den Ruinen auch nach anderen Überlebenden gesucht, aber nichts rührte sich, als sie riefen, und niemand antwortete. Mehr konnten sie nicht tun, und so waren sie schließlich weitergeritten.

Jetzt zogen sie über die Seestraße an den Erfrorenen vorbei.

Loric machte eine ausschweifende Handbewegung. »Deshalb ist die Horde an Dael vorbeimarschiert und hat stattdessen Minenburg Nord belagert.«

»Das verstehe ich nicht«, erwiderte Beau.

»Modru wusste, dass Sleeth die Stadt angreifen würde, und hat seine Horde deshalb nicht an dieser befestigten Stadt aufgerieben.«

»Aber das war doch schon vor Monaten«, wandte Tipperton ein. »Und Lord Tain hat davon gesprochen, dass Sleeth die Stadt erst kurz vor dem Wintersturm angegriffen hat.«

»Modru ist der Herr der Kälte«, erwiderte Bekki. »Er hat auf seine Jahreszeit gewartet, bevor er Sleeth losschickte, Dael in Brand zu setzen und ihre Mauern und Häuser niederzureißen. Dann hat er dem Drachen einen Wintersturm hinterhergeschickt, denn ohne Schutz würden, wie er wusste, die Überlebenden in den Klauen des eisigen Sturmes sterben.«

»Sagt«, fragte Beau, »glaubt Ihr, dass er deshalb Minenburg Nord belagert hat? Um jeden Flüchtling, der es bis dorthin hätte schaffen können, auch von diesem Zufluchtsort abzuschneiden?«

Bekki zuckte die Achseln. »Wer weiß schon, wie Modru denkt? Ich nicht, Beau, *ich* ganz bestimmt nicht.«

Sie lagerten neben der Straße auf einer Fläche, auf der keine Leichen lagen. Als sie sich in der Nacht um ihr Lagerfeuer drängten und heißen Tee tranken, erklärte Tipperton: »Soweit ich weiß, sind Drachen eitel, eigensüchtig, überheblich und sehr mächtig. Wie kann Modru einer solchen Kreatur befehlen, Dael zu vernichten?«

»Vielleicht hat er ihn mit einem Schatz bestochen«, spekulierte Bekki.

»Einem Schatz, was?«, mischte sich Beau ein. »Was glaubt Ihr, worum es sich dabei handelte? Oder was hat er Skail von der Ödnis geboten, damit er die Zwerge von Drimmenheim angreift?«

Bekki zuckte die Achseln, doch Tipperton sagte: »Delon der Barde hat Raudhrskal eine Partnerin angeboten.«

Plötzlich riss Tipperton die Augen auf. »Oh, da fällt mir etwas ein.«

Phais sah ihn fragend an.

»Und wenn Modru den abtrünnigen Drachen den Drachenstein versprochen hat?«

Phais schüttelte den Kopf. »Er ist bei der Vernichtung von Rwn verloren gegangen.«

»Und wenn er ihn gefunden hat? Ich meine, deshalb sind sie doch überhaupt abtrünnig geworden, oder nicht? Sie wollten den Drachenstein nicht aufgeben.«

»Möglich«, antwortete Phais, »obwohl Dara Arin selbst vermutete, sie wären aus Hochmut abgefallen, weil sie niemandem gegenüber einen Schwur leisten wollten, an den sie sich halten mussten, und ganz bestimmt nicht an den, den die Magier der Schwarzen Berge ersonnen hatten.«

»Moment, wartet mal«, Beau hob resigniert die Hand. »Habt Ihr eben nicht gesagt, dass Drachen eigensüchtig und überheblich und mächtig sind?« Als Tipperton nickte, fuhr Beau fort: »Wenn das so ist, stellt sich da nicht die Frage, wer von ihnen den Drachenstein in seinem Besitz haben soll? Ich meine, sie können diesen kostbaren Edelstein doch nicht alle besitzen. Also wie könnte Modru den Abtrünnigen den Drachenstein versprochen haben?«

»Vielleicht«, knurrte Bekki, »hat er jedem Einzelnen von ihnen heimlich das Versprechen gegeben, ihm den Stein auszuhändigen, und zwar nur ihm. Damit hat er Skail, Sleeth und jeden anderen Drachen bestochen, den er erwischen konnte. Er hat jedem Einzelnen von ihnen dasselbe Versprechen gegeben.«

Loric nickte. »Ein Schwarzer Magier wäre zu so etwas fähig.«

Tipperton schüttelte den Kopf. »Aber würden sich die Drachen nicht ganz schrecklich an Modru rächen, wenn er sie so hinterginge?«

»Nein«, widersprach Phais. »Nicht, solange Gyphon Modru beschützt.«

Beau gähnte und streckte sich. »Ich muss gestehen, dass dies über meinen Horizont geht. Mir genügt es völlig, dass wir die Sache hinter uns haben, sobald wir die Münze abliefern.«

»Ach, Beau, wir werden erst alles hinter uns haben, wenn die ganze Geschichte vorbei ist«, meinte Tipperton, trank seinen Tee aus und schob seinen Becher in die Satteltasche. »Alles ist miteinander verwoben, wie du ja weißt.«

Beau dachte nach und nickte. »Du hast recht, Tipperton, aber hör zu: Nichts ist jemals zu Ende, auch nicht, wenn dieser Krieg endlich vorbei ist. Dann ist tatsächlich alles miteinander verwoben, die Vergangenheit, die Gegenwart und die Zukunft, das Naheliegende und das Ferne, alles, was je war und alles was jemals sein wird.«

Tipperton nahm seinen Bogen und machte sich für die erste Wache bereit. »Damit magst du recht haben, Beau, aber selbst wenn wir nur bis zum Ende dieses Krieges kommen und ihn gewinnen, würde mir das schon genügen.«

Darauf erwiderte Beau nichts, und Tipperton ging hinaus in die kalte Dunkelheit am Rand des Lagers.

2. Kapitel

Sie waren nach Südosten gereist, an den erfrorenen Flüchtlingen aus Dael vorbeigezogen, die vor dem verheerenden Drachenfeuer Sleeths geflohen waren, nur um auf dem Land dem Schneesturm zu erliegen. Männer, Frauen, Kinder, Pferde und Hunde ... Modrus Sturm hatte keinen verschont. Und jetzt lagen sie zum Zeugnis von Modrus Grausamkeit an der Straße.

»Bei Adon!« Beaus schräge, amberfarbene Augen waren vor Bestürzung weit aufgerissen. »Warum hat denn niemand überlebt?«

»Sie hatten keine Möglichkeit, Vorkehrungen zu treffen, als sie vor Sleeths Verwüstungen geflüchtet sind«, knurrte Bekki.

»Aber sie hätten doch Feuer machen oder Schutz suchen können, statt einfach so zu erfrieren!«

»Ach, Beau!«, meinte Tipperton, »hast du diesen tosenden Sturm vergessen, den blendenden Schnee? Hätten wir Bekki nicht bei uns gehabt, wir hätten selbst um unser Leben kämpfen müssen, und wir waren gut gegen die Kälte gerüstet.«

»Aye.« Phais lächelte Bekki an. »Es war Fortuna selbst, die uns mit der Gesellschaft dieses Drimm beschenkt hat.«

Bekki warf der Dara einen kurzen Seitenblick zu und starrte dann wieder auf die Straße. Offenbar irritierte ihn der Blick der Elfe.

Beau seufzte. »Ach, wohlan denn, aber es ist tragisch, dass so viele ein derartig schlimmes Ende gefunden haben.«

»Es ist nur ein weiteres Vergehen, für das sich Gyphon und seine Helfershelfer irgendwann zu verantworten haben werden«, erklärte Tipperton.

Loric sah Tipperton an. »Werdet Ihr immer noch von dem Verlangen nach Vergeltung getrieben, Kleiner?«

Tipperton schüttelte den Kopf. »Nein, Loric, aber trotzdem entsprechen meine Worte der Wahrheit.«

Loric nickte und sagte nichts mehr, während sie die Seestraße schweigend entlangritten.

Am nächsten Tag, dem kürzesten des ganzen Jahres, ließen sie die Erfrorenen endlich hinter sich und als in dieser Nacht der abnehmende silberne Mond am klaren Himmel stand, unterzogen sich Phais, Loric, Tipperton und Beau dem Elfenritus des Wintertages. Die Dara stand nach Norden ausgerichtet, und ihr gegenüber der Arlor und die Wurrlinge, die nach Süden blickten. Sie sahen sich an und Phais begann zu singen. Dann nahm Loric den Sprechgesang auf, in den überraschenderweise auch Tipperton, der Wurrling, harmonisch einfiel. Loric und Phais lächelten auf den Bokker herab, während Beau ihn erstaunt betrachtete.

In dem silbernen Licht des Mondes, das auf dem Schnee leuchtete, tanzten Phais, Loric, Tipperton und Beau die Schritte, die den Wechsel der Jahreszeiten symbolisierten.

Sie sangen und schritten langsam umher, folgten dem uralten Ritual, das bis in die Anfänge der Elfenrasse zurückreichte. Umhüllt vom Mondlicht und der Melodie und Harmonie und dem Kontrapunkt und den leise knirschenden Schritten im Schnee, begingen sie das Ritual, ernst und feierlich, doch aus vollem Herzen.

Schritt ... Pause ... Gewichtswechsel ... Pause ... Drehen ... Pause ... Schritt.

Gemächlich wechselten sich Schritt und Pause ab. Eine Stimme stieg an, zwei sanken herab, während sie eine eingängige Melodie aus dem Anfang der Zeiten sangen. Phais drehte sich, Loric und die Wurrlinge folgten ihr. Die Dara schritt an ihnen vorbei, der Alor blieb stehen, ebenso wie die Bokker. Kontrapunkt. Schritt ... Pause ... Schritt ...

Alle waren vollkommen verloren in diesem Ritual ... Schritt ... Pause ... Schritt.

Als der Ritus schließlich an sein Ende kam und die Stimmen verklangen, die Schritte langsamer wurden, bis alles ruhig und still war, standen die Lian und die Wurrlinge wieder wie am Anfang gegenüber, die Frauen nach Norden gewandt, die Männer nach Süden. Und als sie fertig waren, kam es ihnen vor, als wäre ihnen die schwere Bürde der letzten Tage von den Schultern genommen worden. Sie waren froh.

»Ich würde behaupten«, rief Beau atemlos, »dass wir fast wissen, wie es gemacht wird, stimmt's?«

Loric grinste, aber Tipperton schüttelte den Kopf. »O nein. Wäre Loric nicht gewesen, wir wären nur im Schnee herumgestapft.«

Beau grinste Loric an. »Trotzdem finden wir langsam hinein, oder nicht?«

»Aye«, erwiderte Loric. »Das tut Ihr, doch selbst wenn Ihr jeden Tag üben würdet, es kostete Euch sehr viel Zeit, bis Ihr Meister des Ritus werden würdet.«

»Wenn wir Zwerge wären, könnten wir es schneller beherrschen, hab ich recht?«, fragte Beau.

»Die Schritte, aye, aber den Sprechgesang, die Melodie, und ihre Verbindung mit den Schritten, das würde doch etwas mehr Zeit erfordern.«

»Da wir gerade von Zwergen sprechen«, meinte Tipperton und warf einen Blick über die spärlich bewaldete Lichtung. »Wo ist Bekki hingegangen?«

Phais streckte die Hand aus. Bekki stand auf einem Hügel in der Nähe und hatte die ausgebreiteten Arme zum Himmel gehoben. Sie hörten, wie er etwas sang.

»Was tut er da?«, erkundigte sich Beau.

»Das ist der Drimmen-Ritus zur Winternacht, eine Anrufung an Elwydd«, erklärte Loric.

»Elwydd?«, hakte Tipperton nach.

»Aye, denn sie ist ihre Schutzheilige.«

»Was singt er?«, wollte Beau wissen.

»Seine Worte sind beinahe so alt wie die Drimma selbst«, antwortete Loric. »Kelek hat mich in dem Ritus unterwiesen, als wir damals im Hellen Meer Schiffbruch erlitten hatten. Wenn man es richtig machen will, fungiert der DelfHerr als Vorsänger, und die Drimma des Zwergenheims als Chor, in einer abwechselnden Litanei.«

»Könnt Ihr sie uns vorsingen?«, fragte Tipperton. »In Gemeinsprache, wenn möglich.«

Loric blickte zu dem Hügel hinüber und schüttelte den Kopf. »Obwohl Ihr und ich Châk-Sol sind, Tipperton, müsste Bekki das tun. Denn es ist ihr feierlichster Ritus, der den Drimma gehört, nicht den Lian.«

»Oh.« Tipperton sah zu Bekki hinüber, der, vom Mond beschienen, auf dem Hügel stand. Der Schnee funkelte silbern. »Verstehe.«

Nach einem Augenblick sagte Beau zu Tipperton: »Weißt du, wir haben keine feierliche Riten.«

Tipperton runzelte die Stirn. »Wer denn, Beau? Wer hat keine feierlichen Riten?«

»Die Wurrlinge, Tipperton. Jedenfalls die aus den Waldsenken. Na ja, obwohl wir den Sommertag, Wintertag, den Frühlingstag und den Herbsttag feiern. Alles sind fröhliche Feste, und der beste ist der Sommertag.«

»Ach ja?«

Beau nickte begeistert. »Meiner Seel, ja. Du bist ja nicht in den Waldsenken aufgewachsen, Tip, aber am Sommertag, dem Längsten Tag im Jahr, den Mittsommertag, gibt es einen Jahrmarkt in Rood, und Paraden und Wettkämpfe. Und an dem Tag, dem Längsten Tag des Jahres, feiern wir auch Geburtstag – für jeden, der im vergangenen Jahr Geburtstag hatte. Und das sind natürlich alle. Meiner Treu, da fällt mir etwas ein.«

Tipperton sah ihn fragend an.

»Wir haben unseren Geburtstag am Längsten Tag des Jahres gar nicht gefeiert«, meinte Beau.

»Hm«, knurrte Tipperton. »Ich glaube mich zu erinnern, dass wir am Längsten Tag des Jahres in der Nacht durch Valon geschlichen sind, während Hyrinianer und Chabbianer versucht haben, uns zu erledigen, Beau.«

»Pah!«, erwiderte Beau und runzelte die Stirn. »Das mag sein, wie es will, trotzdem hätten wir feiern sollen. Wir könnten unsere Geburtstage auch gleich jetzt feiern.«

»Aber, Beau, wir haben nicht den Längsten Tag des Jahres, sondern den Kürzesten«, protestierte Tipperton.

»Wir sind sechs Monate zu spät. Oder zu früh, je nachdem, wie du die Sache betrachten willst.«

»Na und, zu früh oder zu spät? Was gäbe es für einen besseren Tag zu feiern – für Wurrlinge? Ein kurzer Tag für ein kurzes Völkchen, was?« Beau drehte sich zu Phais herum, die hinter ihrer Hand ein Lächeln verbarg. »Sagt, Phais, haben wir noch etwas Rehkeule? Und Tee? Ja, Tee. Wir sollten einen Geburtstagstee trinken, mit Mian, falls Ihr etwas mitgebracht habt. Im anderen Fall tut's auch Zwieback. Und, Tip, du musst auf einer Laute ›Der Fröhliche Mann von Waldeslust‹ spielen. Das ist ein gutes Geburtstagslied.«

»Warten wir auf Bekki«, meinte Tipperton und sah zum Hügelkamm hinauf. Aber Bekki war nicht mehr dort, sondern rannte, so schnell er konnte, den Hang hinunter. »Was zum …? Bekki!«

Loric blickte hoch und sprang auf. »Löscht das Feuer«, zischte er und legte eine Hand auf den Griff seines Schwertes. »Bereitet Euch auf die Flucht vor.«

Während Beau das Lagerfeuer austrat, liefen Phais und Loric rasch zu den Pferden und legten die Satteldecken auf. Tipperton tat dasselbe bei den Ponys.

»Eine Rotte«, keuchte Bekki, als er sie erreichte.

»Rotte?«, fragte Beau, der mit seinem Sattel zu seinem Pony ging.

»Aye. Sie gehen über die Straße nach Süden. Und kommen hier vorbei. Abschaum, denke ich.«

»Wie viele?«, fragte Phais und zog ihren Sattelgurt fest.

»Zu viele«, knurrte Bekki und hob seinen Sattel auf das Pony. »Etwa hundert.«

»Muss es denn die Brut sein?«, fragte Beau, der unter

sein Pony griff, nach dem Sattelgurt, der an der anderen Seite herunterbaumelte. »Könnten es nicht auch Daelsmannen sein?«

»Möglich«, erwiderte Bekki. »Aber wären es Lodens Leute, würden sie reiten und nicht zu Fuß marschieren.«

»Wir sind weit genug von der Straße entfernt«, sagte Tipperton und führte die Riemen durch die Ösen.

»Trotzdem ...«, Phais sattelte ein Packpferd.

Kurz darauf waren sie aufbruchbereit. Bekki knurrte: »Ich würde sie mir gern näher ansehen.«

Phais nickte. »Reiten wir auf die andere Seite der Anhöhe und schleichen uns zu Fuß auf den Gipfel.«

»Aye«, sagte Loric. »Rûpt.«

Im Mondlicht sah Tipperton weit entfernt die Kompanie der Brut, die in nördlicher Richtung über die Straße marschierte.

»Meiner Treu«, stieß Beau hervor. »Sie wollen nach Dael. Sollten wir nicht zurückreiten und die Leute warnen und ...?«

»Dort gibt es nichts als Ruinen und Leichen«, knurrte Bekki.

»Und was ist mit Lord Tain?«, fragte Beau. »Er ist nicht tot.«

Bekki sah den Bokker an. »Er könnte aber genauso gut tot sein.«

»Trotzdem«, Beau wandte sich an Phais. »Sollte man ihn nicht warnen?«

Phais seufzte. »Ihr müsst Euer Herz abhärten, Beau. Denn es wird noch häufiger vorkommen, dass die Erfordernisse Eurer Mission die Bedürfnisse eines Einzelnen überwiegen.«

»Scheunenratten, ich glaube trotzdem nicht, dass mir das auch nur im Geringsten gefällt.«

»Aber das ist das Gesetz des Krieges, Beau.«

»Ich verstehe das sehr gut, Phais. Aber gefallen muss es mir doch trotzdem nicht, oder?«

»Nein, das muss es nicht.«

»Warum marschieren sie überhaupt nach Dael?«, erkundigte sich Tipperton.

»Um zu plündern«, knurrte Bekki. »Es liegt in Trümmern und ist leicht auszurauben.«

»Aber woher wissen sie, dass Dael zerstört wurde? Schließlich gehören diese Rukhs zu der Horde, die geflüchtet ist. Also, wie haben sie es erfahren? Sie müssten doch eigentlich glauben, dass es eine gut befestigte Stadt ist.«

»Möglicherweise marschieren sie auf Modrus Geheiß dorthin«, überlegte Loric.

»Aber wir haben doch seinen Astralkörper vernichtet.« Tipperton dachte an den verzweifelten Kampf in dem Zelt. »Das heißt, Bekki hat ihn getötet. Wie können sie etwas davon wissen, da wir doch Modrus Augen und Ohren vernichtet haben?«

»Er hat mehr als einen Astralkörper«, vermutete Phais.

»Vielleicht sind es auch nur Deserteure der Horde«, spekulierte Beau, »die vor den Kämpfen flüchten und sich in den Bergen verstecken wollen.«

»Ob es nun Deserteure sind oder ob sie flüchten«, sagte Tipperton und sah Beau an, »selbst wenn sie nach Dael gehen, müssen sie Lord Tain nicht unbedingt finden. Er hat sich gut versteckt und braucht einfach nur ruhig zu sein.«

Beau schüttelte den Kopf. »Das ist aber nicht sehr wahrscheinlich, in seinem Wahn.«

»Wenn sie den Feigling Tain finden«, knurrte Bekki, »ersparen die Grg möglicherweise Loden die Mühe, die Gerechtigkeit des Königs an ihm walten zu lassen.«

Beau seufzte, erwiderte aber nichts.

Sie blieben lange auf dem Hügel liegen und beobachteten, wie das Gezücht auf der Straße an ihnen vorbeizog, während der abnehmende Mond langsam über den Himmel zog und unterging. Beau schlief währenddessen ein. Als die Brut schließlich außer Sicht war, weckte Phais den Bokker und sie gingen wieder ins Tal zu ihren Pferden und Ponys. Beau beschwerte sich leise, dass der Kürzeste Tag des Jahres nun vorbei war und sie ihre Geburtstagsparty nicht hatten feiern können.

»Bekki sagt, dass ein paar Meilen vor uns eine Stadt liegt.« Tipperton blätterte seine Abschriften der Karten durch, fand die gesuchte und zeigte sie Beau. »Hier, wo der Eisenwasser auf einen seiner Nebenarme trifft. Vielleicht bekommen wir ja hier eine warme Mahlzeit und ein heißes Bad.«

»Ach, Tip, sag nicht so was.«

»Was?« Tipperton sah seinen Freund verblüfft an. »Warum denn nicht?«

»Jedes Mal, wenn wir damit gerechnet haben, in irgendeiner Stadt eine warme Mahlzeit, ein heißes Bad und ein weiches Bett zu finden, dann war sie zerstört. Stede, Annory, diese Siedlung in Valon, Braeton, Dael.«

»Verstehst du jetzt, was ich meine?«, zischte Beau.

Sie standen im Wald und blickten über den zugefrorenen Fluss auf die kleine Stadt am anderen Ufer. Eine Kompanie der Brut hatte sie niedergebrannt und plünderte sie gerade.

Tipperton seufzte. »Es sind zu viele, als dass wir gegen sie kämpfen könnten.«

Phais nickte. »Wir müssen weiterreiten. Alles andere würde unsere Mission gefährden.«

Bekki knurrte. »Es gefällt mir zwar gar nicht, einen Feind im Rücken zu haben, aber ich stimme dir zu.«

Während sie zwischen den Bäumen zu ihren Reittieren zurückgingen, wandte sich Tipperton an Bekki: »Früher einmal wollte ich nur eines: das Gezücht töten. Aber jetzt nicht mehr. Der Tod von Alor Lerren und anderen bei Braeton war das erste Mal, dass Leute, die ich kannte, im Krieg gestorben sind, während ich nur auf Vergeltung aus war. Und dann die schrecklichen Verluste vor Minenburg Nord ... Der Preis für Rache ist viel zu hoch.«

Loric sah auf den Bokker herunter. »Der Preis, den man für Vergeltung zahlen muss, ist tatsächlich oftmals zu hoch, Kleiner, aber für die Freiheit ist kein Preis zu hoch, denn sie ist unermesslich kostbar.«

»Loric«, brummte Bekki, »ich würde zwar mit dir über deine Einschätzung von Rache streiten, nicht jedoch über den Wert der Freiheit.«

Schließlich kamen sie zu ihren Pferden, stiegen auf, ritten langsam durch den Wald und passierten die Stadt außer Sicht der plündernden Rûpt. Sie fühlten sich allesamt ein wenig schuldig, weil sie den Feind ungeschoren davonkommen ließen.

Dann folgten sie der Straße tagelang durch den Wald, der den Eisenwasser säumte. Zehn Tage, nachdem sie die Ruinen von Dael zurückgelassen hatten, näherten sie sich Bridgeton, wo eine vierzig Meilen breite Bresche in dem Rimmen-Gebirge klaffte. Der Fluss strömte durch diesen

Spalt weiter nach Süden, zum Avagonmeer, gefolgt von der Seestraße. Quer dazu nach Osten und Westen, kreuzte sie die Überlandstraße, mit dem Grimmwall-Massiv an dem einen und dem fernen Xian am anderen Ende.

Als sich die fünf Kameraden der Bresche näherten, sahen sie durch die Bäume am Ufer Rauchwolken in den Himmel steigen.

»O nein«, stöhnte Beau.

Niemand sagte etwas, während sie weiterritten.

Als sie jedoch schließlich aus dem Wald herauskamen, brach Beau in Tränen aus. Denn vor ihnen lag eine unversehrte Stadt. Der Rauch, den sie gesehen hatten, qualmte aus den hohen Schornsteinen der Häuser.

3. Kapitel

Es war der Endtag des Jahres, der letzte Tag des Monats Dezember, und also der letzte Tag des zweitausendeinhundertfünfundneunzigsten Jahres der Zweiten Ära von Mithgar, als Tipperton, Beau, Phais, Loric und Bekki zu den fest verschlossenen Stadttoren von Bridgeton ritten. Außerdem war es der letzte Tag des ersten Jahres eines gewaltigen und fürchterlichen Krieges.

Als sich die fünf den Toren näherten, erschallten Hörner. Wachsoldaten mit harten Augen und gespannten Armbrüsten standen auf den Zinnen und beobachteten diese fünf Fremdlinge, die gegen die Kälte dick vermummt waren. Schließlich brachten sie ihre Pferde und Ponys vor den Toren zum Stehen.

»Uw zaak!«, rief ihnen einer der Wachsoldaten zu.

Bekki blickte auf den Wachmann über dem Tor in seinem blauweißen Wappenrock, und auf die Fahne von Riamon, die noch viel höher im Wind flatterte. *»Wij zoeken schutting!«*, rief er zurück. Bekki zog seine Kapuze ab und bedeutete den anderen, seinem Beispiel zu folgen. Als die Wachen sahen, wer sich darunter verbarg, ging ein Murmeln durch ihre Reihen. Elfen und Zwerge hatten sie erkannt, aber was Tipperton und Beau anging ...

»Mylord, Mylady!«, rief der Anführer der Wachsoldaten in Gemeinsprache. »Dass Ihr in diesen gefährlichen Zeiten mit Euren Kindern reist ...!«

»Wir sind Wurrlinge!«, unterbrach ihn Beau.

»Volksklein?« Der Wachmann betrachtete ihn staunend, denn nur selten hatte sich das Kleine Volk in Bridgeton sehen lassen, obwohl angeblich einige Waldan an den Ufern des Rissanin lebten, gleich hinter dem Rimmen-Gebirge an der westlichen Grenze von Riamon.

»Und wenn Ihr, bitte schön, so nett wärt, die Tore zu öffnen?«, fuhr Beau fort. »Wir brauchen ein heißes Bad, Glühwein, eine warme Mahlzeit und weiche Betten!«

Der Wachmann lachte, drehte sich herum und rief einem anderen Soldaten hinter sich etwas zu. Dann wandte er sich wieder den fünf Gefährten zu. »Mahlzeiten, Bäder und Glühwein gibt es hier genug, aber weiche Betten sind vielleicht ein wenig knapp, weil Prinz Loden und seine Verbündeten schon recht viele mit Beschlag belegen.«

»Loden?«, platzte Tipperton heraus, ebenso überrascht wie seine Gefährten.

»Aye«, erwiderte der Anführer der Wachsoldaten, während hinter dem Tor plötzlich ein lautes Rumpeln ertönte.

»Und mein Sire Borl?«, übertönte Bekki den Lärm. »Der DelfHerr von Minenburg Nord.«

Der Soldat sah ihn erstaunt an. »Den DelfHerrn findet Ihr in der *Roten Gans*. Geradeaus und dann rechts. Ihr könnt die Herberge nicht verfehlen.«

»Und Coron Ruar?«, rief Loric.

»Den Coron, den DelfHerrn, die Häuptlinge und den Prinz, sie alle findet Ihr in der *Roten Gans*.«

Jetzt schwang ein Seitentor auf, und ein Soldat winkte sie herein. Sie stiegen ab und führten ihre Tiere durch einen gewundenen Gang unter der Mauer, der dem Durchgang in Caer Lindor sehr ähnelte, mit Schießscharten und schweren Eisengattern an beiden Enden und den Mörderlöchern in der Decke.

Schließlich traten sie auf die Straßen von Bridgeton, auf denen reges Treiben herrschte. Denn es war der Endtag des Jahres, den die Bürger feiern würden, ungeachtet von Modrus Krieg.

»Und es war wirklich Sleeth, sagt Ihr?«

»Aye, König Loden«, antwortete Bekki. Er saß dem verstörten jungen Mann am Tisch gegenüber.

Prinz Brandt stand am Kamin. Ihm liefen Tränen die Wangen hinunter. »Wir müssen ihn töten.«

»Wen wollt Ihr töten?« Beau saß am Rand vor dem Kamin.

»Sleeth.«

Bekki hob eine Braue und schüttelte den Kopf. Der DelfHerr Borl antwortete an seiner statt. »Das ist nicht möglich, denn noch nie hat jemand einen Drachen getötet, und das wird vermutlich auch nie jemand tun.«

»Was ist mit Gurd? Er hat Kram erlegt«, erklärte Brandt.

Phais warf Tipperton einen kurzen Seitenblick zu, bevor sie dem Prinzen antwortete: »Das ist doch nur ein schönes Lied, das Barden singen.«

Loden nickte grimmig. »Bruder, Lord Borl und Lady Phais haben recht. Wenn wir uns an Sleeth rächen wollen, würden wir nur unser Leben wegwerfen.«

»Aber er hat unseren Vater ermordet, unsere Brüder ... Lady Pietja.« Brand verzerrte vor Gram das Gesicht.

»Ich weiß.« Lodens Augen wirkten ebenfalls verzweifelt. »Ich weiß.«

»Modru ist für die Zerstörung von Dael und die Vernichtung so vieler Leben verantwortlich«, erklärte Tipperton. »Denn der Abtrünnige Sleeth hat nicht nur die Stadt zerstört, sondern der Schneesturm, den Modru über das Land geschickt hat, kostete vermutlich noch viel mehr Menschen das Leben.«

»Aye.« Coron Ruar, der Dylvana, hatte in seinen Teebecher gestarrt und richtete den Blick jetzt auf Tipperton. »Er hätte uns fast ebenfalls überrascht.«

»Ach ja?«

»Aye. Aber Fortuna war uns gewogen, denn wir waren schon kurz vor Bridgeton, als der Schneesturm zuschlug.«

»Was ist mit der Horde?«, wollte Tipperton wissen.

»Die Hälfte von ihnen ist in dem Sturm gestorben«, erwiderte Häuptling Gara. »Gefallen unter dem eisigen Odem von Waroo, jedenfalls dachten wir das.«

»Waroo?«

»Das ist ein Ammenmärchen, Herr Tipperton. Waroo ist der Große Weiße Bär aus dem Norden, der seine Klauen über die Gipfel der Berge legt, seinen eisigen Atem in die Täler dahinter bläst und einen harten Winter über das Land legt. Jedenfalls, wenn man unseren Legenden glaubt.«

Schweigen breitete sich unter jenen aus, die um den Tisch herumsaßen, und nur das Knistern der Holzscheite war zu hören. »Ungeachtet der Fabeln der Baeron«, hub Borl schließlich an, »hielten wir diesen Schneesturm für ein Geschenk Fortunas. Und jetzt erfahren wir, dass es Modrus Werk war.«

»Modru, richtig«, erklärte Loric. »Aber hinter ihm steht Gyphon, die Wurzel allen Übels.«

Wieder kehrte Stille ein, und ein Astloch explodierte im Kamin. Beau schrak zusammen und sah sich verlegen um. »Was unternehmen wir wegen dieser Kompanie der Brut, die zu den Ruinen von Dael marschiert ist?«

Loden schüttelte den Kopf. »Wir können keine Handvoll von Deserteuren in eine zerstörte Stadt verfolgen. Östlich von hier stehen noch zweitausend vom Gezücht, das ist der Rest der Horde. Um sie müssen wir uns zuerst kümmern.«

»Aber was ist mit Lord Tain?«, erkundigte sich Beau. »Er ist in Dael und noch am Leben.«

»Feigling Tain«, knurrte Bekki.

»Der Verrückte Tain«, gab Beau zurück. Ein Ausdruck der Trostlosigkeit huschte über sein Gesicht. »Er redet mit dem Leichnam seiner Tochter.«

»Er mag verrückt sein«, Bekki sah Loden an, »aber ein erwiesener Feigling ist er dennoch, und er verdient nichts anderes, als vom König gerichtet zu werden.«

Loden schüttelte den Kopf. »Nach dem, was Ihr sagt, mein Freund, ist die Strafe, die Lord Tain getroffen hat, größer als selbst die Gerechtigkeit im Urteil des Königs, mit der ich ihn belegt hätte.«

Bekki runzelte die Stirn, antwortete jedoch nicht.

»Da wir gerade von Gerechtigkeit sprechen«, mischte sich Borl ein. »Irgendwie scheint es ganz passend, dass die Hälfte von Modrus Horde von seiner eigenen Hand gerichtet wurde.«

»Sie mögen vernichtet sein«, wandte Gara ein, »aber sie sind nicht verschwunden. Ich würde sagen, dass wir weitermachen wie geplant, und sie gleich morgen früh weiter verfolgen.«

»Aber es sind nur noch zweitausend von ihnen übrig«,

erklärte Brandt. »Und einige Kundschafter berichten, dass sie in Richtung der Skarpal-Berge fliehen. Warum lassen wir sie nicht einfach fliehen und reiten stattdessen nach Dael zurück? Trotz allem, was wir gehört haben könnte Lady Pietja noch am Leben sein, und vielleicht auch andere.«

Bekki schüttelte den Kopf. »Ich versichere dir, Prinz Brandt, in dieser Stadt lebt niemand mehr außer dem Feigling Tain.«

»Sie könnte sich versteckt haben!«, rief Brandt.

Bekki knurrte, sagte jedoch nichts.

Loden sah seinen Bruder an. »Brandt, ich würde auch gern zurückreiten und die suchen, die entkommen konnten und jene, die uns lieb und teuer waren, anständig bestatten. Aber wir können nicht zulassen, dass zwei Segmente einer Horde im Königreich herumziehen. Häuptling Gara hat recht. Wir müssen jetzt den Rest verfolgen und sie entweder vernichten oder endgültig vertreiben. Unsere Krieger sind gut ausgeruht, die Pferde ebenfalls, und der Rest der Horde dürfte jetzt müde und schwach sein.« König Loden sah sich beifallheischend am Tisch um; bestätigendes Nicken bekam er von Häuptling Gara, DelfHerrn Borl und Coron Ruar. »Gut. Dann ist es beschlossene Sache. Wir reiten morgen früh.«

Ruar sah Tipperton fragend an.

»Nein, Coron Ruar«, antwortete Tipperton, nachdem er kurz Beau, Phais, Loric und Bekki mit einem Blick gestreift hatte. »Unsere Aufgabe führt uns woanders hin, nach Dendor in Aven, zu König Agron. Ihm müssen wir die Münze überbringen.«

»Zweitausend?«, fragte Tipperton.

»Aye«, bestätigte Vail. »Die Horde hat zweitausend Mann vor den Toren von Minenburg Nord verloren. Weitere tausend ihrer Schwerverletzten sind von den Gnadenspendern auf dem Schlachtfeld von ihren Leiden erlöst worden. Weitere zweitausend sind auf der Flucht an ihren Verletzungen gestorben, die sie sich bei der Schlacht zugezogen haben. Wir haben weitere tausend unterwegs bei kurzen Überfällen niedergemetzelt. Schließlich hat die Hälfte der Überlebenden in diesem Schneesturm ihr Leben verloren.«

Beau zählte an den Fingern ab. »Huah! Dann sind tatsächlich nur noch zweitausend von den zehntausend übrig, die Minenburg Nord angegriffen haben.«

»Und unsere Verluste?«, erkundigte sich Tipperton.

Vail schüttelte den Kopf, während ihr plötzlich Tränen in die Augen traten. »Wir sind nicht unbeschadet aus den Kämpfen herausgegangen. Zweihundertfünfzig von uns werden den Klang der Hörner nie wieder vernehmen.«

»Zweihundertfünfzig Dylvana?«, stieß Beau hervor. »Aber das sind fast ...«

Vail hob eine Hand. »Nein, nicht nur Dylvana, sondern auch Drimma und Baeron und Daelsmannen.«

»Trotzdem sind es hohe Verluste«, erklärte Tipperton.

»Aye.« Vail liefen die Tränen über die Wangen. »Einer von ihnen war Andal ... Sein Todessermon ... kam zu mir. Ich wusste nicht einmal, dass er mich ...« Ihre Stimme wurde von einem Schluchzen erstickt.

Tipperton nahm ihre Hand, die fast so schmal war wie seine eigene.

Sie saßen eine Weile schweigend da, während Vail um ihre Fassung rang. Schließlich sah sich Beau im Schankraum der *Roten Gans* um. »Tip«, schlug er vor, »warum spielst du uns nicht ein Lied?«

Tipperton sah Vail an. Ihre Miene war traurig, und ihre Augen schimmerten. Sie lächelte schwach. »Etwas Fröhliches, wenn es Euch recht wäre.«

Am nächsten Morgen war der Himmel bewölkt, die Wolken drohten mit Schnee, während sich in den Straßen von Bridgeton die Reiter versammelten. Sie gingen stolz und herausfordernd, und ihre Augen blickten hart. Dylvana und Daelsmannen saßen auf ihren schnellen Pferden, die Baeron auf ihren mächtigen Hengsten, und die Zwerge auf Ponys.

In der Nacht waren Gerüchte umgegangen, Prinz Brandt und seine Leibgarde wäre in der Nacht zu den Ruinen von Dael aufgebrochen. Aber dann kam Brandt mit seinen Leuten heran und strafte die Gerüchte Lügen.

Tipperton, Beau, Loric, Phais und Bekki betrachteten von der Treppe der *Roten Gans* aus, wie sich die Verbündeten versammelten. Vail ritt zu der Veranda und verabschiedete sich von ihnen. Sie stieg sogar kurz ab, um Tipperton zu umarmen und ihm alles Gute zu wünschen.

Melor bückte sich ebenfalls herab und verabschiedete sich vor allem von Beau. Noch während er das tat schmetterten die Hörner. Die Kolonne setzte sich wie ein vielbeiniges Tier in Bewegung und wälzte sich durch die Straßen in Richtung des Osttores von Bridgeton. Tipperton sah am Ende der Kolonne die schweren Wagen der Baeron. Wagenführerin Bwen stand auf dem Bock ihres Karrens und blaffte Befehle in ihrer Muttersprache an die Kutscher der Wagen hinter sich. Sie drehte sich herum und ließ sich gerade noch rechtzeitig auf den Kutschbock plumpsen, um den Wurrlingen, den Lian und Bekki, dem Zwerg, fröhlich zum Abschied zuzuwinken. Kurz darauf war auch sie verschwunden.

»Komm«, sagte Beau. Tipperton und er rannten an dem Heereszug entlang zu einer Rampe neben dem Tor, die auf die Zinnen des Walles führte. Phais, Loric und Bekki folgten ihnen. Sie alle sahen zu, wie die Kolonne mit den Wagen aus dem Osttor kamen und über die Brücke klapperten und rumpelten, die den Eisenwasser überspannte. Alle fünf hatten ein schlechtes Gewissen, weil sie nicht mit den Verbündeten ritten. Aber Tipperton hatte einen Auftrag zu erfüllen, und die anderen ebenfalls. Also begleiteten sie die Dylvana und Daelsmannen und Zwerge und Baeron nur mit ihren Blicken, wie sie in das Land hinausritten.

Lange blieben sie in der kalten Winterluft stehen, bis der letzte Wagen um eine weit entfernte Biegung der Straße gefahren war. »Das war das«, meinte Beau. Dennoch blieben sie, wo sie waren und starrten hinaus. Schließlich fielen die ersten Schneeflocken. Es war der Anfangstag des Jahres, der erste Tag des Januar, und der erste Tag des zweitausendeinhundertsechsundneunzigsten Jahres der Zweiten Ära von Mithgar, als Tipperton und Beau und Phais und Loric und Bekki auf den Mauern von Bridgeton standen.

Und es war auch der allererste Tag des zweiten Jahres eines gewaltigen und fürchterlichen Krieges.

4. Kapitel

Der Rest dieses Tages und den ganzen nächsten Tag über schwelgten die Gefährten in den Diensten der *Roten Gans*, genossen die heißen Bäder, die warmen Mahlzeiten, das kühle Bier und den kräftigen Rotwein und schliefen in weichen Federbetten. Sie sangen im Schankraum der Herberge traurige, süße und anzügliche Lieder, zum Entzücken der Stadtbewohner und Gäste. Denn obwohl eine Streitmacht der Dylvana ein paar Tage in Bridgeton festgesessen und in den Tavernen und Herbergen gesungen und musiziert hatte, konnten die Bewohner nicht genug von den Elfen und ihrem Gesang bekommen. Sie waren die besten Barden, jedenfalls behauptete man das. Und jetzt sangen nicht nur die Lian, sondern auch einer von den *Volksklein*. »... der Laute mit den silbernen Saiten und seiner hohen, süßen Stimme, und dann noch einer vom *Volksklein*, der ab und zu ein Tänzchen wagte. Du wirst es kaum glauben, einer vom *Dwergvolk* trat vor und gab einen seiner *Dwerg*-Gesänge zum Besten, und seine Stimme klang wie eine Ladung Kies, die die Rutsche herunterrasselt, würde ich sagen. Man konnte kein Wort von dem verstehen, was er sang ... die haben vielleicht eine Sprache, pah! Trotzdem, ich muss zugeben, es ging einem ins Blut. Und manchmal, als der *Dwerg* sang, marschierte einer der kleinen Waldan, der getanzt hatte, mit geschwellter Brust herum, einen Krug Bier in der Hand, und manchmal sind ihm alle Gäste gefolgt. Und gelegentlich hat auch dieser Lian-Wächter, dieser Elfenlord, mitgemacht, und ehrlich, fragst du dich nicht auch, wie sich diese Elfenstimme um diese Sprache winden kann? Aber das Beste war, wenn die Elfenlady sang und dieser lautenspielende Waldan die zweite Stimme übernahm und dieser Elfenlord den Kontrapunkt setzte.«

Man muss sicher nicht erwähnen, dass der Schankraum gerammelt voll war, nachdem sich herumgesprochen hatte, dass »ein Waldan und ein Zwerg und zwei Lian in der *Roten Gans* sangen, und ein weiterer Waldan zu ihren Liedern tanzte«.

Zwei Tage lang sangen und spielten zwei Waldan, zwei Elfen und ein Zwerg einfache Lieder, traurige, fröhliche, wagemutige Lieder, von Schiffen auf stürmischer See und Drachen in der Luft, von verlorenen und gefundenen Lieben, von Stürmen und Regenbögen und unermesslichen Schätzen, von Arbeit in Steinbrüchen und dem Einbringen der Ernte, von Silberlerchen und Draega, den gewaltigen Silberwölfen von Adonar, die so groß sind wie Ponys und die tödlichsten Feinde der Vulg, und von anderen Kreaturen der Legenden. Sie sangen und tanzten und marschierten im Takt, und es schien, als würde nach und nach die gesamte Bevölkerung von Bridgeton in der *Roten Gans* auftauchen.

Aber die fünf Gefährten kümmerten sich in diesen zwei Tagen auch um ihre Reittiere, fütterten sie mit gutem Hafer und süßem Wasser und gewährten ihnen Ruhe.

Sie füllten ihre erschöpften Vorräte auf, und Beau sorgte vor allem dafür, dass sie bis Dendor genug Tee mitnahmen. »Es wird kalt werden, Wurro«, erklärte er Tipperton, »und ein heißes Getränk wird uns nur recht sein, sowohl am Morgen als auch am Abend. Und in der Nacht.«

»Vorausgesetzt«, wandte Tipperton ein, »wir können Feuer machen.«

»Ach, Tip, du glaubst doch nicht, dass der ganze Weg bis Dendor voller Rûchs ist?«

Tipperton schlang seinem Freund den Arm um die Schulter. »Ich weiß es nicht sicher, aber wir nehmen den Tee trotzdem mit.«

Und so entspannten sich die Gefährten zwei Tage lang, und tanzten und sangen und tranken und aßen ... und bereiteten sich darauf vor, ihre Reise fortzusetzen, eine lange Reise, denn an einem Band, das einer von ihnen um seinen schlanken Hals trug, hing eine Zinnmünze, die jemand abliefern und somit das Versprechen erfüllen wollte, das er einem Mann gegeben hatte, der schon lange tot war.

Am dritten Morgen nachdem die Verbündeten Bridgeton verlassen hatten, brachen auch Tipperton, Beau, Phais, Loric und Bekki auf. Sie ritten nach Osten über die Steinbrücke, die den Eisenwasser überquerte, der in dem kalten Winter zugefroren war. Sie folgten der Überlandstraße, auf der sie bleiben wollten, bis sie die Bresche erreichten, wo Riamon endete und Garia begann. Dann würden sie sich nach Norden wenden, nach einigen Tagen den Kristallfluss überqueren und endlich ihren Fuß nach Aven setzen. Selbst dann mussten sie jedoch noch mehrere Werst durch das Land reisen, um den Hof von König Agron zu erreichen. Es war insgesamt eine Strecke von mehr als fünfhundertzwanzig Meilen von den Mauern von Bridgeton in Riamon bis zu den Wällen von Dendor in Aven.

Beau stöhnte, als er hörte, wie weit das noch war, aber er deutete mit dem Daumen über die Schulter. »Und wenn schon, Wurro«, sagte er. »Wir hatten wenigstens unser Bad und den Glühwein. Und sag selbst: Hat es nicht viel Spaß gemacht zu singen?«

»Vergiss die warmen Mahlzeiten und die weichen Betten nicht, Beau. Ich denke, dass wir beides längere Zeit nicht mehr sehen werden ... vielleicht sogar nicht, bevor wir Dendor erreichen.«

»Wie viele Tage wird das dauern, was glaubst du?«

»Fünfundzwanzig oder dreißig, wenn nichts schiefgeht.«

Beau stöhnte. »O nein, ein ganzer Monat?«

»Wahrscheinlich«, grollte Bekki, der neben ihnen ritt. »Aber wir kommen unterwegs an Städten vorbei. Falls sie noch stehen ...«

»Bekki!« Beau streckte seine behandschuhte Hand aus. »Red nicht von Städten an unserer Strecke. Ich meine, kaum redet man davon, schon stößt ihnen etwas Schreckliches zu.«

Loric ritt vorweg und drehte sich jetzt um. »Glaubt Ihr, dass es Unglück bringt, wenn man nur davon spricht?«

»Das kann man nie wissen«, erwiderte Beau. »Alles ist irgendwie miteinander verwoben, und ich möchte das Schicksal nicht herausfordern.«

Bekki schnaubte, sagte aber nichts.

Tipperton seufzte und sah Beau an. »Manchmal wünschte ich mir wirklich, Beau, ich hätte dir nichts von Steinen und Wellen in Tümpeln erzählt.«

Phais, die vorn neben Loric ritt, lachte, aber Beau reckte trotzig das Kinn vor. »Na ja, das ist es eben ... alles miteinander verwoben, meine ich.«

»Gutes und Schlechtes, Beau!«, rief Phais von vorn. »Gutes und Schlechtes gleichermaßen.«

Beau runzelte die Stirn und sah Tipperton fragend an, der die Hände hob.

»Ich glaube, sie meint, dass du nur daran denkst, dass schlechte Dinge auch Schlechtes erzeugen«, erklärte Tipperton. »Aber Gutes bringt auch Gutes.«

Beau kniff die Augen zusammen. »Sicher, aber wenn Gutes Gutes erzeugt, und Schlechtes Schlechtes, heißt das auch, dass Gutes manchmal Schlechtes hervorbringt? Ha, natürlich! Genauso, wie Schlechtes Gutes bewirken kann!«

»Passt auf, mein Freund!«, rief Phais. »Denn Ihr befindet Euch jetzt auf einem schlüpfrigen Hang, der Euch vielleicht zu dem Schluss führt, dass ein gutes Ende selbst die gemeinsten Mittel heiligt.«

»Aber, nein, das würde ich niemals behaupten!«, protestierte Beau.

Bekki sah ihn an. »Das würde die Ehre niemals erlauben.«

»Allerdings«, erklärte Beau. »Ganz genau.«

So ritten sie weiter auf der Überlandstraße.

Auf ihrem Weg nach Osten lag das Rimmen-Gebirge in einem Bogen weit entfernt zu ihrer Linken, während ihre Pferde eine eisige Meile nach der anderen hinter sich ließen. Sie ritten tagsüber und übernachteten in Scheunen oder unter freiem Himmel. Die Herbergen am Weg waren entweder niedergebrannt oder aber aufgegeben worden.

In Letzteren übernachteten sie ebenfalls und hinterließen ein paar Münzen auf dem Tresen, wenn sie am nächsten Morgen weiterritten.

Am späten Nachmittag des sechsten Tages kamen sie an einer Abzweigung vorbei, an der ein ausgefahrener Karrenweg nach Südosten von der Überlandstraße abbog. Tipperton ritt den Weg ein Stück hinauf, betrachtete ihn und stieg ab. Er deutete auf den Boden. »Hier sind die Spuren von Hufen und Karrenrädern. Die Verbündeten müssen hier die Überlandstraße verlassen haben.«

»Sie verfolgen die Rûpt«, erklärte Loric.

Bekki legte die Hand über die Augen und spähte nach Südosten. »Dort liegt das Skarpal-Massiv.«

Tief und weit entfernt am Horizont ragten zerklüftete, verschneite Gipfel einer Gebirgskette über das hügelige Gelände.

»Dorthin will der Abschaum«, fuhr Bekki fort.

»Hoffentlich treibt Loden sie bis in ihren Bau zurück!«, sagte Phais.

»Mögen alle Grg sterben, bevor sie ihre Höhlen erreichen«, erwiderte Bekki grollend.

Tipperton war wieder aufgestiegen und trieb sein Pony den Hang hinauf zur Straße zurück, und blickte dann auch zu der Gebirgskette. »Sie werden doch keinem Überlebenden der Brut in die Berge folgen, oder?«

Phais schüttelte den Kopf. »Das ist unwahrscheinlich. Einen Feind von seinem eigenen Terrain zu verjagen ist eine Sache, auf seinem Gebiet gegen ihn zu kämpfen eine ganz andere. Nein, ich glaube, sie werden den Feind verfolgen und ihn bei jeder sich bietenden Gelegenheit angreifen, Hinterhalte legen, kurze Überfälle reiten und dergleichen. Aber wenn sie jene Hänge dort erreichen, werden die Verbündeten zurückbleiben, denn das Gelände ist für einen Kampf nicht geeignet.«

»Gibt es denn ein Gelände, das dafür geeignet ist?«, fragte Beau.

Phais sah den Bokker an und schüttelte verneinend den Kopf. »Nein, Beau, weder Ebenen noch Berge noch Felder noch Moore. Kein Boden sollte jemals mit Blut getränkt werden, aber es gibt Zeiten, da nichts anderes fruchtet. Und wenn man kämpfen muss, dann sollte man sehr klug wählen, denn das Terrain ist entscheidend.«

Tipperton seufzte. »Wenn der Feind diese Berge erreicht, dann sollte man ihn ziehen lassen, richtig?«

Loric zuckte mit den Schultern. »Einige werden ihm vielleicht folgen.«

Bekki knurrte. »Was den Kampf zwischen Gipfeln und Schluchten angeht, niemand macht das besser als die Châkka. Wenn jemand die Grg weiterverfolgt, dann mein Sire und meine Sippe.«

»Verfolgung oder nicht«, erklärte Tipperton, »Sippe hin oder her, das alles ist müßig, was unsere Mission angeht. Ich sage, reiten wir weiter und beeilen wir uns, denn die Sonne steht schon tief, und wir haben bisher noch keinen Platz für ein Lager gefunden.«

Als sich das Zwielicht herabsenkte, gelangten sie an ein Eichengehölz, das eine Herberge an der Straße schützte. Sie wirkte verlassen, weil kein Licht hinter den Fenstern zu sehen und alles ruhig und still war. Als sie aber hineingehen wollten, stellten sie fest, dass die Tür von innen verbarrikadiert war. Bekki zog die Streitaxt aus dem Gürtel und Loric und Phais zückten ihre Schwerter.

»Vielleicht sind sie ja hinten herausgegangen«, erwog Beau verwirrt.

»Leise«, zischte Bekki. »Wenn die Tür verrammelt ist, kann das auch bedeuten, dass sich Grg darin verstecken.«

»Meiner Treu!«, murmelte Beau, wich rasch zurück, zog seine Schleuder aus dem Gürtel und legte ein Bleigeschoss hinein.

Sie schlichen von der Veranda herunter. Tipperton nahm seinen Bogen vom Sattel und nockte einen Pfeil ein. Bekki schob seine Axt wieder in den Gürtel und nahm seinen Streitkolben.

»Ihr drei wartet hier«, befahl Loric und sah Phais an. »Bekki und ich gehen hinten herum.«

Phais nickte, und während Loric und Bekki im Schatten untertauchten, führten sie und die beiden Wurrlinge die Pferde hinter ein paar Eichenbäume in Deckung. »Sollte etwas herausgelaufen kommen«, sagte sie zu den beiden, »dann schießt sofort. Solltet Ihr sie nicht treffen, dann versteckt Euch hinter mir. Und wenn es zu viele sind, so springt auf Eure Ponys und flieht.«

»Wir sollen Euch allein lassen?«, protestierte Tipperton.

»Ich werde die Pferde nehmen und um das Haus herumreiten, um Loric und Bekki zu holen.«

»Ihr vergesst, Phais, dass Bekki nicht auf ein Pferd steigen wird«, erklärte Tipperton. »Ich bringe ihm das Pony.«

»Und ich reite neben Tip«, meinte Beau, »falls eine Schleuder gebraucht wird.«

Phais sah die beiden Bokker an und nickte schließlich.

Einige Augenblicke passierte gar nichts, und Tipperton hörte nur das Schlagen seines eigenen Herzens. Doch dann ...

»Yaaa!«, brüllte Bekki, und Holz splitterte.

Tipperton spannte den Bogen, und Beau wirbelte seine Schleuder herum.

Schreie ertönten aus der Herberge, dann flog die Vordertür auf und Tipperton zielte ...

»Halt!«, schrie Phais. »Das sind Frauen!«

Es waren zwei, die die Treppe hinunterflohen, und ihnen folgte ein Mann mit einem Zapfhammer in der Hand, der ihre Flucht deckte.

Tipperton entspannte den Bogen und trat vor die fliehenden Frauen. Beau kam neben ihn.

»Rutcha!«, gellte eine der Frauen und bog trotz ihrer Leibesfülle scharf nach links ab. Die andere folgte ihr, aber sie rannten gezielt auf Phais zu, die ebenfalls vorgetreten war.

»Drôkh!«, kreischte die korpulente Frau, drehte sich erneut herum und rannte auf die Pferde zu. Im nächsten Augenblick schrie sie: »Hèlrösser!«, wandte sich auf der Stelle herum und stürmte zur Herberge zurück. Die andere Frau war ihr dabei auf den Fersen geblieben und hatte kaum eine Handbreit Abstand gehalten.

Beau fiel vor Lachen in den Schnee.

»Wir dachten, Ihr wärt der Feind«, sagte der Wirt, ein massiger Mann, während er noch ein Bier zapfte.

»Was wir auch von euch gedacht haben«, knurrte Bekki. »Eine verrammelte Herberge gibt Grund zum Argwohn. Sie hätte voller Grg sein können.«

Der Wirt nickte. »Die Straßen waren gesperrt. Es sind wirklich schwere Zeiten.«

»Aye«, bestätigte Bekki und warf ein paar Kupfermünzen auf den Tresen. »Das sollte genug für deine Hintertür sein.«

In dem flackernden Licht einer Kerze warf der Wirt einen Blick auf die Münzen und schob sie dann in seine Schürzentasche. »Das ist es.«

»Tut mir leid, dass ich über Eure Frau und Eure Tochter gelacht habe«, meinte Beau. »Sie müssen schreckliche Angst gehabt haben.«

»Aye«, gab der Mann zu. »Wie wir alle. Aber Ihr solltet Euch bei ihnen entschuldigen, nicht bei mir.«

In diesem Moment kamen die beiden Frauen aus der Küche. Sie trugen Platten und Schüsseln, Löffel und Messer, und dazu eine kalte Rinderkeule, zwei Leib Brote und eine Rübensuppe mit Zwiebeln. »Tut mir leid, aber alles ist kalt«, sagte die Frau. »Wir haben heute Abend kein Feuer angezündet. Man könnte es sehen, obwohl die Vorhänge zugezogen sind.«

»Aber es ist Winter«, meinte Tipperton. »Ihr braucht doch sicher ein Feuer, um Euch zu wärmen.«

»Nur am Tag, Herr«, erwiderte die Tochter.

»Und dann auch nur ein kleines, damit es nicht so stark qualmt«, sagte der Wirt. »Wir kauern uns um den Kamin und wärmen uns für die Nacht. Das ist kein gutes Leben.«

»Wir überlegen, ob wir die Herberge aufgeben, wisst Ihr.« Die Frau hatte ein großes, rotes Gesicht und rotblondes Haar. »Die anderen Nachbarn an der Straße sind alle weggezogen, und es kommen auch keine Reisenden mehr her, obwohl im Winter ohnehin nie viele kamen. Ihr seid die Ersten, die wir seit Wochen gesehen haben.«

»Wohin wollt Ihr gehen?«, fragte Tipperton und riss sich ein Stück Brot ab.

»Wir haben Verwandte in Dael, die uns aufnehmen, bis das alles vorbei ist.«

»Meiner Seel«, stieß Beau hervor. »Meiner Treu.«

»Dann haben wir schlechte Nachrichten für Euch, fürchte ich«, sagte Phais seufzend.

»Schlechte Nachrichten?« Die Tochter war ein schlankes Spiegelbild ihrer Mutter und sah ihre Eltern besorgt an. »Für uns?«

»Aye«, meinte Phais. »Und es gibt keine schonende Art, es Euch zu sagen.«

»Dann sagt es einfach«, schlug der Wirt vor und packte die Hand seiner Frau.

»Dael wurde zerstört«, sagte Phais. »Von einem Drachen und Feuer und einem Wintersturm.«

»Meine Schwester«, stieß die Frau heraus und sah sie flehentlich an.

»Es gab keine Überlebenden«, erklärte Phais.

Bekki knurrte zwar, sagte aber nichts.

Die Frau weinte lautlos.

Am zwölften Tag, nachdem sie Bridgeton verlassen hatten, ritten sie einen langen Hang zu einigen niedrigen Hügeln hinauf und überquerten spät am nächsten Tag einen Bergrücken, das Rimmen-Gebirge im Norden und das Skarpal-Massiv im Süden. Es war der fünfzehnte Tag des Januar, als sie Garia und die ausgedehnten Ebenen des Landes erreichten. Endlich hatten sie die Berge überwunden, die zwischen ihnen und ihrem Ziel gestanden hatten. Also bogen sie nach Norden ab, und jeder der fünf Gefährten lächelte, denn von hier aus waren es nur noch zweihundertachtzig Meilen geradewegs über sanfte Hügel nach Dendor in Aven, wo sie, wie sie hofften, endlich eine Münze übergeben konnten.

5. Kapitel

»Und du hast gesagt, das hier wäre der leichtere Teil«, zischte Beau, als er bäuchlings im Schnee lag, die Schleuder in der Hand.

»Beau, ich habe nur gesagt, dass das Land angenehmer wird, weil jetzt nur noch Hügel kommen und keine Gebirge mehr«, antwortete Tipperton, während er das Lager unter ihnen beobachtete, den Pfeil auf die Sehne eingenockt. »Von der Brut war keine Rede.«

Auf der anderen Seite des Kristallflusses, der Grenze zwischen Garia und Aven, lag eine kleine Kompanie des Gezüchts. In der ruhigen Luft stieg der Rauch ihrer Lagerfeuer gerade in den Himmel empor. Diese Rauchwolken hatten unsere Gefährten alarmiert, als sie am Morgen ihres sechsten Tages in Garia weiter in Richtung Norden geritten waren.

Tipperton wandte sich an Bekki. »Warum bewachen sie wohl die Furt? Wir haben Winter, der Fluss ist zugefroren. Wir könnten ihn überall überqueren.«

»Wer weiß schon, wie die Grg denken?« Bekki umklammerte seinen Streitkolben so fest, dass seine Knöchel weiß hervortraten.

»Gyphon«, mischte sich Beau ein. »Und Modru.«

Bekki warf dem Wurrling einen finsteren Blick zu, erwiderte aber nichts.

»Vielleicht wurden sie von Modru hierhergeschickt, um auf den Frühling zu warten«, spekulierte Phais. »Denn wenn der Fluss getaut ist, ist das hier der einzige Übergang weit und breit.«

»Sie könnten Deserteure sein«, vermutete Beau. »Wie jene, die wir in Riamon gesehen haben.«

»Ob es nun Deserteure sind oder Wächter, wir müssen sie trotzdem umgehen«, erklärte Loric. »Es sind zu viele, als dass wir sie angreifen könnten.«

Bekki fauchte gereizt. »Aye«, meinte er jedoch. »Trotzdem gefällt es mir nicht, vor den Grg wegzulaufen.«

»Wir laufen ja nicht«, widersprach Tipperton.

»Dennoch.«

Phais deutete nach links. »Dahinten müssten wir den Fluss ungesehen überqueren können. Dort, an den Hängen des Rimmen-Kreises, an der gegenüberliegenden Flanke des zweiten Hügels, wo der Fluss eine Biegung macht.«

Sie krochen vorsichtig von dem Hügelkamm zurück und gingen dann zu ihren Pferden.

Die beschlagenen Hufe der Pferde klirrten auf dem Eis.

»Können sie das Geräusch hören?«, zischte Beau. »Die Rûpt, meine ich.«

»Vielleicht.« Loric spornte sein Pferd an. »Beeilt Euch.«

Die fünf Reiter galoppierten mit den Packpferden über den zugefrorenen Fluss, das gegenüberliegende Ufer hinauf und in das hügelige Gelände hinein. Sie konnten nicht sehen, ob sie verfolgt wurden, denn die Brut war zu Fuß unterwegs und hätte die galoppierende Pferde nicht einholen können.

»Die Brut ist in Aven«, sagte Tipperton. Es schneite sacht. »Das lässt nichts Gutes ahnen.«

»Ich glaube, in diesem Krieg sind sie überall«, meinte Beau. »Damals, als wir das Feuer auf Beacontor gesehen haben, da meintest du doch, dass es einen großen Krieg ankündigen konnte, und jetzt hat sich das als wahr herausgestellt. Wir können wirklich bezeugen, dass ganz Mithgar von einem großen Krieg heimgesucht wird.«

Bekki griff zu dem Teetopf, der auf dem kleinen, rauchlosen Feuer stand. »Aye. Der Krieg wütet überall, und wir schleichen uns vor den Feinden davon.«

»Wir sollten nichts tun, was unseren Auftrag gefährdet«, argumentierte Phais, »oder ihn auch nur verzögert.«

»Allerdings.« Bekki stellte den Topf wieder auf das Feuer, in dem zischend die Schneeflocken landeten. »Trotzdem, wie ich schon sagte, es passt mir nicht, dass wir den Feind einfach umgehen. Darin liegt keine Ehre.«

»Aber ehrlos ist es auch nicht unbedingt«, widersprach Phais.

Bekki sah sie fragend an. »Vielleicht nicht. Aber je schneller wir diese Münze überbringen, desto eher können wir in den Krieg eingreifen.«

»Und zwar klug, hoffe ich«, fügte Tipperton hinzu, »nicht überstürzt.«

»Ha!«, blaffte Bekki. »Und das von einem, der ›Rettet mich von der Rückseite‹ schrie und den Grg einfach vor die Nase sprang.«

Tipperton wandte sich flehentlich an Loric. »Hieltet Ihr das auch für überstürzt?«

Loric seufzte. »Sagen wir, es kam ein bisschen plötzlich.«

Tipperton wandte sich mit einem triumphierenden

Lächeln zu Bekki um und sah erstaunt, dass der Zwerg grinste.

»Pah!«, machte Beau. »Hoffen wir, dass wir bis Dendor nicht mehr auf irgendwelches Gezücht stoßen. Tip hat mir eine angenehme Reise versprochen, und die möchte ich auch erleben.«

»Das Dorf steht in Flammen«, rief Phais. »Wir müssen einen Bogen schlagen.«

»Und wenn sie Hilfe brauchen?« Beau betrachtete die schwarzen Rauchwolken am Himmel.

»Wir müssen hier wie in Valon alle brennenden Städte umgehen«, erklärte Tipperton.

Beau sah Bekki an. »Allmählich bin ich Eurer Meinung, Bekki. Je schneller wir diese verdammte Münze loswerden, desto eher können wir helfen. In diesem Punkt sind wir einer Meinung.«

Bekki warf einen Blick auf den Medizinbeutel an Beaus Sattel und schüttelte den Kopf. »Einer Meinung? Ich fürchte nicht. Denn Ihr wollt in den Kampf eingreifen, um Leben zu retten, ich dagegen will sie nehmen.«

Um die brennende Stadt und den Feind schlugen sie einen weiten Bogen. Am nächsten Tag wiederholte sich dasselbe, denn ein weiterer Weiler brannte. Darin lief die Brut Amok.

Beau seufzte. »Ach, Tip, es ist genauso, wie du befürchtet hast. Rukhs und ihresgleichen sind in Aven und plündern und zerstören alles.«

Tipperton schüttelte grimmig den Kopf. »Ich frage mich, Beau, was es für Dendor bedeutet, dass der Feind schon hier ist.«

Statt eines Rittes von zehn Tagen – vom Kristallfluss nach Dendor – brauchten die Gefährten fast zwei Wochen für die zweihundert Meilen, denn überall durchstreiften Patrouillen der Brut das Land. Die fünf konnten häufig nur nachts reiten, um nicht auf den weiten Ebenen erspäht zu werden. An einem Tag wurden sie von einem einsamen Rukh gesichtet, der nach Westen lief, warum auch immer. Loric ritt ihn von hinten nieder und tötete ihn mit einem Hieb seines Schwertes, bevor er jemanden alarmieren konnte.

Sie ritten weiter nach Norden, durch schlechtes und schönes Wetter, machten einen großen Bogen um jeden Rûpt, damit sie nicht entdeckt wurden, und wichen dabei weit von ihrer ursprünglichen Route ab. Sie mussten sich endlos lang verborgen halten, kehrten jedoch immer wieder auf ihren ursprünglichen Kurs zurück.

Sehr zu Beaus Bestürzung machten sie auch keine Lagerfeuer mehr. »Tee«, jammerte er wiederholt. »Ich brauche meinen Tee, aber die Brut verhindert, dass ich ihn bekomme. Bekki, schon allein aus diesem Grund würde ich sie töten.«

Sie kamen Dendor immer näher, bis sie schließlich die letzten Hügel hinaufritten, von deren Kamm aus sie einen Blick auf Dendor haben würden. Tipperton beschlich ein ungutes Gefühl, und je näher sie der Stadt kamen, desto mehr fürchtete er sich, nach vorn zu sehen.

Schließlich warf Loric Phais einen grimmigen Blick zu. »Hörst du es, Chier?«

Sie nickte.

»Was?«, fragte Beau. »Was hört Ihr?«

»Trommeln«, erwiderte Phais. »Hörner, Schreie und das Klirren von Waffen.«

»Trommeln?«, fragte Tipperton. »Wie jene, die vor den Toren von Minenburg Nord erklangen?«

»Aye«, bestätigte Loric. »Kriegstrommeln der Brut.«

»Himmel«, meinte Tipperton. »Ich kann sie nicht hören, ebenso wenig wie die Schreie oder das Klirren von Waffen. Mein Herz schlägt einfach zu laut.«

»Meines auch«, erwiderte Phais.

»Und meines erst«, warf Beau ein.

Bekki nickte nur.

»Ich fürchte das, was es bedeuten mag«, erklärte Loric.

»Seht!«, rief Tipperton und deutete auf eine Rauchsäule, die in den Himmel stieg.

»Meiner Seel!«, stieß Beau hervor.

»Vash!«, sagte Loric und spornte sein Pferd an. Die anderen folgten ihm auf dem Fuße.

Sie galoppierten den Hang hinauf, und jetzt hörten sie alle die Trommeln, Hörner und Schreie und auch das Klirren der Waffen ... Immer noch stieg Rauch auf, und der unverwechselbare Brandgeruch drang an ihre Nase ...

... und ihre Furcht wuchs ...

... Tipperton sah Beau an, dessen Gesicht ebenso weiß war wie seines.

Schließlich erreichten sie den letzten Hügelgrat und blickten auf die Ebene, die vor ihnen lag. Dort stand die mit Mauern bewehrte Stadt Dendor. Sie brannte, wenn auch nur an wenigen Stellen, wo Löschbrigaden mit Eimern gegen das Wasser kämpften. Aber es war nicht das Feuer, das die Blicke der Gefährten anzog. Denn um die Mauern der Stadt selbst tobte eine Schlacht. Armeen wogten hin und her, Rûpt und Menschen, die sich einen chaotischen Kampf lieferten und den Boden mit rotem Blut tränkten.

Für Tipperton wirkte es wie der blanke Wahnsinn, als Reiter den Feind angriffen, gedeckt von Regimentern der Infanterie, und auf Ghûls auf Hèlrössern stießen, denen Hlöks und Rukhs zur Seite standen. Lanzen, mit Widerhaken bewehrte Speere, Säbeln, Keulen, Streitäxte, Streitkolben, Prügel, Morgensterne, Krummsäbel, Falchion, Ketten, Peitschen, Hacken ... Sie durchtrennten, prügelten, durchbohrten, zertrümmerten und zerfetzten Menschen wie Rûpt gleichermaßen. Der Himmel verdunkelte sich fast von den Pfeilsalven, die in gewaltigen Schwärmen durch die Luft pfiffen und Tod brachten, schwarz gefiederte, denen solche mit weißen Federn antworteten. Pferde stürzten schrill wiehernd zu Boden, Männer brüllten, wenn sie niedergemetzelt wurden, und Rukhs und Hlöks kreischten im Tode.

Hinter den Linien der Rûpt standen gigantische Katapulte, Sturmtürme und Mauerbrecher bereit, und warteten auf ihren Einsatz. Aber noch wurden sie nicht nach vorn gerollt, weil dort der Wahnsinn herrschte.

»Bei Adon!«, stöhnte Tipperton. Vor Angst hämmerte sein Herz wie verrückt in seiner Brust. »Ich hatte gehofft, dass wir so etwas nicht mehr sehen müssten.«

»Könnt Ihr das erkennen?«, fragte Loric.

Beau sah den Alor fragend an. Sein Gesicht war blass und niedergeschlagen. »Was?«, fragte er den grimmigen Elf.

Aber Lorics Blick war auf das Schlachtfeld fixiert, er antwortete nicht.

»Aye!«, stöhnte Phais plötzlich. »Dort.« Zitternd streckte sie die Hand aus.

Tipperton folgte ihrem ausgestreckten Arm und sah ...

... wie an der Westseite der Stadt die Menschen vorm

Feind zurückwichen. Die meisten drehten sich einfach um und rannten zu den Toren von Dendor, die hinter ihnen lagen.

Und allein in einer kreisförmigen, freien Fläche zwischen der angreifenden Brut schritt ein Monster auf die Stadt zu. Es sah in der Mittagssonne grau aus, ging aufrecht auf zwei Beinen, wie ein Ogru. Aber es war keiner ...

Dann wusste Tipperton, warum sein Herz so furchtsam hämmerte. Dies konnte nur ein Gargon sein, ein Furchtwirker, und vor seiner schrecklichen Wirkung flohen die Menschen. Obwohl einige nur vor Entsetzen auf die Knie fielen, unfähig selbst zur Flucht.

Selbst aus dieser Entfernung konnte Tipperton erkennen, dass er riesig sein musste, denn er war anderthalb Mal so groß wie ein Mensch. Der Wurrling glaubte in der Sonne Schuppen schimmern zu sehen, obwohl er sich nicht sicher war. Das Monster schritt stampfend voran, einsam in seinem weiten Kreis, denn selbst die Brut konnte sich ihm nicht nähern, so schrecklich war seine Macht.

Er wirkte unverwundbar und verbreitete seinen Schrecken unaufhaltsam, während er voranschritt.

Doch plötzlich wurden die Flüchtenden langsamer, drehten sich um und packten ihre Waffen fester, jedenfalls jene, die sie nicht hatten fallen lassen. Die Männer, die auf die Knie gefallen waren, rappelten sich hoch und liefen zurück in ihre Schlachtreihen.

»Siehst du, Chier, dort oben auf den Wällen?«, rief Phais.

»Aye«, erwiderte Loric.

»Was denn?« Tipperton konnte auf den Zinnen nichts als ein Gewühl von Menschen erkennen, obwohl er sah, wie einige Männer eine Speerschleuder heranrollten. Die gigantische Armbrust war bereits mit einem Speer geladen. »Ist das ein Trick? Haben sie den Gargon nur in Reichweite gelockt?«

»Nein, Kleiner«, antwortete Loric. »Dort oben auf der Mauer steht ein Magier, vielleicht sogar mehrere.«

»Was tun sie denn?«, rief Beau, der die Zinnen absuchte. Aber er konnte niemanden erkennen, der wie ein Magier aussah.

»Sie unterdrücken die Macht des Draedan«, erklärte Phais.

»Aber mein Herz hämmert noch immer«, widersprach Tipperton.

»Meines auch«, bestätigte Bekki.

»Sie können ihren Schutz nicht so weit ausdehnen«, erklärte Loric, »weil das ihre Kräfte übersteigen würde. Sie schützen nur die Menschen vor der Stadt, die in vorderster Front, und lindern ihre Furcht.«

Ein Hornsignal der Rûpt ertönte, und die vorrückende Brut stoppte. Der Gargon brüllte in ohnmächtigem Zorn, als er die Macht der Magier spürte. Sein Wutschrei hallte laut von den umliegenden Hügeln zurück.

Das Horn gellte erneut, und der angreifende Feind zog sich zurück.

Doch an den anderen Stellen vor den Mauern tobte die Schlacht mit unverminderter Grausamkeit weiter, während sich schreiende Menschen und heulende Rûpt gegenseitig massakrierten.

Schließlich wurden die zahlenmäßig unterlegenen Menschen immer weiter zurückgedrängt, bis sie die steinernen Brücken entlang über einen ausgetrockneten Graben flüchteten und durch die Tore und in die Straßen dahinter quollen. Die gewaltigen Portale fielen hinter ihnen zu und wurden mit starken Balken verrammelt.

Jetzt stand die Stadt Dendor unter Belagerung, und niemand konnte die Umklammerung des kalten Eisens durchdringen, sie verlassen oder hineingelangen.

Obwohl sein Herz vor Furcht noch immer heftig pochte, stieß Tipperton einen Fluch aus: *»Dahet malum scaths!«* Er bediente sich der uralten Sprache der Wurrlinge, des Twyll, als seine Wut die Angst überlagerte. Denn heute war es auf den Tag genau ein Jahr her, dass dieser tödliche Kampf vor seiner kleinen Getreidemühle in Wilderland stattgefunden und er eingewilligt hatte, eine kleine Zinnmünze zu überbringen. Es war ein Jahr her, seit er bei seiner Ehre geschworen hatte, den Wunsch eines Sterbenden zu erfüllen, auf den Tag genau. Und nach diesem einen Jahr hatte ihn seine mühsame und gefährliche Reise jetzt endlich zu der Schwelle des Empfängers geführt ... und jetzt mussten seine Kameraden und er feststellen, dass sie ausgeschlossen waren und sie unmöglich übertreten konnten.

6. Kapitel

»Meiner Treu.« Beau und die andern standen auf dem Hügel und beobachteten, wie der Schwarm Dendor belagerte. »Jetzt sind wir unserem Ziel so nahe und werden doch gehindert, es zu erreichen.«

»Ich hätte während der Schlacht hinabreiten und mit den Männern durch die Tore in die Stadt flüchten sollen«, erklärte Tipperton.

»Dann würden wir jetzt aber in der Falle sitzen«, gab Beau zu bedenken.

Tipperton seufzte. »Nein, Beau. Ich hätte dir und den anderen dieses Risiko nicht abverlangt. Ich hätte allein reiten sollen. Wenigstens hätte ich dann endlich die Münze abliefern können.«

Beau sah seinen Freund böse an. »Hör zu, Wurro! Glaubst du wirklich, dass ich dich jetzt allein gelassen hätte, nachdem ich den ganzen weiten Weg mit dir geritten bin? Außerdem will ich wissen, was es mit dieser Münze auf sich hat.«

»Ich will sie einfach nur loswerden«, erwiderte Tipperton.

»Sie ist eine schwere Bürde, ganz gleich, wie viel sie wirklich wiegt«, meinte Phais.

»Aber die Ehre gebietet es«, erklärte Bekki. »Trotzdem, solange Modrus Schwarm die Stadt belagert, dürfte es schwierig sein, dein Versprechen zu halten, Tipperton.«

Tipperton nickte düster. »Warten wir ab. Vielleicht gibt es bald noch eine Schlacht. Und ganz gleich, was Beau sagt, wir brauchen nicht alle in Dendor festzusitzen, falls es den Menschen nicht gelingt, die Belagerung zu durchbrechen. Niemand von Euch muss mitgehen.«

Beau räusperte sich und schüttelte den Kopf. »Hast du mich nicht gehört, Tip? Ich werde dich nicht allein gehen lassen. Ich werde wie eine Klette an dir kleben. Was Phais und Loric und Bekki dagegen angeht ...«

»Ich habe meinem DelfHerrn geschworen, dich bei dieser Mission zu behüten, Tipperton«, grollte Bekki. »Und das werde ich auch tun.«

»Wenn Ihr ohne uns geht«, erklärte Loric, »werdet Ihr drei höchstwahrscheinlich von den Menschen für Rucha gehalten und sofort getötet. Werdet Ihr jedoch von Wächtern begleitet, wie von Dara Phais und mir, so werdet sowohl Ihr als auch wir vermutlich überleben.«

»Meiner Seel«, meinte Beau, »er hat recht, Tip. Denk an das, was bei der Herberge geschah. Man hat uns tatsächlich mit Rukhs verwechselt.«

»Sicher, Beau, aber das passierte in der Nacht und außerdem war es eine verängstigte Frau. Sie hat sogar Phais für einen Hlök und die Pferde für Hèlrösser gehalten. Wahrscheinlich hätte sie Loric im Dunkeln auch als einen Hlök angesehen. Was Bekki angeht, das weiß ich nicht. Möglicherweise als einen winzigen Riesen.«

»Kruk!«, knurrte Bekki, grinste aber dabei.

»Trotzdem, Tipperton«, beharrte Phais, »die Menschen sehen im Dunkeln nur schlecht, und wenn wir versuchen, des Nachts zu ihnen zu gelangen, ob nun im Feld oder auf den Mauern, werden sie uns vermutlich für Gezücht halten.«

»Dann müssen wir eben am Tag nach Dendor gehen«, erklärte Beau.

»Ah, mein Freund, aber dann«, wandte Loric ein, »werden die *Rûpt* uns genau als das erkennen, was wir sind.«

»Scheunenratten«, knurrte Beau.

»Tipperton hat recht«, sagte Bekki. »Wenn die Menschen einen neuen Angriff wagen, müssen wir das Durcheinander ausnutzen und versuchen, die Stadt zu erreichen.«

In dieser Nacht lagerten sie in den Hügeln, aber sie schliefen erst spät ein, denn durch ihre Adern pulsierte noch immer die Furcht, die der Gargon wirkte.

Am nächsten Tag schlichen sie wieder zum Hügelkamm, aber an diesem Tag riskierten die Menschen keinen Ausfall, ebenso wenig wie am nächsten und übernächsten.

Am fünften Tag jedoch krachte es plötzlich. Jubelschreie folgten ihm, und die Rûpt schlugen ihre Trommeln. Eine Woge von Furcht überströmte sie, die jedoch rasch abebbte. Dann krachte es erneut, das Geschrei schwoll an, Hörner gellten, Trommeln dröhnten, und wieder spülte eine Woge der Furcht über die Gefährten hinweg.

Die Kameraden erreichten den Kamm gerade in dem Augenblick, als der gewaltige Arm einer Steinschleuder hochschwang und ein Regen von Gegenständen durch die Luft in die Stadt hinuntersegelte.

»Oh, Loric!« Phais wandte sich voller Abscheu ab.

Noch während die Woge der Furcht über sie hinwegspülte, fragte Beau: »Was ist das? Was werfen sie ...«

Dann sah er es und stieß ein entsetztes Keuchen aus, ebenso wie Tipperton, der neben ihm stand.

Man hatte die Leichen aus dem Schnee gesammelt und zu den Katapulten geschleppt, sie zerhackt und dann willkürlich in die Schlingen der Steinschleudern geladen. Dann wurden sie in die Stadt katapultiert und Köpfe, Körper, Arme, Beine regneten auf die Dächer und die Straßen von Dendor hinab. Die Hörner gellten, die Trommeln schlugen, und eine Woge der Furcht wogte nach der anderen über die Stadt hinweg.

»Herr im Himmel, wie grauenvoll!«, keuchte Beau, dem die Tränen über die Wangen liefen.

Wieder knallte das Katapult.

»Wir müssen etwas unternehmen«, rief Tipperton. »Wir können doch nicht einfach hier herumstehen und abwarten, bis die Dendorianer die Belagerung aufbrechen.«

»Wir sind nur zu fünft, Tip«, widersprach Beau. »Immerhin haben wir hier keine Armee hinter uns wie bei unserem Angriff auf Minenburg Nord, als wir die Brut von vorn und hinten gleichzeitig angriffen.«

»Genau das ist es, Beau«, stieß Tipperton hervor. »Du hast den Nagel auf dem Kopf getroffen. Wir brauchen noch eine Armee, und einen koordinierten Angriff, einen Ausfall aus der Stadt und einen von hinten ...«

»Das ist aber der springende Punkt, Tip! Woher sollen wir eine Armee bekommen?«

Peng! Wieder knallte das Katapult.

»Kachar«, erklärte Bekki. »Wir reiten nach Kachar.«

»Kachar?«, fragte Tipperton.

»Der Châkkahorst in der Nähe des Kaagor-Passes«, erläuterte der Zwerg. »Er ist das Nächste.«

»Näher als die Armee der Verbündeten?«

»Aye. Kachar liegt nur hundertsechzig Meilen nördlich von hier, während die Verbündeten mehr als doppelt so weit entfernt sind, oder sogar noch weiter, falls sie die Horde in das Skarpal-Massiv verfolgt haben.«

Peng!

»Und wenn Kachar ebenfalls belagert wird?«, wollte Beau wissen. »Immerhin ist es eine Zwergenfestung, und Modru scheint einen besonderen Groll gegen Euer Volk zu hegen.«

»Wenn es belagert wird«, sagte Loric, »können wir uns an die Jordier wenden.«

»Glaubst du, dass der Pass von den Rûpt gehalten wird?«, erkundigte sich Phais.

Loric zuckte die Achseln.

»Ganz gleich«, erklärte Tipperton, »wir müssen es versuchen. Wenn wir dieses Gezücht hier aufhalten wollen und ich jemals meine Münze überbringen soll, müssen wir diese Belagerung durchbrechen. Und um das zu bewerkstelligen, benötigen wir eine Armee.«

»›Sucht die Hilfe jener, die keine Menschen sind, um die Flammen des Krieges zu ersticken‹«, zitierte Beau die rätselhaften Worte, die Dara Rael vor Monaten im Rat geäußert hatte. Aber von wem in diesem Sermon gesprochen wurde, wusste keiner.

Peng!

Beau drehte sich zu Tipperton herum. »Reiten wir zu Bekkis Zwergen.«

Sie verließen den Kamm, saßen auf, ritten zu ihrem Lager, luden ihre Habseligkeiten auf die Packpferde und ritten nach Westen. Nach etwa drei Werst kamen sie zu den

Hügeln über der Ebene und warteten dort, bis es dunkel wurde. Unter dem Licht des zunehmenden Mondes überquerten sie die flache, baumlose Steppe, die tief verschneit war, und erreichten kurz nach Tagesanbruch und zwanzig Meilen später die andere Seite.

Sie rasteten den nächsten Tag und die Nacht und brachen am frühen Morgen des übernächsten Tages auf.

Am sechsten Tag erreichten sie die Ufer des großen Flusses Argon, der von Osten kam und nach Westen weiterströmte. Er war zugefroren, und die Eisfläche breitete sich weit vor ihnen aus. Am Ufer standen die Reste eines niedergebrannten Kais, dessen verkohlte Duckdalben von Eis überzogen im Fluss standen. Ein Haufen Asche war alles, was von einer kleinen Hütte am Ufer übrig geblieben war.

Bekki knirschte mit den Zähnen. »Die Grg waren hier.«

»Was ist das für ein Ort?«, wollte Beau wissen.

»Der südliche Anlegesteg für die Kaagor-Fähre«, antwortete Loric.

»Müssen wir mit einer Fähre übersetzen?«

Loric neigte den Kopf. »Aye. Wenn der Fluss nicht vereist wäre und die Rûpt nicht alles zerstört hätten. Aber selbst wenn die Fähre noch benutzbar wäre, ist sie zwecklos, wenn der Fluss zugefroren ist. Also müssen alle warten oder sich aufs Eis wagen.«

Bekki knurrte immer noch, als er abstieg und seine Axt packte. »Ich werde nachsehen, ob es uns trägt.«

»Moment«, hielt Loric ihn zurück. »Der Argon ist größer als die anderen Flüsse, die wir überquert haben. Er ist breit und sehr tief. Ich mache ein Seil bereit.«

»Hoy«, flüsterte Beau Tipperton zu. »Als wir den Kristallfluss überquert haben, haben wir den Eistest nicht gemacht.«

»Wegen der Brut«, erwiderte Tipperton. »Wir konnten es nicht überprüfen. Weißt du noch, wie das Eis unter den Hufen geknackt hat? Außerdem sind einige Flüsse auch wärmer. Im Wilderfluss an meiner Mühle gab es eine Stelle, die nie zufror.«

Bekki band sich das Seil um den Leib und tastete sich Schritt für Schritt auf das Eis hinaus. Dann stampfte er mit dem Fuß auf. »Es scheint dick genug zu sein.«

Er ging weiter hinaus, kniete sich hin und hackte mit der Axt so heftig ins Eis, dass Brocken umherflogen. Nach einer Weile blickte Bekki hoch. »Ich bin jetzt zwei Handbreit tief, und es ist immer noch Eis. Das würde eine ganze Armee tragen. Aber führt die Pferde hintereinander drüber, während ich vorgehe ...«

Sie benötigten fast drei Kerzenstriche, doch dann hatten sie den Argon überquert. Das Eis war des kalten Winters wegen dick genug, um sie alle zu tragen.

»Bis nach Kachar sind es noch gut zweiundfünfzig Meilen«, meinte Bekki, als sie wieder aufstiegen. »In zwei Tagen sollten wir dort sein.«

»Hoffen wir nur, dass Kachar nicht belagert wird«, sagte Tipperton.

»Sie haben versucht, den Kaagor-Pass zu besetzen«, erklärte Valk. »Aber wir haben sie vertrieben und alle getötet.« Der rothaarige DelfHerr schlug mit der Faust auf den Steintisch. »Und jetzt sagt ihr, Dendor wird belagert. Elwydd, wann soll das alles enden?«

»Wenn Modru geschlagen oder vernichtet ist«, erklärte Loric.

Valk knurrte zustimmend. »Aber wenn er von Drachen und Ghaths unterstützt wird, dürfte das nicht leicht sein.«

»Was die Draedan betrifft«, meinte Loric. »In Dendor gibt es einen Magier, der in der Lage zu sein scheint, die Furcht, die sie ausstrahlen, einzudämmen. Aber die abtrünnigen Drachen, das ist eine gänzlich andere Angelegenheit. Trotzdem, wir haben in diesem einen Jahr nur einen gesehen, Skail. Obwohl Lord Tain in Dael in seinem Wahn davon gesprochen hat, Sleeth hätte die Stadt zerstört. Vielleicht greifen die Drachen nur selten ein, weil Modru ihnen etwas sehr Wertvolles versprechen muss, bevor sie handeln. Weder meine Gefährten noch ich wissen, was das sein könnte, aber wir haben lange darüber nachgedacht.«

»Vielleicht weiß Tip ja die Antwort«, mischte sich Beau ein. Als ihn sein Freund verständnislos ansah, fuhr er fort: »Sie könnten den Drachenstein haben wollen.«

»Der ist verloren«, grollte Valk. »Jedenfalls soweit ich weiß.«

Phais nickte. »Mit Rwn untergegangen.« Sie sah Tipperton an. »Trotzdem, die abtrünnigen Drachen würden Modru vielleicht den Gefallen tun, und für ihn kämpfen, wenn er ihnen so etwas verspricht.«

»Dennoch«, widersprach Bekki, »das ist jetzt nicht das Entscheidende. Wir müssen Dendor retten.«

Valk nickte. »Aye. Die Stadt ist ein wichtiger Handelspartner unserer Zwergenfeste, und wir haben einen Vertrag mit König Agron, dass wir uns im Notfall gegenseitig zu Hilfe kommen.«

»Und diese Hilfe brauchen sie jetzt ganz bestimmt!«, platzte Beau heraus.

Valk sah ihn an und knurrte. »Keine Angst, Waeran,

wir Châkka honorieren unsere Verträge.« Er deutete auf die Flagge der Zwergenfestung, die an der Wand der Kammer hing. Gekreuzte, silberne Streitäxte auf schwarzem Grund. »Vor allem die Châkka von Kachar.«

»Meiner Treu«, stieß Beau verlegen hervor, »ich wollte nicht ... ich meinte nicht ...«

»Er weiß es, Herr Beau«, kam ihm Phais zu Hilfe. »Er weiß es.«

Valk knurrte und griff nach einer Zugkordel. »Es wird Zeit, meine Hauptleute zu rufen. Wir müssen eine Schlacht planen.«

Als sich Valk mit seinen Hauptleuten zum zweiten Mal traf, zusammen mit Tipperton, Beau, Phais, Loric und Bekki, gab es nur noch ein Problem, das beseitigt werden musste, dann war der Plan fertig.

Bekki blickte auf die Karte, auf der kleine Holzsymbole die Segmente der Horde markierten, die die Mauern von Dendor umgaben. Sie zeigten auch die Angriffsrouten der Zwerge, sowie die wahrscheinlichen Pfade, die die Menschen aus der Stadt nehmen würden. Bekki knurrte und sah Valk an. »Es gibt nur noch eine Frage, DelfHerr. Woher sollen die Menschen wissen, dass wir kommen, und wie sollen sie von unserem Plan erfahren? Anders als in Minenburg Nord gibt es keinen geheimen Eingang nach Dendor, jedenfalls keinen, den ich kenne.« Er sah Valk an.

Der DelfHerr schüttelte den Kopf. »Es gibt vielleicht einen Tunnel, aber davon hat Agron mir gegenüber nie etwas erwähnt.«

Schweigend betrachteten sie die Karte. »Wir alle wissen, dass der Erfolg unseres Planes vor allem davon abhängt, dass wir die Angriffe ordnen können. Gelingt uns das nicht, werden wir unterliegen. Also ist dies der entscheidende Punkt: Wie wollen wir König Agron davon verständigen?«

Der DelfHerr sah die Versammelten an. »Überlegen wir, wie wir es bewerkstelligen können.«

Sie besprachen es sehr lange, schmiedeten Pläne, suchten die Schwachpunkte und verwarfen sie wieder.

Einige rieten dazu, Nachrichten an Pfeile zu binden, und sie in die Stadt zu feuern, falls man die Bogenschützen nahe genug postieren konnte. Oder stattdessen Speerschleudern zu benutzen, die eine größere Reichweite hatten. Aber wenn nun die Nachrichten nicht gefunden wurden? Außerdem bestand die Gefahr, dass König Agron eine solche Nachricht für eine List hielt. Andere führten an, die Gefahr, dass ein solcher Pfeil oder gar ein Bogenschütze in die Hände der Feinde fiel, wäre viel zu groß. In diesem Fall würden alle Pläne verraten werden, denn es gab keine Geheimsprache zwischen DelfHerrn Valk und König Agron.

Und Signale mit Spiegeln von einem Kamm aus zu senden, könnte von den Feinden ebenfalls bemerkt werden.

Andere Pläne wurden auch verworfen, zum Beispiel der, nach einem geheimen Tunnel zu suchen. »Pah!«, meinte Bekki. »Wenn es einen geheimen Gang aus der Stadt gäbe, hätte uns König Agron doch längst um Hilfe gebeten, oder meint ihr nicht?«

»Noch schlimmer wäre«, wandte Loric ein, »wenn die Rûpt den Tunnel entdeckten. Sie würden ihn gewiss dazu benutzen, in die Stadt einzudringen.«

Einer der Hauptleute, der neben Tipperton saß, ein

schwarzhaariger Zwerg namens Kaldi, sagte: »Könnten wir nicht einfach auf dem südlichen Bergkamm aufmarschieren, damit uns König Agron sieht und weiß, dass wir kommen? Dann wird er sicherlich einen Ausfall machen, wenn wir angreifen.«

Valk schüttelte den Kopf. »Das ist ein ehrenwerter Plan, Kaldi, und möglicherweise bleibt uns am Ende auch keine andere Wahl. Aber Modru würde von unserer Aufstellung alarmiert werden, weil er einen Astralkörper in der Horde hat. Dann schickt er vielleicht einen Drachen. Nein, wenn es möglich ist, sollten wir sie überraschen.«

»Scheunenratten!«, fluchte Beau. »Solange der Schwarm um die Stadt wimmelt, kann ja schließlich keiner einfach hingehen und an die Tore klopfen, um Einlass zu begehren.«

Stille kehrte ein, als die Zwerge, die um den Tisch herumstanden, die Köpfe schüttelten und verzweifelt mit den Zähnen knirschten. Tipperton sah auf die Flagge von Kachar. »Moment mal, Beau!«, stieß er plötzlich hervor. »Ich glaube, du hast genau ins Schwarze getroffen.«

»Was ...?«, begann Beau, aber Tipperton schnitt ihm das Wort ab.

»Hast du noch die Fahne von Modru?«

Beau runzelte die Stirn. »Sie steckt in meiner Satteltasche, aber ...«

»Gut.« Tipperton lächelte. »Dann machen wir Folgendes: Ich nehme die Fahne und marschiere durch den Schwarm bis zum ...«

»Gütiger Himmel, Tip, das ist der pure Wahnsinn! Sie werden dich sofort umbringen!«

»Nein, nein«, unterbrach ihn Tipperton. »Hör mich erst zu Ende an. Du hast es selbst gesagt, Beau, im Dunkeln kann man Wurrlinge für Rukhs halten, wie es uns auch damals bei den Leuten in der Herberge passiert ist. Und wer von ihnen würde schon zweimal hinsehen, wenn ich eine Fahne des Schwarm trage?«

»Herr Tipperton«, mischte sich Phais ein, »wenn Ihr wirklich einfach durch den Schwarm marschieren wollt, muss ich Herrn Beau recht geben. Es ist ein verrückter Plan und zudem höchst gefährlich.«

Beau nickte eifrig, aber Bekki sah Tipperton bewundernd an und ballte zustimmend seine Faust.

Tipperton hob eine Hand. »Aber, Phais, wie ich schon zu Beau sagte, hört mich erst zu Ende an.«

Phais seufzte, nickte jedoch.

Tipperton holte tief Luft und fuhr fort. »Wenn ich den Belagerungsring des Schwarm durchbrochen habe, überquere ich das freie Gelände zwischen ihnen und der Stadt ...«

»Man wird dich sehen«, sagte einer der Hauptleute.

Bekki schüttelte den Kopf. »Er ist ein Waeran«, meinte er, als würde das alles erklären.

»Trotzdem«, widersprach Valk, »ich würde gern die ganze Geschichte hören, denn er ist ja noch nicht fertig.«

Tipperton nickte. »Ich überquere das freie Gelände und ...«

»Was?«, rief Beau. »Du klopfst an das Tor?«

»Ganz recht, Beau. Ich klopfe an das Tor.«

»Aber sie werden dich mit Armbrustbolzen durchbohren«, behauptete Beau. »Ich meine, du hast selbst gesagt, dass man dich für einen Rukh halten wird.«

»Nein, Beau. Denn vor dem Tor habe ich Modrus Fahne eingerollt und werde das Banner von Kachar schwenken.« Er deutete auf die schwarze Fahne mit den gekreuzten, silbernen Äxten. »Sie kennen es doch wohl?« Er drehte sich zum DelfHerrn herum.

Valk nickte widerwillig. »Dennoch, Waeran, du bist kein Châkka. Sie werden dich nicht einlassen, weil sie an einen Trick von Modru glauben.«

»Nein«, widersprach Tipperton. »Ich bin zwar kein ›Châkka‹, aber dann habe ich das hier.« Mit diesen Worten griff er in den Kragen seines Hemdes und zog die Münze an ihrem Band heraus.

»Ha!«, schnaubte Kaldi, der neben Tipperton saß und sich vorgebeugt hatte, um besser sehen zu können. »Glaubst du, sie werden dich wegen dieser völlig wertlosen Münze einlassen?«

Tipperton sah Kaldi an. »Wenn wir recht haben, Hauptmann Kaldi, wird König Agron diese Münze ganz bestimmt entgegennehmen.«

Valk sah Tipperton an. »Das verstehe ich nicht.«

Tipperton seufzte. »Dann, DelfHerr, lasst mich Euch eine Geschichte erzählen, die in einer Nacht in Wilderland begann, als ich in meiner Mühle von einem blutigen Kampf vor meiner Schwelle geweckt wurde ...«

Schließlich landete die Münze, die Tipperton herumgereicht hatte, wieder bei ihm. Als er das Band über den Kopf schlang, sagte ein älterer Zwerg am Tisch: »Es ist ein Gjeenianischer Heller, aus *zin* und *chod*, wahrscheinlich die wertloseste Münze in ganz Mithgar.«

»Gjeenianisch?« Tipperton sah den Zwerg fragend an.

»Aus Gjeen, einer Insel im Avagonmeer, vor der Küste von Karoo. Was sie für deine Mission zu bedeuten hat, kann ich jedoch nicht sagen.«

Tipperton musterte die Münze. »Auch wenn ich weiß,

wo sie herkommt, so bringt mich das doch keinen Schritt weiter.«

Er sah Loric an, der die Hände hob und die Schultern zuckte.

»All dieses Gerede, woher die Münze kommt und wie viel sie wert ist, ist doch gar nicht von Belang«, meinte Beau. »Wichtig dagegen ist Tips haarsträubender Plan. Ich meine, dass er durch den Schwarm marschieren will, was ihn schon mal sicher das Leben kostet ... und dann durch das Niemandsland zwischen zwei kriegführenden Armeen bis zu den Mauern einer belagerten Stadt, von deren Zinnen man auf ihn schießen wird. Und dann will er höflich an die Tore von Dendor klopfen, wo ihn die Wächter umbringen werden.«

In das darauffolgende Schweigen sagte Tip: »Hast du einen besseren Plan, Beau? Wenn ja, würde ich ihn gern hören.«

»Natürlich habe ich keinen besseren Plan, Tip. Ich mache mir nur riesige Sorgen, dass dich entweder das Gezücht oder die Menschen umbringen werden.«

Die Hauptleute besprachen die Vorteile von Tippertons »haarsträubendem« Plan, bis Valk schließlich Ruhe gebot. Er sah sich am Tisch um, bis sein Blick schließlich auf Tipperton landete und lächelte. »Vor langer Zeit sagte Brichtod Durek, als er vor einer gefährlichen Entscheidung stand: ›Das Spiel geht um viel, der Einsatz ist hoch, doch wer wagt, gewinnt.‹ Herr Tipperton, ich unterstütze deinen haarsträubenden Plan.«

Tipperton atmete erleichtert aus.

»Und nur ein Waeran kann dies bewerkstelligen«, fuhr Valk fort. »Denn niemand sonst würde als Ükh durchgehen, außer einer vom Kleinen Volk. Und wer könnte sich besser unbemerkt über ein freies Gelände schleichen, mit einer Flagge von Kachar in der Hand, damit er nicht umgebracht wird, und einer Münze, die ihm Einlass gewährt, als Herr Tipperton?«

»Und ich?«

»O nein, Beau«, widersprach Tipperton. »Es ist mein haarsträubender Plan, und ich sollte das Risiko allein tragen.«

Beau sah Bekki an. »Es ist sein Recht«, erwiderte der Zwerg.

»Na und, dann gehe ich einfach so mit«, erklärte Beau trotzig.

Phais schüttelte den Kopf. »Nein, Herr Beau. Das Glück begünstigt einen, aber niemals zwei.«

»Aber ich bin mit Tip durch den Ödwald gegangen, und das war genauso gefährlich.«

»Aye, vielleicht war es genauso gefährlich, aber es war nicht dasselbe. Dort im Dhruousdarda seid Ihr beide nur zwischen den Bäumen hindurchgegangen, während Ihr verstreuten Rûpt und den vereinzelten Geschöpfen dieses Waldes ausgewichen seid. Aber hier muss Tipperton durch einen ganzen Schwarm von Rûpt marschieren, von seinem Rand zu den Toren von Dendor, und dort um Einlass bitten. Einer allein hat eine bessere Chance, durch den Schwarm zu gelangen als zwei. Und zwei sind eine größere Bedrohung für die Menschen am Tor als eine einzelne Person.«

Beau traten die Tränen in die Augen, aber er nickte resigniert.

»Dann ist die Sache entschieden«, verkündete DelfHerr Valk. Er drehte sich zu Tipperton herum. »Dann hör mir jetzt zu. Zwei Dinge können während deiner Mission geschehen: Sie kann scheitern, sie kann Erfolg haben.

Sollte sie scheitern, dann werden wir uns einen Tag lang auf dem Gebirgskamm südlich der Stadt aufbauen und am nächsten Tag angreifen. Das sollte Agron Zeit genug geben, uns zu sehen und seine Streitkräfte darauf vorzubereiten anzugreifen, wenn wir es tun. Allerdings gibt es Modru auch genug Zeit, uns durch seinen Astralkörper wahrzunehmen und zu reagieren. Damit ist das Überraschungsmoment verloren.

Sollte deine Mission aber gelingen ... Du hast unsere Pläne gesehen, kennst sie und musst sie Agron überbringen. Sag ihm, dass ich dir mit dreitausend Châkka eine Woche später folge. Er soll jede Nacht und bei Morgengrauen Feuerpfeile von den vier Toren hinabfeuern, und so signalisieren, dass alles bereit ist. Vor Anbruch des Tages, an dem unser Angriff stattfindet, werden wir mit einem einzelnen Pfeil antworten, in der Dunkelheit hinabreiten und mit der aufgehenden Sonne angreifen. Agrons Männer sollen zu diesem Zeitpunkt ebenfalls einen Ausfall wagen. Gemeinsam werden wir siegen.« Als Tipperton nickte, hob Valk seine Axt. *»Châkka shok! Châkka cor!«*, dröhnte seine Stimme.

»Châkka shok! Châkka cor!«, antworteten seine Hauptleute.

Der DelfHerr sah Tipperton an. »Herr Tipperton Thistledown, möge Fortunas lächelndes Gesicht in deine Richtung blicken und möge Elwydd über dich wachen.« Dann hielt er seine Axt dicht am Kopf, beugte sie vor sich und schlug mit der anderen Hand auf die Schneide. *»Shok Châkka amonu!«*, rief er, und seine Hauptleute stimmten mit ein.

Tipperton sah Loric fragend an.

»Die Äxte der Zwerge sind mit dir«, übersetzte der Alor.

Elf Tage später standen unsere Freunde an einem frühen Märzabend zwischen den Bäumen auf dem Hügelkamm, von dem aus sie Dendor sehen konnten. Die Sonne ging gerade unter. Der Schwarm belagerte die Stadt noch immer.

»Am schwächsten sieht er in der Nähe des Südtores aus«, sagte Loric und deutete geradeaus.

»Dann versuche ich dort mein Glück«, erklärte Tipperton. Sein Herz hämmerte, denn er würde nicht nur ein gewaltiges Wagnis eingehen, sondern irgendwo dort unten hielt sich auch ein Gargon bei dem Schwarm auf.

Phais deutete auf die Sonne, von der nur noch ein kleiner Halbkreis über den Horizont lugte, während die dünne Sichel der Mondes allmählich zu sehen war. »Wenn die Sonne untergegangen und der Mond aufgegangen ist, müsst Ihr gehen, denn auf dem Land herrscht finsterste Nacht.«

Tipperton nickte und sah Beau an, dessen Miene angespannt wirkte. »Kopf hoch, Wurro«, sagte Tipperton, als er die Fahne von Kachar faltete und unter seine Jacke schob. »Wir sehen uns hinterher.«

»Oh, Tip, mir scheint, du begibst dich immer in Gefahr, während ich nur zurückbleibe.«

Die Sonne verschwand, die Mondsichel leuchtete.

»Pah!«, machte Tipperton. »Wer ist mit mir durch den Ödwald geritten, hm? Du oder jemand anders. Hat mich ein Fremder vor dem Hlök gerettet und ihm mit einem Stein den Schädel eingeschlagen? Und wer hat mir in Annory geholfen? Und wer ...?«

»Hör zu, Wurro, ich weiß, dass wir beide bis zum Hals drinstecken, aber diesmal scheint mir die Sache mehr ...«

»Haarsträubend?«

Beau musste unwillkürlich lachen. »Vielleicht nicht gerade haarsträubend, aber auf jeden Fall gefährlich.«

»Das weiß ich, Beau, und genau deshalb werde ich auch besonders aufpassen.«

Als der Mond ebenfalls unterging, warf Bekki Tipperton in dem Zwielicht einen Blick zu. »Vielleicht wird die Zeit kommen, in der uns Kühnheit besser dient.«

Tipperton nickte.

»Wenn du kühn sein musst, Tip«, sagte Beau jedoch, »dann denk an das, was ich dir einmal gesagt habe.«

Tipperton hob fragend eine Braue, und Beau grinste. »Wenn du kühn sein musst, dann sei dabei vorsichtig.«

Tipperton lächelte, als er sich daran erinnerte, und während der Mond hinter dem Horizont verschwand, sagte er: »Wegen des Gargons dort unten werde ich nicht nur vorsichtig sein, sondern auch ängstlich.«

Bestürzt verzog Beau das Gesicht. »Sag nicht so was, Tip. Ich meine, diese Mission ist schon schlimm genug, auch ohne dass ein Gargon dazukommt.«

»Wir können ihn wohl schlecht draußen behalten, oder?«

Mittlerweile war der Mond vollkommen verschwunden, und die Nacht wurde nur noch von wenigen Sternen erleuchtet, die am klaren Himmel über ihnen standen.

Phais kniete sich hin und umarmte Tipperton. »Viel Glück, mein Freund.« Sie küsste ihn auf die Wange.

Loric umarmte den Bokker ebenfalls – wie auch, zu Tippertons Überraschung, Bekki.

Als Letzter verabschiedete sich Beau von ihm, dem die Tränen über die Wangen liefen. »Pass gut auf dich auf, Tipperton«, brachte er erstickt heraus.

»Du auch, Beau, du auch.« Tippertons Stimme zitterte.

Loric reichte dem Bokker eine Stange mit Modrus Fahne. Tipperton nahm sie mit klopfendem Herzen entgegen und holte tief Luft. »Also gut, ich gehe.«

Der kleine Wurrling ging los, durch den Schnee, mit dem Ring aus Feuer auf schwarzem Grund in der Hand und den Hoffnungen der Gefährten auf den Schultern.

Vor ihm lagen die Tore von Dendor.

Und dazwischen ein mörderischer Schwarm.

7. Kapitel

Tippertons Herz hämmerte, als er im Schnee lag und die Außenposten des Gezüchts beobachtete, die hin und her patrouillierten. Sie hoben sich als schwarze Silhouetten vor den Feuern ab. Der Bokker versuchte abzuschätzen, wann er am besten versuchen sollte, zwischen ihnen hindurchzugehen und sich unter den Schwarm zu mischen.

Wie geplant war Tipperton in Richtung des Südtores gegangen, aber je weiter er sich dem Schwarm näherte, desto schwerer fiel es ihm zu atmen ...

Du Narr, du wirst das niemals schaffen.

... und desto schärfer brannte die Furcht in seinen Eingeweiden.

Aber er war weiter durch die Schatten geschlichen, bis er zum äußeren Rand des Lagers gekommen war. Jetzt lag er hinter einem verschneiten Felsvorsprung versteckt und beobachtete, wie die Rukhs hin und her marschierten und dicht an ihm vorbeikamen.

Aber er hatte genug gesehen und wusste, wann der Moment günstig war. Also machte er sich bereit, während ihm das Blut in den Ohren rauschte.

Die Patrouille ging vor ihm vorbei, und als sie in der

Nacht verschwanden, sah Tipperton nach links, von wo die nächste kommen würde.

Sie sind noch weit entfernt.

Er wartete immer noch auf den richtigen Moment, sein Herz raste, er atmete schnell und flach.

Dann sah er die Patrouille, in der Ferne auf der linken Seite.

Tipperton packte die Fahnenstange, die neben ihm lag, richtete sich auf, sah der Patrouille nach, die sich entfernte und ... stöhnte.

O nein! Eine andere Patrouille, und sie kommt auf mich zu.

Tipperton sank in den Schnee zurück und beobachtete sie.

Als sich die beiden Gruppen trafen, blieben die Hlöks, die sie anführten, stehen, und redeten miteinander. Ihre Abteilungen kamen stolpernd hinter ihnen zum Stehen.

Hoy! Jetzt, Wurro, jetzt!

Sein Herz hämmerte, und das Blut rauschte in seinen Adern, als Tipperton über den breiten Streifen huschte, und jeden Augenblick damit rechnete, dass die Patrouillen Alarm gaben.

Oh, Adon, Adon, Adon ...

Aber niemand schrie.

Und dann befand er sich unter dem Gezücht.

Und sein Atem ging noch schneller.

Tip hatte seine Kapuze über den Kopf gezogen, damit sein Gesicht im Dunkeln lag, und entfaltete jetzt Modrus Fahne, während sein Herz wie verrückt gegen seine Rippen hämmerte. Er legte sich die Fahnenstange über die Schulter und schlängelte sich zwischen den Lagerfeuern der Rukhs und Hlöks und Ghûls hindurch, während die

Furcht wie Galle aufstieg und er glaubte, sich übergeben zu müssen.

Er ging weiter, vorbei an dem Gezücht, und sein Herz hämmerte bei jedem Schritt, bis er an eine freie Stelle kam, wo kein Feuer brannte ...

... und ein beißender Geruch wie von Vipern in seine Nase drang.

... und ihn ein widerliches Entsetzen überkam. Sein Herz, sein Wesen und seine Seele drohten von der Furcht überwältigt zu werden. Er schrie laut auf, drehte sich um und rannte schreiend den Weg zurück, den er gekommen war, an dem Gezücht vorbei, weg von dem schwarzen Zelt, das isoliert im Schnee stand ...

Ghûls lachten über die kleine, schreiende Gestalt mit Modrus Fahne, die zwischen den Lagerfeuern flüchtete ...

Tipperton rannte blindlings weiter, bis er gegen das Rad eines Karrens krachte und rücklings in den aufgewühlten Schnee fiel. Betäubt und orientierungslos rappelte er sich wieder auf und wäre erneut hingefallen, wenn er sich nicht an einer Speiche hätte festhalten können. Sein Herz raste vor Entsetzen.

Er drehte sich um und blickte in die Richtung, aus der er gekommen war. Und keuchte, als er das einzelne Zelt sah. Dann erinnerte er sich an den Gûnarschlitz, wo genau so ein Zelt den Weg blockiert hatte.

Dort war es das Zelt eines Gargon gewesen.

Und das musste es auch hier sein.

Ach, Wurro, kein Wunder, dass dein Herz versucht, aus deiner Brust zu hüpfen! Es ist die Furcht des Gargon, die du empfindest.

Tipperton holte bebend Luft und bückte sich, um die Fahnenstange aufzuheben.

Kein Wunder, dass das Zelt so einzeln steht. Keine lebende Seele kann diese Furcht ertragen. Und kein Wunder, dass der Belagerungsring vor dem Südtor dünner zu sein schien. Hier kampiert der Gargon.

Keuchend und zitternd stützte er sich auf die Stange, als wäre sie ein Gehstock. Tipperton blickte an dem Zelt vorbei durch den Schwarm auf das Stadttor weit dahinter.

Also, Wurro, der Weg zum Südtor ist versperrt, das ist sicher. Du kommst an diesem schrecklichen Wesen nicht vorbei.

Er blickte erst nach rechts und dann nach links. In beiden Richtungen wimmelte es vom Gezücht.

Welches Tor, Wurro, welches Tor?

Tipperton riss sich mit aller Kraft zusammen und traf schließlich eine Entscheidung.

Das Westtor ... Dort ist der Magier. Außerdem bin ich von Wilderland bis hierher weit genug nach Osten gereist.

Sein Puls pochte heftig, und seine Beine zitterten, als Tipperton erneut durch die wabernden Schatten schlich, die die Lagerfeuer des Schwarms warfen, und mitten durch das Gezücht nach Westen ging. Dabei betete er zu Adon, niemand möge seine leicht zu durchschauende Verkleidung erkennen.

»Wo ist er jetzt, was glaubt Ihr?«, fragte Beau. Er blickte zu den Sternen hinauf und versuchte, die Zeit abzuschätzen.

»Wenn alles gut gegangen ist«, antwortete Phais, »dann sollte er jetzt bereits in der Nähe des Südtors von Dendor sein.«

»Wenn alles gut gegangen ist? Sagt das nicht, Dara.

Ich meine, es gibt keinen Grund, ihm Unglück anzudichten. Ganz sicher ist alles gut gegangen.«

Tipperton schlängelte sich weiter durch das Gezücht, und schlug einen Haken, wenn jemand auf ihn zukam, oder wenn er das Gefühl hatte, dass ihm jemand folgte.

Immer noch durchströmte ihn die Furcht, sein Herz klopfte wie rasend, und er atmete keuchend, aber es war nicht mehr ganz so schlimm wie zuvor, denn das schwarze Zelt lag jetzt weit hinter ihm. Trotzdem begleitete die Furcht den Bokker auf seinem gefährlichen Weg.

»Vermutlich hat er sich vor dem Südtor versteckt und wartet auf das Morgengrauen«, sagte Bekki, »die Fahne von Kachar in der Hand.«

»Glaubt Ihr?« Beau sah wieder zu den Sternen am Himmel empor.

Bekki sah ebenfalls hoch, und im selben Augenblick huschte ein feuriger Schweif über den Himmel.

»Seht nur!«, rief Beau. »Eine Sternschnuppe. Wünscht Euch etwas! Rasch, wünscht Euch etwas!«

Der Wurrling drehte sich zu Bekki herum, doch der Zwerg hatte seine Kapuze übergestreift und starrte auf den verschneiten Boden.

»Was ist, Bekki? Was ist los?«

Aber Bekki antwortete nicht, sondern kehrte der Stadt den Rücken zu.

Tipperton arbeitete sich zum vorderen Rand des Schwarms vor und hielt dabei unablässig Ausschau nach einer geeigneten Stelle, an der er den Belagerungsring verlassen und zum Westtor schleichen konnte.

Dann schnappte er nach Luft, denn plötzlich tauchte ein anderes großes Zelt vor ihm auf. Aber diesmal überkam ihn keine Furcht, und die Luft war nicht von dem Gestank nach Vipern erfüllt. Zudem war dieses Zelt bewacht, und zwar von Ghûls.

Was bedeutet das ...? Meiner Seel, vielleicht kampiert hier ein anderer Astralkörper von Modru. Ja, Wurro, so muss es sein, das ist sicher das Zelt eines Astralkörpers. Wäre Bekki hier, er würde sagen: ›Töte ihn und nimm Modru seine Augen und Ohren!‹ Ja, genau das würde er sagen. Aber ich habe eine andere Aufgabe.

Als Tipperton das Zelt umgehen wollte, musste er rasch einer Abteilung Rukhs ausweichen, die an ihm vorbeitrampelte.

Tipperton wich nach links aus und kam dicht an der Rückseite des Zeltes vorbei. Von ihnen hörte er ein Flüstern und Zischen in einer Sprache, die ihm unbekannt war.

Hält Modru vielleicht Kriegsrat?

Erneut wich Tipperton aus, als sich ihm ein Ghûl näherte.

»Es bedeutet, dass jemand, den er kannte, gestorben ist, Beau.«

Beau sah Loric beunruhigt an. »O nein! Glaubt Ihr, es könnte Tip gewesen sein?« Beau richtete seinen Blick auf Dendor, als wollte er ihn zwingen, über das Land zu fliegen – bis zu der Stelle, wo Tipperton sein könnte. Aber obwohl es bereits dämmerte, sah er nur Schatten um die Stadt herum. Die wenigen Sterne und die Lagerfeuer der Brut konnten die Dunkelheit kaum erhellen.

Loric hob die Hände. »Alle Drimma glauben, dass eine Sternschnuppe den Tod eines Freundes verkündet.«

»Hoffen wir, dass es nur ein Aberglaube ist«, erwiderte Beau, der unruhig hin und her ging, während er zur Stadt hinabschaute. »Ach, Loric, ich habe Tip doch gesagt, dass es ein haarsträubender Plan wäre, und jetzt sehen wir Sternschnuppen. Und Ihr sagt mir, dass die Zwerge ... aber das kann doch nicht stimmen. Ich meine, es gibt doch dauernd Sternschnuppen.« Beau wandte sich nach Loric um, Bestätigung heischend. Der Elf aber beobachtete Bekki, der abseits unter einem Baum saß und die Kapuze trauernd über den Kopf gezogen hatte.

Schließlich erreichte Tipperton den inneren Rand des Belagerungsringes des Schwarms. Etwa eine Viertelmeile vor ihm erhob sich das Westtor von Dendor. Sein Herz hämmerte noch immer von dem Schrecken des Gargons, während er nach einem Übergang suchte. Doch dieser Kreis war schärfer bewacht. Ständig marschierten Patrouillen des Gezüchts vorbei, und außerdem waren Wachen fest postiert.

O Herr, hier komme ich niemals ungesehen heraus.

Tipperton blickte zum Himmel hinauf. Es dämmerte bereits.

Elwydd, zeig mir den Weg!

Plötzlich ging links von ihm ein Rukh an einem Wachposten vorbei und verschwand in einer flachen Schlucht, aus der im selben Augenblick ein anderer kam, der seine Hose zuknöpfte. Der Wächter achtete nicht auf sie.

Tipperton schlich sich heran, und plötzlich drang ihm der Gestank von Urin und Kot in die Nase.

Er holte tief Luft, überzeugte sich, dass die Kapuze sein Gesicht verhüllte, packte die Fahne und ging an dem Wächter vorbei in die Schlucht, während sich sein Magen bei dem Gestank verkrampfte. Er kam an einem Hlök vorbei, der gerade seine Blase erleichterte, an einem Rukh, der seinen Darm entleerte, und ging weiter, bis ans Ende der kleinen Schlucht.

Dort hockte er sich hinter einen Felsvorsprung und wartete, während er erfolglos versuchte, den Gestank zu ignorieren.

Kurz vor Tagesanbruch saß Beau auf der Anhöhe mit dem Rücken an einen Baumstamm gelehnt, während die Furcht des Gargon seinen ganzen Körper durchströmte und sein Magen sich vor Angst verkrampfte. Er blickte in den klaren Nachthimmel hinauf, an dem die Sterne hell funkelten.

Ach, Adon, Elwydd, Garlon, Fyrra und wer auch immer von Euch Göttern will, achtet auf Tip. Beschützt ihn. Er ist mein bester Freund, wisst Ihr.

Tipperton schlich geduckt über die verschneite freie Fläche zum Westtor, wobei er jede mögliche Deckung ausnutzte, Felsbrocken und Gräben neben dem Weg. Das Tor war noch mehrere hundert Schritte entfernt. Hinter einem gefrorenen Gebüsch blieb Tip stehen und schöpfte Atem, während er sich in Richtung des Schwarms umsah. Er befand sich etwa auf halber Strecke zwischen dem Tod von Seiten der Rukhs, die ihn für einen Wurrling hielten, und dem Tod von den Händen der Menschen, die ihn töten würden, weil sie ihn für einen Rukh hielten.

Er biss die Zähne zusammen und kroch weiter, während sich der Himmel im Osten hell färbte.

»Beobachtet das Südtor mit Euren scharfen Augen, Phais«, sagte Beau. Seine eigenen waren blutunterlaufen und sein Gesicht ausgemergelt. »Ihr seht doch sicher, ob ... nein, wenn Tip hereingeht.«

»Das tue ich«, versprach die Dara.

»Ich ebenfalls«, setzte Loric hinzu.

Die vier standen auf dem Hügelkamm und spähten zum Südtor hinüber, als es allmählich heller wurde.

Ein Moment verstrich, und noch einer, doch das Tor blieb geschlossen.

»O nein«, stöhnte Beau. »Er ist gefangen worden, oder vielleicht ist ihm sogar etwas Schlimmeres zugestoßen.«

Phais kniete sich hin, legte dem Bokker einen Arm um die Schultern und zog ihn an sich. »Fasst Mut, Kleiner.«

»Heda!«, knurrte Bekki. »Da links. Dort rührt sich was!«

»Das sind Ghûls auf Hèlrössern«, erklärte Loric. Dann weiteten sich seine Augen. »Ai, seht doch, sie reiten durch die Schatten zum Westtor von Dendor!«

8. Kapitel

Dong! Dong! Tipperton hatte seine Kapuze abgesetzt und hämmerte mit dem Ende der Fahnenstange gegen das Eisen des Westtores, das tief in den steinernen Wällen von Dendor lag.

»Ich bin kein Rukh! Ich bin kein Rukh!«, schrie er immer wieder in Gemeinsprache, während er gegen das Eisentor hämmerte. Raureif rieselte von dem Metall herunter.

Schließlich kratzte links und rechts über ihm Metall auf Stein, und Tipperton sah aus geöffneten Schießscharten Armbrustbolzen auf ihn zielen.

»Ich bin kein Rukh! Ich bin kein Rukh!«, schrie Tipperton und schwenkte das Banner vor und zurück, die schwarze Fahne mit den silbernen Streitäxten, das Emblem von Kachar.

Ein Schlitz in dem Eisentor glitt zur Seite. Jemand spähte hinaus und sah das Banner, das hin und her geschwenkt wurde.

»Vad är det här?«, knurrte jemand, der dann den Blick senkte. *»Jo, jo! Är det a Rutch?«*

»Ich bin kein Rukh!«, schrie Tipperton und drehte den Kopf nach rechts und links, damit ihn der Wächter erkennen konnte. »Ich bin kein Rukh, ich bin kein Rukh, und ich muss König Agron etwas überbringen.«

Die Augen verschwanden, und Tipperton hörte, wie jemand rief: *»Kapten, jag behöva dig!«*

»König Agron, König Agron, ich muss zu König Agron!« Tipperton riss die Münze aus seinem Wams. »Ich muss das hier König Agron überbringen!«

Auf der Mauer ertönte ein Hornsignal.

Tipperton trat ein Dutzend Schritte auf die steinerne Brücke zurück und blickte, immer noch die Fahne schwenkend, nach oben.

Aber die Menschen über ihm starrten nicht auf den Wurrling hinunter, sondern blickten in Richtung des Schwarms.

Tipperton drehte sich um. Zwei Ghûls auf Hèlrössern galoppierten durch die Schatten auf ihn zu. Unter den gespaltenen Hufen wirbelte der Schnee auf.

Tipperton fuhr herum und rannte zum Tor. »Lasst mich rein! Lasst mich rein!«

»Nej! Det är skoj!«

Das eiserne Panel wurde zugeschoben, die Armbrüste in den Schießscharten erhoben sich und zielten auf Tipperton, während sich die Hèlrösser donnernd dem Tor näherten und die mit Widerhaken versehenen Speere in der Dämmerung glänzten.

Tipperton drehte sich herum, ließ die Fahne fallen, entledigte sich seines Umhangs und zog den Elfenbogen, den er über Brust und Rücken trug, über den Kopf. Dann riss er einen Pfeil aus seinem Köcher.

Noch während er das tat, flog zischend ein Pfeilhagel von den Zinnen über ihn auf die Ghûls zu. Die meisten verfehlten ihr Ziel, einige aber durchbohrten Arme und

Beine und Hälse ... Doch die Ghûls schrien nur höhnisch und galoppierten weiter.

Tipperton saß vor dem Tor in der Falle. Er zielte, feuerte und traf das erste Hèlross mitten in die Brust. Das Vieh schnaubte vor Schmerz auf und machte noch ein paar Schritte, bis es tot zu Boden stürzte. Der Ghûl flog kopfüber aus dem Sattel und landete krachend im Schnee.

Noch während das nächste Hèlross vorbeigaloppierte, sprang der Ghûl auf und lief weiter, den mörderischen Speer in der Hand.

Eine zweite Pfeilsalve zischte von der Mauer herunter und traf das Hèlross und den Ghûl in seinem Sattel. Das Tier bäumte sich kreischend auf, während sein Reiter auf Slûk fluchte und wütend an den Zügeln riss, um das Tier zu kontrollieren.

»Lasst mich rein! Lasst mich rein!«, schrie Tipperton, während er einen neuen Pfeil einnockte.

Dann hörte er eine Stimme aus den Mordlöchern. »Öffnet die Seitenpforte, ihr Narren! Seht Ihr nicht, dass es ein Wurrling ist? *Öppna den sma port! Skyndia dig!*«

Während der Ghûl von Pfeilen gespickt weiterrannte, öffnete sich neben Tipperton eine Seitenpforte. Er riskierte einen Blick und sah einen gepanzerten Mann, der ihm wild zuwinkte. *»Skynda pa! Skynda pa!«* Drei weitere Krieger standen hinter ihm und zielten mit ihren Armbrüsten auf den Wurrling.

Tipperton drehte sich um und feuerte seinen Pfeil auf den heranstürmenden Ghûl, der die Steinbrücke mittlerweile erreicht hatte. Das Geschoss traf ihn in die Brust, hielt ihn jedoch nicht auf. Tipperton schnappte sich seinen Umhang und die Fahne, rannte durch das Tor, das sich mit einem lauten Knall schloss. Die Männer schoben einen eisernen Riegel davor.

Draußen heulte der Ghûl vor Wut, als er von Pfeilen durchbohrt wurde.

Tipperton fand sich in einem gewundenen Korridor wieder, in dessen Decke Mordlöcher gähnten, während in den Wänden geschlossene Schießscharten klafften. Er wurde von vier misstrauischen Kriegern aus Aven über das Kopfsteinpflaster eskortiert, bis sie in die Stadt hinaustraten.

Erst als er aus dem Schatten des Tunnels und in das Licht der Morgensonne trat, sahen sich die Männer erstaunt an und entspannten sich etwas. Denn jetzt erkannten sie in Tipperton einen von dem fast schon legendären *Litenfolk,* das man selten oder sogar niemals zuvor gesehen hatte.

Ein streng blickender Krieger aus Dendor schritt eine Rampe hinunter auf Tipperton zu. Er war wie jene gekleidet, die den Bokker durch den Korridor geführt hatten, mit einer Felljacke über einem Kettenhemd, einer gefütterten braunen Hose und mit Fell gefütterten Stiefeln. Er trug ein Breitschwert an der Hüfte und einen schlichten Eisenhelm auf dem Kopf. Aber Tipperton hatte kaum Augen für diesen Krieger, denn neben ihm schritt noch eine andere Person daher. Tipperton runzelte die Stirn. War dieser »andere« ein Elf oder ein Mensch? Das konnte der Wurrling nicht genau erkennen. Er ähnelte Menschen nicht, unterschied sich jedoch auch von Elfen. Dennoch zeichnete sich von beiden etwas in seinen Zügen ab, jedenfalls kam es dem Bokker so vor. Er war so groß wie ein Mensch, ungefähr einen Meter achtzig, und damit größer als die meisten Lian, aber seine Augen standen etwas schräg, wenn auch weniger als bei einem Elf. Seine Ohren waren spitz, wenngleich nicht ganz so spitz wie die der Lian oder Dylvana. Sein dunkles Haar war von grauen Strähnen durchzogen, und seine Gesichtszüge wirkten so hager wie die eines Fuchses. Seine Kleidung war schwarz, der dicke Wollmantel ebenso wie die Hose, die Stiefel und die Handschuhe. Und er trug keine Waffen, jedenfalls sah Tipperton keine. Als er sich Tipperton näherte, traten die Wachen etwas zurück, aus Ehrfurcht oder Respekt, aber sie salutierten vor dem Krieger, der den Mann begleitete: *»Kapten.«*

Doch es war der Elf oder Mensch, der den Blick seiner dunklen, fast schwarzen Augen unter den schwarzen Brauen auf den kleinen Bokker richtete und sagte: »Was sucht wohl ein Wurrling an den Toren einer Stadt, die von Modrus Schwarm belagert wird? Und dazu noch mit einer Zwergenfahne, hm?«

»Herr«, Tipperton blickte mit seinen blauen, facettenförmigen Augen in die schwarzen des Mannes. »Ich stehe hier für einen gefallenen Getreuen des Königs und bringe König Agron ein Unterpfand.« Tipperton zog die Münze an ihrem Band aus seinem Wams hervor und zeigte sie den beiden Männern.

Der Hauptmann streckte die Hand aus. »Gib sie mir.«

Tipperton runzelte die Stirn und schüttelte dann den Kopf. »Nein. Sie ist nur für König Agron bestimmt. Ich habe geschworen, sie ihm persönlich zu übergeben.«

»Pah, wie ich mir dachte. Das ist ein Trick.«

Der schwarz gekleidete Mann oder Elf drehte sich zu dem Hauptmann herum. »Ein Trick, Hauptmann Brud? Ich kann hier keine List erkennen.«

»Magier Alvaron, es muss ein Trick sein, denn er ist vom Schwarm bis zu unseren Toren gekommen.«

»Ich bin *durch* den Schwarm gekommen!«, fuhr Tipperton ihn ärgerlich an, »und lasst mich ...« Er verstummte schlagartig, und sein Kiefer klappte nach unten, als er den Schwarzgekleideten anstarrte. *Magier? Magier? Das ist ein Magier, ein Zauberer?* Tipperton starrte den Mann, den Elf ... den ... Magier an.

»Durch den Schwarm?«, höhnte Hauptmann Brud. »Niemand kommt an diesen ...«

»Er ist ein Wurrling«, unterbrach ihn Alvaron, als würde dies alles erklären, und lächelte Tipperton an. »Und wie heißt Ihr, mein Junge?«

»Ich bin Herr Tipperton Thistledown, ein Müller aus Wilderland.«

Alvaron runzelte die Stirn. »Von der anderen Seite des Grimmwall?« Als Tipperton nickte, fuhr der Magier fort: »Dann habt Ihr eine weite Reise hinter Euch, Herr Tipperton.«

»Weiter, als ich mir hätte träumen lassen«, antwortete Tipperton.

»Pah!«, knurrte Brud. »Ein Müller, der sich für etwas Besseres hält und sich ›Herr‹ nennt, wenn er überhaupt ein Müller ist, was?«

»Der Titel wurde mir von den Elfen im Ardental verliehen«, konterte Tipperton giftig, während Alvaron den Hauptmann tadelnd ansah, »obwohl ich ihn nicht benutze, es sei denn, es ist nötig.«

»Wohlan«, Alvaron lächelte. »Wie ich sehe, brauche ich Euch nicht zu verteidigen.« Er drehte sich zu Brud herum. »Wir müssen ihn zu König Agron bringen.«

»Aber, Herr«, mischte sich ein Soldat der Eskorte ein.

Er stand neben ihm und war blass geworden. »Was ist mit dem Gargon? Ich meine, wenn Ihr uns hier ungeschützt zurücklasst, dann ...«

»Imongar steht am Südtor. Sagt ihr, dass ich zum König gegangen bin. Sie wird sich um den Fürchterich kümmern.«

Eilig entfernte sich der Mann. Hauptmann Brud runzelte finster die Stirn. »Wie Ihr wollt, Magier Alvaron, wir gehen zum König ... und wenn auch nur, um diesen Spion zu entlarven. Aber er wird nicht bewaffnet vor meinen Herrn treten.«

Brud streckte die Hand aus, Tipperton reichte ihm seinen Elfenbogen und den Köcher mit Pfeilen. »Ich hätte die Waffen anschließend gern wieder.«

Brud hielt einen Augenblick inne und starrte erstaunt auf die Waffen. So prachtvolle Handwerkskunst überraschte ihn offenbar in den Händen eines Spions von Modru. Doch dann schüttelte er den Kopf. »Die Fahnenstange auch.«

»Oh.« Tipperton gab ihm die Stange mit der Fahne von Kachar und sah zum ersten Mal, dass man sie ebenfalls als Waffe benutzen konnte.

»Durchsucht ihn«, befahl Brud einem Soldaten.

Während der Hauptmann die Fahnenstange in den Händen drehte, um die Fahne zusammenzurollen, durchsuchte der Soldat Tipperton, nahm ihm seinen kleinen Dolch ab und dann ... *»Jo, vad är det?«* Er zog die andere Fahne aus dem Wams des Wurrlings, drehte sich herum, sagte *»Kapten!«* und zeigte seinem Vorgesetzten den Ring aus Feuer auf schwarzem Grund.

»Ha!«, blaffte Hauptmann Brud, »wusst ich's doch! Ein Spion der Wrgish.«

»Nein, nein!«, protestierte Tipperton. »So bin ich durch die Horde gekommen. Mit der Fahne. Sie haben mich für einen Rukh gehalten.«

»Und ein Rutch könntest du auch sein!«, konterte Brud.

»Unsinn, Hauptmann«, widersprach Alvaron. »Er ist eindeutig ein Wurrling und hat ein Unterpfand für den König, und zwar eines, das möglicherweise von einiger Bedeutung ist. Ich sage, wir gehen sofort zu König Agron!«

»Und wenn er ein Meuchelmörder ist?«

Tipperton starrte ihn erstaunt an, doch bevor er antworten konnte, sprach Alvaron: »Pah! Er ist unbewaffnet. Und was kann er schon ausrichten, wenn Ihr und ich und einer Eurer Männer ihn eskortieren?«

Zögernd trat Hauptmann Brud zurück. *»Löjtnant!«*, rief er zu den Zinnen hoch, *»föra över en stund!«*

Obwohl Magier Alvaron, Hauptmann Brud und ein weiterer Soldat mit ausgerechnet einem von dem *Litenfolk* vor dem Beratungsraum von Dendor warteten, dauerte es eine Weile, bevor sie vom König empfangen wurden. Ein junger Page bat sie herein. Als sie die Kammer betraten, erwartete sie dort ein großer, schlanker, dunkelhaariger Mann, der dem Grau an seinen Schläfen nach Anfang fünfzig sein musste. Er stand an einem von Karten übersäten Tisch und betrachtete stirnrunzelnd eine Karte. Als sie hereinkamen, blickte der König hoch. Seine hellblauen Augen weiteten sich. »Ah, also hat man mir die Wahrheit gesagt. Es ist tatsächlich einer vom Kleinen Volk, oder täuschen mich meine Augen?«

Alvaron lächelte. »Ich versichere Euch, König Agron, Herr Tipperton ist keine Erscheinung.«

»Sire«, sagte Hauptmann Brud, der Tipperton mit kräftigem Griff an der Schulter festhielt. »Vielleicht ist er keine Erscheinung, sondern ein Phantom, denn er behauptet, er wäre durch den Belagerungsring des Schwarms gekommen, und hätte sich nur damit verkleidet.« Brud nickte dem Soldaten zu, der Modrus Fahne hochhielt.

Der König lächelte und sah Tipperton wieder an. »Sehr gerissen, das muss ich schon sagen. Und warum habt Ihr ein solches Risiko auf Euch genommen?«

»Er behauptet, er habe eine Botschaft für Euch«, kam Brud Tipperton zuvor.

»Ein Unterpfand!«, verbesserte ihn der Wurrling.

»Ein Unterpfand«, räumte Brud ein.

Der König betrachtete Tipperton abschätzend. »Dieses Unterpfand, Herr Tipperton, darf ich es vielleicht sehen?«

Tipperton griff in sein Wams und zog die Münze an ihrem Band über seinen Kopf. Er wollte vortreten, aber Brud hielt ihn fest.

Der König sah seinen Hauptmann an. »Lasst ihn los.«

Brud seufzte. »Aye, Sire.« Seine Hand glitt von Tippertons Schulter und fiel sofort auf den Griff seines Schwertes.

Tipperton trat vor den König. Plötzlich zögerte er, die Münze zu übergeben. Immerhin hatte er sie ein ganzes Jahr lang getragen, und irgendwie hatte er nun das Gefühl, sie wäre ein Teil von ihm. Trotzdem reichte er die Münze dem König, wenn seine Hand auch zitterte.

Als Agron sie entgegennahm, durchschoss Tipperton ein Gefühl von Erleichterung, in das sich Verlust mischte, als hätte er eine schwere Bürde abgelegt und wäre gleichzeitig gestrandet. Die Mission war beendet, die Aufgabe erfüllt. Die Münze war weitergegeben worden.

Er hatte das Versprechen gehalten, das er einem sterbenden Krieger gegeben hatte. Aber was jetzt? Was sollte er tun? Wohin sollte er gehen? Zurück nach Gabelhain? Zu seiner Mühle? Während ein Krieg tobte?

Agron seufzte. »Ich hatte gehofft, dies hier niemals sehen zu müssen«, sagte er leise.

Der König trat zu einem Stuhl und setzte sich. Seine Miene wirkte verhärmt. Er sah Tipperton an, der ihn wartend beobachtete. »Diese Münze stammt von Hochkönig Blair. Es ist ein Ruf.«

»Ein Ruf?«, fragte Tipperton.

»Aye, ein Ruf. Ein Hilferuf.«

»Aber es sind doch wir, die Hilfe brauchen!«, platzte Hauptmann Brud heraus.

»Aye«, stimmte ihm König Agron zu.

»Ich habe Hilfe mitgebracht.« Tipperton deutete auf die Fahnenstange in Bruds Hand.

Brud sah das zusammengerollte Banner an, das er in der Hand hielt und stellte die Stange dann auf den Boden. Die Fahne löste sich und fiel locker herunter. Die silbernen Äxte auf schwarzem Grund waren dennoch zu erkennen.

»Kachar!«, stieß König Agron hervor, und als er seinen Blick wieder auf Tipperton richtete, schimmerte eine schwache Hoffnung darin.

»Aye, Kachar. DelfHerr Valk wird innerhalb einer Woche mit dreitausend Zwergenkriegern hier eintreffen, und ich kenne seinen Plan.«

In dieser Nacht flogen von Dendors vier Toren Feuerpfeile in die Dunkelheit empor.

Die Belagerer johlten und höhnten über diese armselige Darbietung.

Aber hoch auf einem Kamm südlich der Stadt vergossen vier Gefährten Freudentränen, denn wenigstens wussten sie nun, dass Tipperton Thistledown, der Freund und Gefährte, weder gefangen war noch tot, stattdessen aber Dendor erreicht hatte.

9. Kapitel

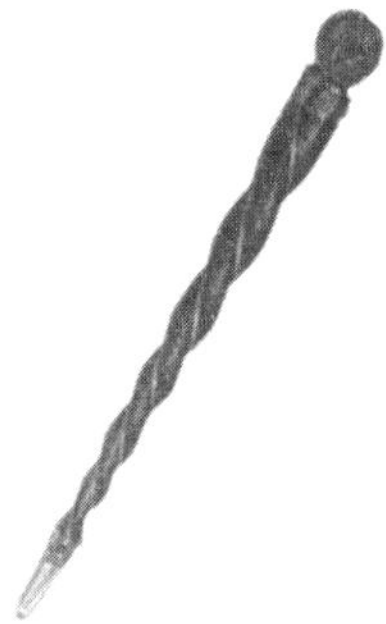

Sie saßen bei einem späten Abendessen, und Tipperton blickte auf die Münze, die auf dem Tisch neben der rechten Hand von König Agron lag. »Sire Agron, ich habe diesen Heller ein ganzes Jahr getragen, während ich versuchte, zu Euch zu gelangen, und jetzt sagt Ihr mir, es sei ein Hilferuf. Aber hinter dieser Geschichte steckt doch sicherlich mehr als das. Ich meine, wegen dieses Unterpfandes sind meine Freunde und ich ... unsere Leben haben sich auf eine Art geändert, wie keiner es hätte vorhersehen können, und das auch nicht unbedingt nur zum Besseren. Außerdem sind Eure Gefolgsleute gestorben, da sie diese Münze bei sich hatten. Damit meine ich natürlich nicht, dieses Unterpfand sei für das Böse verantwortlich, das Mithgar im Augenblick erschüttert. Daran tragen sicherlich Modru und Gyphon die Schuld. Aber es ist der Heller und ein Versprechen, das meinen Freund Beau Darby und mich veranlasst haben, Euch zu suchen. Seitdem ist viel geschehen, und wenn es Euch beliebt, würde ich gern die Geschichte hören, die sich hinter dieser Münze verbirgt.«

Agron nickte. »Das und noch viel mehr habt Ihr verdient, Herr Tipperton.«

»Tipperton«, erwiderte der Bokker.

»Wie?«

»Bitte, Sire, nennt mich Tipperton. ›Herr‹ Tipperton klingt so formell.«

Der König lächelte. »Ich wünschte, ich könnte Euch dasselbe anbieten, Tipperton. Ich meine, dass Ihr mich einfach Agron nennt.«

Tipperton grinste, doch dann musste er plötzlich gähnen. Anschließend sah er Agron entschuldigend an. »Verzeiht, Sire, es liegt gewiss nicht an Eurer Gesellschaft, aber ich habe fast zwei Tage lang nicht geschlafen, während ich zwischen dem Gezücht herumschlich – und durch das Niemandsland. Trotzdem würde ich die Geschichte gerne hören.«

Agron hob die Hand. »Es ist eine einfache Geschichte, Tipperton, die vor etwa vierzig Jahren begann. Blaine und ich sind uns im Grosswald zum ersten Mal begegnet, als wir noch Jungen waren. Der Tradition entsprechend haben uns unsere Väter im Frühling zu den Baeron geschickt. Wir waren zehn Jahre alt und sollten lernen, dem Land zu lauschen und seine Stimme zu beachten, seine Art zu begreifen und für sein Wohlergehen zu sorgen. Dort im Grosswald wurden wir rasch Freunde, Blaine und ich, Blutsbrüder, könnte man sagen. Aber dieser Sommer ging, wie alle Sommer, zu Ende, und als der Herbst begann, mussten wir uns trennen. Er ging zurück nach Caer Pendwyr, ich aber nach Dendor. Zufällig hatte ich zwei Gjeenianische Heller dabei, die niedrigste Münze aller Reiche, und als der Tag unseres Abschieds kam, habe ich sie jeweils auf ein Lederband gefädelt und eine davon Blaine gegeben. Die andere habe ich behalten. Wir schworen, wenn einer von uns die Hilfe des anderen benötigte, uns gegenseitig diesen Heller zu schicken.« Argon zog an einem Band, das er um den Hals trug, und hob eine gleichartige Münze mit dem Loch in der Mitte aus seinem Wams. Dann nahm er das Unterpfand, das Tipperton ihm gegeben hatte, und umschloss es so fest mit der Faust, dass seine Knöchel weiß hervortraten. »Wie ich sagte, es ist ein Ruf, dieser Gjeenianische Heller, ein Hilferuf, eine Bitte, alle Streitkräfte zu sammeln und in den Krieg zu reiten. Und diese wertloseste, armseligste aller Münzen, dieser Gjeenianische Heller sollte für alles zahlen.«

»Meiner Seel«, sagte Tipperton. »Meiner Treu! Das also verbirgt sich dahinter. Ich wünschte, Euer Gefolgsmann hätte mir das sagen können. Aber er ist durch die Hand der Brut gestorben, bevor ich mit Hilfe zurückkehren konnte.« Tipperton schüttelte bedauernd den Kopf.

»Im Krieg sterben gute Menschen«, erwiderte König Agron. »Soll heißen, gute Leute«, verbesserte er sich dann. Er seufzte und sah Tipperton an. »Aber er hat Euch die Münze gegeben, und Euch damit seinen Auftrag weitergereicht, und damit hat er eine gute Wahl getroffen. Hatte er wohl einen Namen?«

»Er hat mir keinen genannt, Sire, aber wer er auch war, er hat mir das Leben gerettet. Ich wünschte, ich hätte ihm diese Gunst erwidern können.«

Sie saßen eine Weile schweigend da, bis Tipperton fortfuhr. »Er war noch jung, fünfundzwanzig, würde ich sagen, obwohl ich das Alter von Menschen nicht sehr gut schätzen kann. Aber er war jung und schlank, wie Ihr, Sire, und er hatte auch in etwa Eure Größe, obwohl ich auch da Schwierigkeiten habe, weil Ihr Menschen fast doppelt so groß seid wie ich. Er hatte dunkles, fast schwarzes Haar, kurz geschoren, und blassblaue Augen, so hell wie Eis, so hell, dass sie fast ...«

»Weiß wirkten?« Agron setzte sich ruckartig auf.

»Ja, Sire«, antwortete Tipperton überrascht. »Augen, so hellblau, dass sie fast weiß wirkten. Fast so wie Eure, aber noch etwas heller.«

»Hatte er Male, irgendwelche Male?«

»Male?«

»Kennzeichen.«

Tipperton runzelte die Stirn, als er sich an den Abend von vor einem Jahr zu erinnern suchte. »Nein ... das heißt, wartet! Ja, eine Narbe über einem Auge, ich glaube, über dem linken.«

Agron wurde kreidebleich. Er deutete auf seine eigene Braue und beschrieb mit dem Finger einen Haken. »Geformt wie ein V?«

»Woher wisst Ihr das?«

König Agron verzog vor Qual sein Gesicht. »Er hat sich diese Narbe bei einer Waffenübung zugezogen. Ich schlug sie ihm.« Die Stimme des Königs sank zu einem Flüstern herab. »Es war ein Unfall.«

»Ihr kanntet den Mann?«

»Er war mein Sohn Dular, mein Sohn, mein einziger Sohn und Thronfolger.«

Agron schob den Stuhl heftig vom Tisch zurück und flüchtete förmlich aus dem Raum.

Und ließ Tipperton allein zurück.

Dem die Tränen über die Wangen liefen.

Eine Weile später kam ein Page und führte Tipperton zu einem Schlafgemach in der Burg, wo der Bokker trotz der pulsierenden Furcht, die der Gargon durch seine Adern schickte, einschlief, noch bevor er sich auskleiden konnte, und die ganze Nacht durchschlief. Ein Stiefel lag auf dem Boden neben dem Bett, den anderen trug er noch am Fuß.

Nach einem heißen Bad brachte ein Page Tipperton frische Kleidung. Offenbar gehörten sie einem Kind der Bediensteten, das daraus herausgewachsen war. Außerdem band der Page dem Wurrling ein schwarzes Band um das linke Handgelenk. Als Tipperton ihn verwirrt ansah, deutete der Junge ernst auf das Band, das er selbst trug. »Es ist ein Trauerband, Herr, das wir am linken Handgelenk tragen, dicht am Herzen. Der König hat erfahren, dass sein Sohn, Prinz Dular ... von der Brut getötet wurde.« Der Page seufzte, trat zurück und sah den Wurrling an. Offenbar fand er Tippertons Äußeres annehmbar, denn er führte ihn in einen großen Saal, wo er mit dem König und Mitgliedern des Hofes frühstücken sollte.

Hier frühstückten bereits viele Menschen, und alle ohne Ausnahme trugen das schwarze Trauerband am Handgelenk. An einem Tisch auf einem Podest saß Agron, der aussah, als hätte er überhaupt kein Auge zugetan. Die Stimmung im Speisesaal wirkte bedrückt. Als der Wurrling stehen blieb und sich umsah, winkte der Magier Alvaron ihn zu einem leeren Platz neben sich.

»Hier, Junge, setzt Euch neben mich und erzählt uns von Euren Abenteuern, denn Ihr habt gewiss viel Mühsal erlebt, bis Ihr hierhergelangt seid. Und wir können eine Ablenkung gebrauchen.«

Tipperton stieg auf die Bank neben Alvaron und kniete sich hin, damit er so hoch am Tisch saß, dass er bequem essen konnte.

Ihm gegenüber saß eine strohblonde Frau unschätzbaren Alters. Tipperton nahm an, dass sie ihre Mädchenjahre bereits hinter sich hatte. Obwohl sie mit Alvaron sprach, war der Blick ihrer etwas schrägen blauen Augen auf Tipperton gerichtet. »Shh, Alvaron, lasst ihn in Ruhe, jedenfalls so lange, bis er etwas im Magen hat.« Sie lächelte den Wurrling an – und ihre Miene hellte sich auf.

Alvaron grinste. »Herr Tipperton Thistledown, ich möchte Euch Magier Imongar vorstellen.«

»Meiner Treu, noch ein Magier.« Tipperton hatte nicht bemerkt, dass er diesen Gedanken laut ausgesprochen hatte.

»Allerdings«, erwiderte Imongar. »Außerdem halten sich noch vier weitere hier auf.«

Tipperton errötete, konnte sich aber die Frage nicht verkneifen. »Es sind sechs Magier hier in Dendor?«

»Aye.« Imongar deutete hin: »Veran und Ridich frühstücken dort drüben, während Delander und Letha auf den Zinnen stehen und den Fürchterich in Schach halten. Wir wechseln uns Tag und Nacht ab, denn wir werden alle gebraucht, um die Furcht einzudämmen, mit der uns der Gargon zu lähmen sucht.«

»Dann bin ich sehr erfreut, Euch kennenzulernen, Lady, und auch froh, dass Ihr zu sechst seid, denn die Furcht ist grauenhaft.«

Während Alvaron einen Lakaien heranwinkte und auf Tippertons leere Trinkschale deutete, betrachtete Imongar den Bokker scharf, als wollte sie ihn abschätzen. »Ihr sprecht aus Erfahrung.« Ihre Worte waren keine Frage, sondern eine Feststellung.

»Aye.« Der Diener schenkte Tipperton Tee nach, und Imongar schob ihm den Brotkorb mit Aprikosenmarmelade hin. »Ich bin fast in sein Zelt gestolpert. Es steht im Schwarm vor dem Südtor.«

»Ihr seid in sein Zelt gegangen?« Alvaron wandte sich um und durchbohrte den Bokker fast mit dem Blick seiner schwarzen Augen.

»Na ja, nicht direkt hinein, sondern nur auf die freie Fläche, die es umgibt.«

»Selbst das ist näher, als ich ihm kommen könnte.« Imongar sah den Bokker prüfend an.

Tipperton strich Marmelade auf das getoastete Brot. »Oh, ich bin auch gerannt, das darf ich Euch versichern. Blindlings bin ich davongestürmt. Wäre ich nicht gegen ein Karrenrad geprallt, ich würde vermutlich noch immer laufen. Stattdessen bin ich rücklings zu Boden gestürzt.«

Alvaron hob seine Trinkschale. »Auf die Wagenräder, die einem plötzlich in den Weg springen, sonst würden wir jetzt nicht mit einem Herold frühstücken, der gute Nachrichten überbringt.«

»Mit einem Herold?«

»Euch, mein Junge, Euch. Obwohl Ihr auch die traurige Nachricht vom Tode des Prinzen vermeldetet, habt Ihr uns auch gute Kunde überbracht. Denn die Rettung folgt Euch auf dem Fuße, jedenfalls hoffen wir das.«

Imongar runzelte die Stirn. »So leicht wird das nicht, Alvaron, und wir sechs müssen zusammenarbeiten, wenn wir den Gargon zur Strecke bringen wollen. Und dazu brauchen wir noch die Unterstützung einer Kompanie Soldaten.«

Tipperton sah überrascht hoch. Er wusste zwar, dass die Dendorianer mit der Furcht fertig werden wollten, aber er hatte keine Ahnung, wie genau sie das bewerkstelligen wollten. Sicher, er hatte schon gewusst, dass ein

Magier etwas damit zu tun hatte, doch jetzt musste er feststellen, dass es sechs Magier waren, nicht nur der eine, den er zunächst getroffen hatte.

»Sagt«, begann Tipperton, »wenn sechs Magier und eine Abteilung Krieger den Gargon erledigen können, warum ist das dann nicht schon lange geschehen? Ich meine, warum habt Ihr ihn nicht schon getötet?«

Alvaron seufzte, und es war Imongar, die antwortete: »Wir haben es ja versucht, aber wir konnten nicht bis zu ihm durchdringen. Der Gargon wird vom Schwarm zu gut bewacht.«

Sie sah Alvaron an, der den Faden aufnahm. »Aber wenn die Zwerge dem Schwarm in den Rücken fallen und seine Streitkräfte binden, dann ... nun, vielleicht ist das der Augenblick, da wir Erfolg haben.«

Tipperton sah die beiden Magier stirnrunzelnd an. »Ihr klingt zweifelnd, dabei habe ich gedacht, Magie wäre mächtig genug, um mit jeder Bedrohung fertig zu werden.«

Imongar schüttelte den Kopf. »Was Ihr ›Magie‹ nennt, Herr Tipperton, hat seine Grenzen. Astrale FEUER können zwar zu vielerlei Zwecken gebildet werden, und einige davon sind auch recht mächtig. Aber kein Magier kann lange ertragen, was es ihn kostet.«

Alvaron nickte und zupfte an einer Haarlocke. »Das war schwarz, als die Brut kam, und jetzt ist es bereits grau meliert.«

Tipperton hob fragend eine Braue.

»Um dieses FEUER zu beeinflussen, muss ein Magier seine eigene MACHT verwenden, was auf Kosten seiner Jugend geht. Je mächtiger der Zauber ist, desto mehr kostet es ihn.«

»Bei Adon!« Tipperton riss erstaunt die Augen auf. »Ihr meint, die Anwendung von Magie lässt Euch altern? Jeder Bann macht Euch älter?«

Imongar nickte. »Aye. Unser astrales FEUER schwindet mit jedem Zauber, und je mächtiger er ist, desto mehr erschöpft er uns.«

»Allerdings«, fuhr Alvaron fort, »können wir dieses FEUER stärken, indem wir uns auf eine bestimmte Art und Weise erholen. Aber nach dem Untergang von Rwn vermögen wir nicht mehr nach Valdaria zu reisen. Und es kostet uns viele Jahre, uns auf diese Art in Mithgar zu erholen.«

»Meine Güte, und ich dachte immer, dass Magie sozusagen umsonst ist.«

Während ein Lakai Tipperton Rührei und Schinken auffüllte, schüttelte Alvaron den Kopf. »O nein, mein Junge, im Gegensatz zu dem, was Schankwirte gern behaupten, ist eine Mahlzeit nie kostenlos, und auch kein Frühstück. Wir alle müssen zahlen, wenn wir gehen, und das schließt auch Magier ein.«

Tipperton dachte nach, sah dann auf seinen Teller und richtete seinen Blick anschließend auf König Agron an seinem erhöhten Tisch. Der König hatte einen wahrlich hohen Preis bezahlt: Sein einziger Sohn und Thronerbe war tot. Und was hatte Tipperton gezahlt? Riannas Gesicht tauchte vor seinem inneren Auge auf, ihm kamen die Tränen. Im selben Moment durchströmte den Bokker ein Gefühl der Trauer.

Ohne zu reden und während ihm die Tränen über die Wangen liefen, stieg Tipperton von der Bank und trat zu dem Podest, auf dem der König saß. Verblüfft sah Agron den Wurrling an, der sich neben ihn hingekniet hatte.

»Sire«, begann Tipperton, »meine Mission, die Münze zu überbringen, ist erfüllt, aber ich bin ein gut ausgebildeter Kundschafter. Ich möchte Euch bitten, mich in Eure Dienste zu nehmen, bis dieser Krieg zu Ende ist.«

»Ihr wollt mir Treue schwören?«

»Jawohl, Sire, als Kundschafter.«

König Agrons Miene wurde ernst, und seine Rechte glitt unwillkürlich zu dem schwarzen Trauerband an seinem linken Handgelenk. »Meine Pläne, Herr Tipperton, bringen meine Kundschafter in große Gefahr.«

»Trotzdem, Sire.«

»Dann erhebt Euch, Herr Tipperton, als Kundschafter von Avon, bis dieser Krieg beendet ist.«

Nach dem Frühstück ging Tipperton mit Imongar zum Südtor. Er schritt zuversichtlicher aus, jetzt, da er wieder eine Aufgabe hatte. »Also wart Ihr es, Tipperton, der dem König sowohl die traurige als auch die gute Nachricht überbracht hat.«

Tipperton seufzte. »Ja. Allerdings wusste ich da noch nicht, dass der Mann, der vor meiner Mühle getötet wurde, der Sohn des Königs war. Warum er die Münze bei sich hatte, weiß ich nicht.«

»Er stand in Diensten des Hochkönigs Blaine«, erklärte Imongar. »Es lag sehr nahe, dass Blaine ihn nach Dendor schickte. Nicht nur, um Hilfe zu holen, sondern auch, um Dular in Sicherheit zu bringen.«

»Ihn in Sicherheit zu bringen?«

»Aye. Habt Ihr dem Kriegsrat nicht gesagt, dass die Feste Challerain gefallen ist?«

Tipperton nickte.

»Eben. Ich glaube, Blaine hat Dular losgeschickt, bevor

die Schlacht begann. Wie gesagt, um ihn vor Unbill zu schützen.«

Tipperton runzelte die Stirn. »Meiner Erfahrung nach, Lady Magier Imongar, droht ganz Mithgar Unbill.«

Die Magierfrau neigte den Kopf. »Aye, Herr Tipperton, das ist richtig.«

Sie erreichten das Tor und stiegen zu den Bastionen hinauf. Dort löste Imongar Delander ab. Der Magier war ebenso groß wie Alvaron, aber sein Haar war leuchtend braun, fast so wie seine Augen. Nachdem er Imongar begrüßt hatte und Tipperton vorgestellt worden war, ging Delander hinab, um zu essen und zu ruhen. Denn er hatte die erste Schicht gewacht, von Mitternacht bis zum Morgen, und die Bewachung eines Gargons stellte sich als höchst erschöpfend und entsetzlich heraus, vor allem hier, wo der Puls der Furcht am stärksten war.

Tipperton kletterte auf einen Waffenständer und blickte über die Zinnen nach Süden. Überall belagerte das Gezücht die Stadt, aber der Bokker hatte auch nichts anderes erwartet. Irgendwo im Schwarm dröhnte unaufhörlich eine tiefe Trommel. In der Mitte stand das isolierte Zelt des Gargon, umgeben von der Brut. Aber sie hielten mindestens hundert Schritt Abstand. Der Draedan selbst war nicht zu sehen, aber die Furcht war nicht fort, sondern wusch nach wie vor über die Stadt. Es war ein Pochen in den Eingeweiden, das im Takt der Trommel pulsierte.

Tipperton versuchte, das alles nicht zu beachten, während er auf den entfernten Berggrat im Süden blickte und sich bemühte, etwas zu erkennen ... jemanden ...

»Beau und die anderen sind irgendwo dort«, sagte er. »Ich frage mich, wie es ihnen ergeht.«

»Wie ging es ihnen denn, als Ihr sie verließet, Tipperton?«

»Hm, sie aßen kalte Rationen und kampierten im Schnee.« Tipperton seufzte. »Aber sonst ging es ihnen gut.«

»Dann dürfte sich daran auch nichts geändert haben, denke ich.«

Tipperton holte tief Luft und stieß sie dann langsam aus. »Das ist kein schönes Leben, wisst Ihr ... Auf dem kalten Boden zu schlafen, ohne Feuer und nur mit kalten Mahlzeiten.«

Imongar nickte. »Fast wie ein Tier, stimmt's?«

Sie blieben einen Augenblick länger schweigend stehen, bis Tipperton fragte: »Haben sie die Feuerpfeile abgeschossen?«

»Aye, wie geplant«, erwiderte Imongar. »Letzte Nacht und auch heute Morgen.«

»Gut«, meinte Tipperton. »Dieses Zeichen wird ihnen sagen, dass ich in Sicherheit bin.«

»Ha!«, lachte Imongar. »Ich würde es nicht gerade sicher nennen, wenn man von einem Schwarm belagert wird.« Imongar sah sich um, und als sie sich überzeugt hatte, dass niemand in der Nähe war, fuhr sie leise fort: »Außerdem ist hier in Dendor eine schreckliche Seuche ausgebrochen. Sie wurde von der Brut über die Mauern geschleudert.«

Tipperton sah sie erstaunt an. »Eine schreckliche Seuche? Über die Mauern geschleudert?«

»Aye, eine finstere Krankheit. Vor etwa vierundzwanzig Tagen haben die ...«

Tipperton schüttelte sich. »Sie haben die Toten zerstückelt und mit diesen ... diesen ...«

»Katapulten«, half Imongar ihm aus.

»Ja, mit diesen Katapulten in die Stadt geschleudert.« Tipperton sah zum Schwarm hinüber, wo die großen Katapulte standen, neben den anderen Belagerungsmaschinen, den großen Türmen auf ihren gewaltigen Rädern, den Brücken, mit denen man Burggräben überwinden konnte und den gewaltigen Mauerbrechern. »Wir haben gesehen, was sie getan haben, Imongar, meine Kameraden und ich. Vom Hügelkamm aus. Es wirkte schon von dort oben aus entsetzlich, aber hier muss es unaussprechlich grauenvoll gewesen sein. An dem Tag sind wir nach Kachar geritten, um die Zwergenarmee zu holen.«

»Nun, Tipperton, das war nur der erste Tag ihres widerlichen Beschusses. Sie haben drei weitere Tage lang zerstückelte Leichen nach Dendor geschleudert, Rucha, Loka, Gulka, Menschen ... für die Rûpt macht das keinen Unterschied, ob sie ihre oder unsere Toten nahmen. Alle wurden zerstückelt und die Leichenteile über die Mauern geschleudert.

Der König hat befohlen, alle sollten die Reste aufsammeln und zum Marktplatz bringen, wo sie auf einem riesigen Scheiterhaufen verbrannt wurden.« Jetzt schüttelte sich Imongar. »Ai, der Gestank nach verbranntem Fleisch wälzte sich durch ganz Dendor.«

»Aber was hat das mit der Krankheit zu tun?«, erkundigte sich Tipperton. »Ich meine, wie ist es zu dieser Seuche gekommen?«

»Ah, Ihr stellt eine Frage, Tipperton, die den Heilern schon seit ewigen Zeiten Rätsel aufgibt. Einige behaupten, es wäre ein Fluch, andere halten es für einen Zauber, wieder andere meinen, es wäre eine Geißel der Götter ... Aber genau wissen wir nur eines. Die Ersten, die der Seuche zum Opfer fielen, waren diejenigen, die die Leichenteile zum Feuer trugen. Seitdem sind jedoch auch andere erkrankt. Sie bekommen schwarze Pocken, aus denen Eiter fließt, hohes Fieber und riechen schrecklich. Das sind die Symptome. Es überleben nur wenige, trotz aller Bemühungen der Heiler, und alle, die daran sterben, werden ebenfalls verbrannt, wie die zerstückelten Toten vom Schlachtfeld. Aber im Gefängnishof, nicht auf der Plaza.«

»Im Gefängnishof?«

»Aye, dort werden die verbrannt, die der Seuche zum Opfer fielen.«

Tipperton runzelte zwar die Stirn, erkundigte sich aber nicht nach dem Sinn dieser merkwürdigen Sitte. »Ist sie denn schon weit verbreitet?«

»Noch nicht, aber bei solchen Seuchen weiß man das nie genau.«

Tipperton blickte nach Süden. »Wenn das diese dunkle Krankheit ist, von der Beau mir erzählt hat, dann hat er vielleicht ein Heilmittel dagegen, oder er glaubt es zumindest.«

»Beau?«

Tipperton deutete auf den weit entfernten Hügelkamm. »Einer meiner Gefährten.«

»Und dieses Heilmittel ...?«

Tipperton runzelte vor Konzentration die Stirn. »Silberwurz und Güldminze, wenn ich mich recht entsinne.«

»Von Silberwurz habe ich schon gehört, aber Güldminze? Nein.«

»Ich glaube, beide Pflanzen haben auch andere Namen, aber ich kenne sie nicht. Beau kann es uns sagen, sobald die Belagerung durchbrochen ist. Ich weiß nur, dass Güldminze ein goldenes Kraut ist, das gegen Gift wirkt. Es hat

Dara Phais vor dem Tod durch einen vergifteten Pfeil der Rukh gerettet. Angeblich war es Vulg-Gift.«

»Vulg-Gift? Ai, dann muss diese Güldminze sehr mächtig sein.«

Tipperton nickte. »Das würde ich auch sagen.«

»Tipperton, Ihr müsst zu den Heilern gehen und ihnen sagen, was Ihr wisst.«

»Ich weiß nicht sehr viel mehr als das, was ich Euch gerade erzählt habe. Beau kennt das Heilmittel, falls es denn überhaupt eines gibt.«

»Trotzdem ...«

»Wir wissen doch nicht einmal, ob es dieselbe Seuche ist, von der mir Beau erzählt hat«, erklärte Tipperton und sprang von dem Waffenständer auf den Boden. »Aber gut, wohin muss ich gehen?«

»Zum Gefängnis ... dort werden die Kranken einzeln gehalten. Aber Ihr benötigt einen Passierschein. Hauptmann Brud vom Westtor wird Euch einen geben.«

»Ach, Brud.« Tipperton seufzte. »Der Hauptmann und ich, wir haben uns nicht gerade gut verstanden, als wir uns kennenlernten.«

»Trotzdem wird er Euch einen Passierschein für die Heiler geben. Und unterschätzt ihn nicht, Tipperton. Er ist ein guter Krieger, wenn er auch sehr streng ist.«

»Und misstrauisch«, meinte Tipperton und lachte. »Wer würde schon glauben, dass einer vom sogenannten *Litenfolk* ein Spion der Brut sein könnte?« Tipperton lachte wieder, und Imongar lächelte. Dann wandte sich Tipperton herum und blickte zum weit entfernten Westtor. »Dennoch, falls es die dunkle Krankheit ist, mit der wir es hier zu tun haben, und wenn ich helfen kann ... Ich gehe sofort zu ihm.«

Während sich Tipperton in Bewegung setzte, drehte sich Imongar um und blickte nach Süden, zum Schwarm hin, stellte sich dem Pulsieren der Furcht und machte sich bereit, nötigenfalls Jahre ihrer Jugend zu opfern.

»Ein Heilmittel gegen die Seuche, und Ihr wollt zu den Heilern?«, fragte Hauptmann Brud. Er sprach sehr leise.

Tipperton nickte.

Der Offizier zog eine Schublade des Tisches auf, an dem er saß, und nahm ein Pergament heraus. Als er die Spitze des Federkiels in das Tintenfass tunkte, sagte er: »Passt auf, mit wem Ihr über diese Krankheit sprecht, Herr Tipperton, denn selbst das Wissen, dass eine Seuche in Dendor herrscht, wird einige zu übereilten Handlungen verleiten.«

Alvaron, der neben ihnen stand, knurrte. »Vielleicht stimmt das, Hauptmann Brud, aber wenn es tatsächlich die dunkle Krankheit ist, wird das nicht lange ein Geheimnis bleiben.«

Brud nickte grimmig, stand auf und zeigte aus einem Fenster des Torhauses auf ein graues Bauwerk. »Seht Ihr dieses viereckige, steinerne Gebäude dort, neben dem Turm?«

»Das mit der Mauer ringsum?«

»Aye«, erklärte Brud. »Das ist das Gefängnis.«

»Das Kittchen«, warf Alvaron ein.

»Meiner Treu, ein so großes Gefängnis?«

Brud zuckte die Achseln. »Wir nutzen nicht das ganze Gebäude als Gefängnis, nur das Obergeschoss. In dem Rest hatte die Stadtmiliz ihre Unterkünfte, jedenfalls früher.«

»Früher?«

»Ja. Statt jene Mauern zu hüten, bewachen sie jetzt diese hier.«

»Und die ehemaligen Insassen«, erklärte Alvaron, »sind vom König begnadigt worden, sofern sie sich entschieden zu kämpfen.«

Brud verzog das Gesicht, als fände er etwas widerlich, aber dann sagte er nur: »Wie auch immer, dort findet Ihr jedenfalls die Heiler.«

Tipperton schüttelte den Kopf. »Wer hätte das gedacht: Heiler im Gefängnis. Ich frage mich, was Beau wohl dazu sagt, wenn ich es ihm erzähle.«

»Es ist der sicherste Ort, um die unterzubringen, die sich mit der …« Brud zögerte.

»… der Pestilenz infiziert haben«, beendete Alvaron den Satz. »Modrus Geschenk an Dendor, würde ich sagen.«

»Oh.«

Brud faltete das Pergament und gab es Tipperton. »Das verschafft Euch Durchlass durch das Tor und Zutritt bis zur Tür, aber nicht hinein. Ich möchte Euch nicht an die dunkle Krankheit verlieren.«

Tipperton sah Brud überrascht an.

»Herr Tipperton, ich habe mich in Euch geirrt«, erklärte dieser. »Trotzdem will ich mich nicht entschuldigen, denn Ihr kamt vom Schwarm und habt von mir verlangt, dass ich Euch vor meinen Lehnsherrn führe. Ich brauche nicht um Vergebung zu bitten, weil ich zuerst an sein Wohlergehen denke. Jetzt jedoch seid Ihr einer seiner Kundschafter, und das freut mich. Jeder, der unentdeckt durch einen ganzen Schwarm der Brut schlüpfen kann, ist in den Diensten meines Herrn sehr willkommen, und ich bin froh, dass wir jetzt zusammen auf einer Seite stehen.«

Brud lächelte und streckte seine Hand aus. Tipperton packte sie grinsend, obwohl seine kleine Hand in der des Menschen fast verschwand.

»Und hier Euer Passierschein.« Brud händigte dem Wurrling das unterzeichnete Pergament aus.

»Güldminze, eh, die sehr seltene güldene Minze. Ja, ich habe von ihr gehört, obwohl wir sie anders nennen, *oladguld,* Goldblatt. Wie dem auch sei, wir haben jedenfalls keine. Aber *rotensilver,* die Wurzel aus Silber, davon haben wir reichlich, auch wenn es nur wenige Erkrankte retten kann.«

Tippertons Miene wurde lang. »Meiner Treu, und Beau hat den Rest seiner Güldminze dafür verbraucht, Dara Phais zu heilen. Es waren insgesamt fünf Gaben.«

»Ich fürchte, es erfordert mehr als fünf Gaben, mein Junge«, erwiderte der Heiler von der anderen Seite der vergitterten Tür, »denn innerhalb dieser Mauern sind viele an der Seuche erkrankt, und sie fordert ständig mehr Opfer ...« Plötzlich verstummte der Mann und sah an dem Bokker vorbei. Tipperton wandte sich um. Hinter ihm kam durch das bewachte Tor in der Gefängnismauer ein Karren mit einer weißen Plane, der von einem ebenfalls in Weiß gekleideten Mann kutschiert wurde, mit einem weißen Tuch vor dem Mund.

»Haltet Euch von ihm fern!«, zischte der Heiler.

Während Tipperton mehrere Schritte zur Seite trat, fuhr der Wagen herum und hielt neben der vergitterten Tür. Jetzt konnte Tipperton drei Leute auf der Ladefläche sehen, einen Mann, eine Frau und ein Kind. Sie hatten alle fieberrote Gesichter und stöhnten. Ihre Lippen waren rissig, aber nicht blutig. Außerdem sah Tipperton dunkle

Beulen auf den Armen und dem Gesicht des Kindes, aus denen Eiter floss.

An diesem Abend beobachtete Tipperton von den Zinnen aus die brennenden Pfeile, die von jedem Tor in den Himmel gefeuert wurden. Er spielte mit dem Gedanken, seinen letzten Brandpfeil vom Südtor abzufeuern, verzichtete aber darauf. Es war das letzte Andenken an Ryanna, das er besaß und an die ihn bittersüße Erinnerungen verfolgten. Also sah er nur zu, wie die Pfeile in den Himmel flogen und lauschte dem Höhnen der Brut vor der Stadt.

Am nächsten Morgen, kurz vor Tagesanbruch, sammelte sich eine Abteilung von Männern in Keilformation vor dem Tor und wartete. König Agron ritt an ihrer Spitze, und ihre gewaltige Speerschleuder stand schussbereit da, während die Soldaten auf den Zinnen nach einem einzelnen flammenden Pfeil Ausschau hielten, der sich von dem weit entfernten südlichen Kamm erheben sollte. Tipperton stand mit seinem Elfenbogen bei ihnen, da er nicht zurückgelassen werden wollte.

Außerdem hatten sich die sechs Magier bei der Truppe versammelt, bereit, die Furcht zu unterdrücken, die der Gargon wirkte. Sie hielten sich wie Tipperton ganz vorn am Südtor auf.

»Ich wünschte, Farrin wäre hier«, sagte Ridich. »Er ist der Mächtigste von uns allen.«

»Farrin?« Tipperton sah zu dem Magier auf.

»Aye. Vor einem Jahr war er noch mit uns in den Schwarzen Bergen, einer von unserem Kreis der Sieben. Dort hat er von dem bevorstehenden Krieg geträumt. Er erzählte dem Weisen Oran von seinem Traum, und der Weise hat, nach reiflicher Überlegung, uns gebeten, nach Dendor zu reisen, weil Farrin möglicherweise einen Wahrtraum hatte. Farrin selbst begab sich jedoch auf eine eigene Reise: Er wollte die Utruni finden und sie dazu bringen, auf Seiten des Freien Volkes in den Krieg gegen Modru und seinen Meister Gyphon einzutreten. Seitdem haben wir ihn nicht mehr gesehen.«

»Er wird die Utruni nicht finden«, sagte Letha. »So tief im Fels versteckt, wie sie sind.«

»Selbst wenn er sie aufspürt«, meinte Ridich, »werden sie nicht in den Kampf eingreifen, denn obwohl sie den Kammerling angeblich bewachen, stehen die Utruni weit über den Dingen der Welt, oder vielmehr in ihrem Fall, weit darunter.«

Letha seufzte. »Wenn er sie nur überreden könnte, denn mit der MACHT, die sie über das Gestein besitzen, könnte es tatsächlich zutreffen, dass ein einzelner Utruni einen ganzen Berg zum Einsturz bringen kann.«

Tipperton riss erstaunt die Augen auf. »Sie können einen ganzen Berg einstürzen lassen? Sagt, diese Utruni ... Dara Aleen hat sie einmal erwähnt, und Bekki auch, aber was genau sind sie?«

»Steingiganten«, antwortete Imongar.

»Steingiganten? Aber das sind doch nur Mythen. Giganten, die Edelsteine anstelle der Augen haben? Giganten, die durch den Fels weit unter der Erde schreiten können.«

»O nein, Kleiner«, widersprach Alvaron. »Sie sind genauso wenig ein Mythos wie zum Beispiel die Verborgenen.«

»Oder das *Litenfolk*«, fügte Veran leise hinzu.

Imongar lachte. »Fragt nur einen Zwerg, Tipperton, er wird es Euch bestätigen. Vor langer Zeit wurde der Erste Durek von einem Steingiganten gerettet, jedenfalls nach ihren Legenden.«

»Genau das hat Bekki auch gesagt. Durek wurde von der Hand der Utruni gerettet.« Tipperton schüttelte den Kopf und zuckte dann die Achseln. »Damals wusste ich nicht, was er meinte, aber es schien auch nicht wichtig zu sein. Sagt, dieser Erste Durek, wurde er auch Brichtod Durek genannt?«

»Aye«, bestätigte Imongar. »Aber erst viel später, nachdem er gestorben war und wiedergeboren wurde.«

Tipperton runzelte bei diesem Paradoxon die Stirn. »Bekki hat diesen Brichtod Durek einmal zitiert«, sagte er jedoch nur. »›Der, welcher wagt, gewinnt.‹ Ich fand das damals ganz passend, als ich plante, mich durch den Schwarm zu schleichen und an Dendors Tore zu klopfen.«

»Ein verrückter Plan«, erklärte Veran.

»Haarsträubend«, stimmte ihm Tipperton zu.

»Genauso wie unser Vorhaben, den Gargon zu erledigen«, setzte Alvaron hinzu.

Der Morgen graute, und die Feuerpfeile wurden von den Toren in den Himmel geschossen. Tipperton stieg zum Südtor empor, nahm einen der brennenden Pfeile – so lang wie ein Mann – und feuerte ihn mit den anderen ab. Seiner beschrieb einen noch höheren Bogen als die der Menschen, die den kleinen vom *Litenfolk* mit seinem Elfenbogen bestaunten, der sicher magisch war, wie sie glaubten. Aber vom südlichen Gebirgskamm kam keine Antwort, also löste sich die Einheit unten vor dem Tor auf, wenngleich die Wachen auf dem Tor ihre Stellungen hielten.

Am nächsten Tag spielte sich dasselbe ab. Die Männer, Magier und der Bokker versammelten sich vor Tagesanbruch am Südtor, doch vom Gebirgskamm kam auch diesmal kein Signal, also löste sich die Truppe wieder auf.

Tipperton zählte es an den Fingern ab. *Fünf Tage, Wurro, es sind fünf Tage. Fünf Tage, seit wir Dendor gesichtet haben, nachdem wir von Kachar zurückkamen. Vier, seit ich es in die Stadt geschafft habe. Ist den Zwergen etwas zugestoßen? Ach, sicher nicht. Außerdem hat Valk gesagt, er käme innerhalb einer Woche, und die Woche ist noch nicht vorbei.*

Doch Tipperton fand keine Ruhe. *Wenn ich nur meine Laute hätte, aber sie liegt im Lager bei Beau.* Er verbrachte die meiste Zeit des Tages damit, auf den Zinnen von Dendor auf und ab zu marschieren. Die Furcht pochte in seinen Adern, als er dort oben patrouillierte.

Am sechsten Tag gab es erneut kein Signal, Tipperton grämte sich und nahm seine Patrouille wieder auf, oben auf den Bastionen und unten in den Straßen. Seine Stimmung aber sank, und ihn beschlich das Gefühl, als wäre der Untergang nah. Ob es jedoch eine richtige Vorahnung war oder an dem unablässigen Pulsieren der Furcht lag, die der Gargon ihnen schickte, wusste er nicht.

Während er über eine der Straßen von Dendor ging, sah er drei weiße Planwagen, mit drei weißen Kutschern, die über das Pflaster rumpelten. Die Leute weinten, als sie an ihnen vorbeifuhren, zu den grauen Wällen eines grauen Gebäudes, von dessen Innenhof eine Rauchsäule in den Himmel stieg. Tipperton fragte sich, wie viele weiße Planwagen an diesem Tag wohl noch durch die Straßen gerollt waren.

Der siebte Tag brach an, und auch an diesem Morgen kam kein Signal. Erneut zerstreuten sich die Männer. Nachdem Tipperton gefrühstückt hatte, ging er zu den Bastionen hinauf, wütend und kummervoll. *Wo um alles in Mithgar bleiben Valk und seine Armee der Zwerge?*

Am Vormittag dieses Tages jedoch dröhnten plötzlich die Trommeln des Schwarms los, und Hörner wurden geblasen. Wogen von Furcht spülten über die Wälle.

»Da unten tut sich was«, meinte Imongar grimmig und beobachtete scharf den Schwarm nach einem Anzeichen für einen Angriff.

Tipperton sprang auf den Waffenständer und spähte durch eine Zinne hinab. »Ihr glaubt doch nicht, dass sie … dass sie …?«

Imongar sah zu ihm herunter. »Dass sie *was*, Tipperton?«

»Ach, ich weiß nicht. Vielleicht haben sie ja die Zwerge auf dem Marsch entdeckt oder meine Freunde gefangen genommen, Beau gefangen genommen, ich weiß es einfach nicht.« Tipperton sah sie flehentlich an, während die Furcht des Gargons über die Mauern wogte.

Imongar zuckte die Achseln und richtete ihren Blick wieder auf den Schwarm. Plötzlich rief sie: »Hornist! Gib das Signal zum Sammeln. Der Gargon hat sich in Bewegung gesetzt!«

Tipperton folgte ihrem Blick und keuchte vor Schreck. Denn das grauenvolle Monster kam tatsächlich aus dem

Zelt. Es war grau wie Stein, hatte Schuppen wie ein Reptil, ging jedoch aufrecht auf zwei Beinen. Die bösartige, hünenhafte und reptilienartige Parodie eines Menschen, die Wellen von Furcht ausstrahlte.

Unter seinen schweren Schritten wirbelte Schnee auf, während der gewaltige Mandrak herankam. Er war fast drei Meter groß, hatte Klauen statt Händen und Füßen, und Reihen von glitzernden Zähnen in seinem echsenartigen Maul. Der Draedan, der Ghath, der Schrecken, der Fürchterich stampfte allein in einem großen freien Kreis voran, als die Brut zurückwich. Einige kreischten und rannten weg, denn auch sie konnten seine Gegenwart nicht ertragen, so gewaltig war die Angst, die er verbreitete.

Selbst die Erde schien bei jedem seiner Schritte unter seinen Füßen zu erzittern, und auch Tipperton schüttelte sich.

»Haltet Euch bereit!«, rief Imongar. Ihr Gesicht war kalkweiß.

Aber als die grauenvolle Kreatur den inneren Rand des Belagerungskreises des Schwarmes erreichte, drehte sie sich nach links und schritt in Richtung der westlichen Peripherie.

Als sie wegging, schaffte es der zitternde Hornist mit Mühe, sein Horn an die Lippen zu heben und beim zweiten Anlauf das Signal zu geben.

»Kommt«, sagte Imongar und ging über die Bastionen nach Westen. Sie hielt mit dem Monster Schritt.

Tippertons Atem ging stoßweise, als er hinter der Magierfrau an dem Waffenständer entlanglief, denn er wollte ihr nicht die Sicht verstellen. Während Imongar nach Westen strebte, strömten bewaffnete und gepanzerte

Krieger durch die Straßen und zu den Wällen. Die meisten sammelten sich um die vier Tore.

Der König kam an der Spitze seiner Kavallerie angeritten.

Schließlich erreichten Tipperton und Imongar das Westtor. Der Gargon blieb stehen, allein in einem weiten Kreis.

Die anderen vier Magier eilten ebenfalls zum Westtor, an dem Alvaron bereits wartete.

Die Hörner der Rûpt schmetterten, und ihre Trommeln dröhnten.

Doch dann beugte sich Hauptmann Brud über die Brüstung in die Stadt hinein. »Sire!«, rief er dem König zu. »Sie schwenken die graue Parlamentärsfahne.«

»Was?« Der König klang ungläubig.

»Sie wollen verhandeln!«, schrie Alvaron.

»Das ist bestimmt ein Trick«, meinte Brud.

»Trotzdem, Hauptmann!« Agron ritt zur Rampe und stieg ab. »Hisst ebenfalls die Parlamentärsfahne.«

Ohne ein weiteres Wort gab Hauptmann Brud einem Soldaten ein Zeichen, und Augenblicke später wurde die graue Parlamentärsfahne über dem Tor aufgezogen.

Die Trommeln und Hörner des Schwarms verstummten.

Als der König auf die Bastion kam, sagte er zu dem Hornisten: »Gebt ein Signal, dass sich alle bereithalten, einen Angriff zurückzuschlagen. Falls es ein Trick ist, sollen alle Krieger an den Toren und auf den Mauern bereit sein.«

Der Befehl wurde gegeben, und erneut kehrte Stille ein, als würden die Soldaten auf beiden Seiten die Luft anhalten. Obwohl die Wellen der Furcht nach wie vor über sie alle hinwegspülten.

Dann ertönte ein Hornsignal aus dem Schwarm, unmittelbar vor dem Westtor. Aus einem Zelt mitten in der Brut wurde ein Mann von einem Ghûl zu einem wartenden Hèlross geführt. Er trug etwas unter einem Arm und wurde mit seiner Last auf das Vieh gehievt. Als er im Sattel saß, schob sich der Mann seine Bürde auf den Schoß und drückte sie an sich.

»Ein Astralkörper!«, zischte Tipperton.

»Ihr wisst von ihnen?, fragte Imongar.

»Vor Minenburg Nord war auch einer.«

Dann nahm ein berittener Ghûl die Zügel des Hèlrosses, auf dem der Astralkörper saß, und ritt zum Westtor von Dendor, während er das andere Vieh hinter sich herzog.

Rechts neben den beiden lief ein Rukh mit der Parlamentärsfahne, und links noch ein anderer, dessen Fahne schwarz war.

Als sie näher kamen, runzelte Tipperton verblüfft die Stirn, denn irgendetwas an dem Astralkörper kam ihm bekannt vor ... was, das konnte er noch nicht genau sagen ...

»Grundgütiger Himmel!«, stieß er plötzlich hervor.

»Was?«, fragte Imongar.

»Der Astralkörper, wenn es denn einer ist!« Tipperton klang angewidert. »Das ist Lord Tain!«

»Lord Tain?«

»Ein Daelsmann. Der Einzige, der die Vernichtung der Stadt überlebt hat, soweit wir wissen. Alle anderen wurden von Sleeth getötet oder sind anschließend in dem Schneesturm umgekommen. Seine Tochter wurde ebenfalls getötet. Das hat ihn um den Verstand gebracht.«

Der Ghûl, die Rukhs und die Hèlrösser und der Mensch kamen näher. Lord Tains weißer Bart war lang und ungepflegt, sein weißes Haar hing unordentlich herab und die Last, die er auf dem Schoß trug ...

»Gütiger Adon!«, stöhnte Tipperton.

Diese Bürde war der mumifizierte Leichnam von Jolet, seiner Tochter.

Tain flüsterte, zischte ihr etwas ins Ohr und deutete auf die Stadt vor ihm.

Sie ritten bis zur Brücke, wo sie stehen blieben. Die Rukhs pflanzten die Fahnenstangen in den Schnee, die graue Parlamentärsfahne auf die eine, und die schwarze mit dem roten Ring aus Feuer auf die andere Seite. Wie auf ein Kommando hörte die pulsierende Furcht plötzlich auf.

Ein erleichterter Seufzer erhob sich in der ganzen Stadt. Tipperton schwankte überrascht und erleichtert.

Der Ghûl trieb sein Hèlross rückwärts neben das Vieh von Lord Tain, der immer noch in das vertrocknete Ohr seiner Tochter Jolet plapperte.

»Gluktu!«, stieß der Ghûl hervor. Seine Stimme klang wie aus dem Totenreich.

Lord Tain verstummte schlagartig, und der Wahnsinn in seinem Blick wich einem boshaften Starren. Jetzt lauerte kein Verrückter mehr hinter diesen Augen, sondern eine widerliche Präsenz. Sie drehte Tains Kopf und sah auf den Kadaver in seinen Armen ... lachte boshaft und hämisch und warf die mumifizierte Leiche mit einer Hand in die Luft. Arme, Beine und Kopf baumelten schlaff herum, das strähnige dunkle Haar und das zerfetzte, seidene Gewand flatterten, ein Fuß war nackt, der andere steckte noch in einem Slipper ...

Tipperton wandte sich angewidert ab, während ihm Tränen in die Augen stiegen.

»My Lord Agron!«, rief die widerliche Kreatur, »das hier ...«, er warf die Leiche erneut in die Luft, »das ist das Schicksal, das alle erwartet, die sich mir widersetzen.«

König Agron antwortete nicht.

»Verschwinde, Modru!«, rief Alvaron, »du hast hier nichts zu suchen.«

Der Blick des Astralkörpers richtete sich auf den Magier. »Schweig, du Narr! Ich rede mit deinem Herrn!«

Dann richtete sich der Blick wieder auf den König, doch er veränderte sich plötzlich, wirkte beinahe hämisch. »Ich wollte Euch fragen, My Lord, wie es denn Euren Bürgern so geht? Alle bei bester Gesundheit, ja? Keiner krank?« Der Astralkörper lachte grölend und streichelte das verfilzte Haar der toten Jolet.

Agron stand auf der Mauer und schwieg, die Arme trotzig vor der Brust gekreuzt, die Lippen zusammengepresst.

Das Gelächter des Astralkörpers verstummte schlagartig, als er höhnisch auf den Schwarm und die gewaltigen Belagerungsmaschinen hinter sich deutete. »Wie Ihr sehen könnt, seid Ihr meiner Gnade vollkommen ausgeliefert, aber verzweifelt nicht, denn ich bin ein gütiger Herr. Und so lauten meine barmherzigen Bedingungen: Wenn Ihr Euch ergebt, werdet Ihr zu meinen Verbündeten. Falls jedoch nicht, werde ich Euch alle abschlachten, Krieger, Frauen, Kinder, Alte, Tiere ... Alle ohne Ausnahme, und Ihr selbst werdet ebenfalls so enden.« Er sah den Kadaver in seinen Armen an, küsste sie auf die vertrockneten Lippen, grinste boshaft und schrie: »Ich gewähre Euch einen Tag Bedenkzeit!«

Der Astralkörper hob den Arm und plötzlich war das boshafte Starren aus seinen Augen verschwunden und wurde von Wahnsinn ersetzt ...

Und im selben Augenblick fegte ein gewaltiger Schlag von Entsetzen durch alle Versammelten. Einige Männer brüllten auf und flohen, andere fielen auf die Knie, und Tipperton schrie vor unerträglicher Furcht.

Vor dem Toren fielen die Rukhs auf die Knie und kreischten ihr Entsetzen heraus, und selbst der Ghûl kauerte sich im Sattel zusammen, als wollte er sich ganz kleinmachen. Sein Hèlross schien wie angewurzelt im Schnee zu stehen.

Nur Lord Tain wurde von der Furcht offenbar nicht berührt. Er drückte Jolets Leichnam an seinen Busen und flüsterte ihr Geheimnisse in ihr zusammengeschrumpftes Ohr.

Dann ließ das Entsetzen nach und wich der bekannten, pulsierenden Furcht.

10. Kapitel

Für Beau, Bekki, Phais und Loric verstrichen die Tage und Nächte nur zäh. Die Gefährten hielten sich immer noch auf ihrem Hügelkamm weit im Süden auf und spürten die Furcht nur schwach, die dennoch durch ihre Adern pulsierte. Sie hielten abwechselnd Wache, beobachteten die belagerte Stadt unter sich, aber nur die Feuerpfeile, die im Morgengrauen und am Abend in den Himmel gefeuert wurden, unterbrachen ihre ermüdende Wacht. Wenn Beau nicht Wache hielt, lief er rastlos im Lager hin und her, zwischen Kummer und Ausruhen und Laufen zerrissen, bis es Bekki schließlich zu viel wurde. »Argh! Setz dich hin, Beau, sonst schwindelt mich das noch zu Tode!«

Beau ließ sich in den Schnee fallen. »Ach, Bekki, es ist nur ... Ihr wisst schon!«

Bekki blickte von seinem Streitkolben auf, den er jetzt schon zum hundertsten Mal mit Sand scheuerte. »Ay, Beau, ich weiß. Lauf nur weiter, wenn du musst. Ich schweige.«

»Es ist diese Sehnsucht und dieses Warten, Bekki. Die Sehnsucht nach warmen Mahlzeiten, heißen Bädern und heißem Tee, vor einem lodernden Feuer zu sitzen, in einem weichen Bett zu schlafen, Tip wiederzusehen ...«

»Und das Warten darauf, dass Valk mit seiner Armee eintrifft, damit wir endlich mit diesem Krieg weitermachen können«, warf Bekki ein und prüfte die Schnüre um den Kolben.

»Mehr als das, Bekki, viel mehr. Wonach ich mich wirklich sehne, ist, dass dieser Krieg endlich zu Ende ginge und Modru und Gyphon ...«

»Tot wären!«, knurrte Bekki.

»Ja, gut, obwohl ich mir eigentlich wünschte, dass sie bloß verschwinden würden.«

»Tot wäre besser.«

Sie schwiegen, und Beau schaute zu den Pinien hinauf, wo Phais und Loric Wache hielten und von dem Kamm hinab die Stadt beobachteten. Mittlerweile war Vormittag.

Beau seufzte und deutete auf Tippertons Laute, die in ihrem Samt und den Lederbeuteln sicher verstaut war und auf Tippertons restlicher Ausrüstung lag. »Wenn ich sie spielen könnte, würde ich uns unterhalten. Falls ich es könnte.«

Bekki lachte bellend. »Und wenn ich die Stimme eines Fjordlandischen *Engels* hätte, würde ich dich begleiten.«

»Engels?«

Bekki lächelte. »Einer, der dicht unter dem Himmel lebt, das behaupten jedenfalls die Fjordlander. Hübsch sind sie von Angesicht und Gestalt, diese Engels, und sie singen schöner als Silberlerchen.«

»Oh.«

»Aber du kannst nicht spielen und ich nicht singen, also bleiben wir einfach sitzen und warten.«

»Ich weiß nicht, Bekki, die Lieder, die du in Bridgeton gesungen hast, klangen ziemlich gut.«

Bekki schüttelte den Kopf. »Lieder? Das waren keine Lieder, und ich habe sie auch nicht gesungen. Es waren Anrufungen, von Krieg und Tod und Blut und Feuer, von Dingen, die das Herz eines Kriegers stärken. Nein, wir Châkka singen keine Lieder. Das richtige Singen überlassen wir den ... den ...« Bekki verstummte, und seine Augen schienen in die Ferne zu blicken, als sähe er durch Beau hindurch.

»Ihr überlasst es den Châkia«, beendete Beau seinen Satz. »Ich weiß, ich habe sie in Minenburg Nord gehört. Tip hat sogar eine, die sang, begleitet. Sie sang wirklich süßer als eine Silberlerche.«

Plötzlich fuhr sich Bekki mit dem Ärmel über seine verdächtig feuchten Augen und räusperte sich. »Ja, wir haben sie gehört. Ihre Stimme erfüllte die ganze Minenburg.«

Wieder schwiegen die beiden eine Weile. Schließlich seufzte Beau. »In Kachar habe ich keine gehört, ich meine, eine singende Châkia. Und sagt ...« Beau sprang auf. »Wie lange ist es her, seit wir dort waren? Oder vielmehr, seit wann sind wir wieder hier?« Beau zählte es an den Fingern ab.

»Es ist der siebte Tag, seit wir zurückgekehrt sind«, kam ihm Bekki zuvor.

Beau hielt die fünf Finger der einen und zwei der anderen Hand hoch. »Das habe ich auch herausbekommen. O Bekki, wo bleiben Valk und seine Bewaffneten? Sollten sie nicht längst hier sein? Er sagte doch, er träfe innerhalb von sieben Tagen ein und ...!«

Bekki hob Ruhe gebietend die Hand. »Still, Beau, und lauscht! Da tut sich was!«

Über den Hügelkamm drang das Geräusch von Hörnern und Trommeln bis zu ihnen.

Bekki sprang mit seinem Streitkolben in der Hand auf und lief zusammen mit Beau zum Grat.

»Der Draedan bewegt sich«, sagte Phais, als die beiden keuchend herankamen.

Unten dröhnten die Trommeln und schmetterten die Hörner, als der Draedan schwerfällig am inneren Rand des Belagerungsringes der Brut um die Mauern von Dendor stampfte. Er ging in Richtung Westen und hatte einen freien Kreis um sich, als Rukhs, Hlöks und Ghûls vor seiner schrecklichen Macht zurückwichen.

Auf den Bastionen der Stadt nahmen Bewaffnete ihre Stellungen ein.

»Was geht da unten vor, was glaubt Ihr?«, fragte Beau.

»Sie verhandeln.« Loric streckte die Hand aus.

Im Westen wehte eine graue Fahne vor dem Zelt, in dem, wie die Gefährten vermuteten, der Astralkörper Modrus hauste, weil es von Ghûls mit Hèlrössern bewacht wurde.

Schließlich erreichte der Gargon das Westtor und blieb davor stehen.

Wieder gellten die Hörner und dröhnten die Trommeln und dann ...

»Seht!«, rief Bekki. »Über dem Westtor. Dort wird auch eine graue Fahne gehisst. Sind sie denn verrückt geworden? Mit Modru zu verhandeln, das bedeutet doch, mit dem Herrn der Verräter selbst zu sprechen.«

»Trotzdem können sie vielleicht Neues aus diesem Treffen ziehen«, gab Phais zu bedenken.

Bekki knurrte, sagte aber nichts.

Plötzlich verstummten die Hörner und Trommeln des Schwarm, in Dendor aber gellte ein einzelnes Hornsignal. Niemand von ihnen wusste, was es bedeutete.

Die Furcht des Gargon pulsierte noch immer durch alle Herzen.

Jetzt schmetterte ein Horn der Rûpt, und aus dem Zelt des Astralkörpers führte ein Ghûl einen Mann zu einem wartenden Hèlross. Er trug eine Art Bündel unter einem Arm und wurde von einem Ghûl auf das Vieh gesetzt.

»Modrus Augen und Ohren«, grollte Bekki.

»Modrus Stimme«, fügte Loric hinzu.

»Ein Gräuel«, erklärte Phais.

»Wenn wir in den Kampf reiten«, sagte Bekki, »müssen wir diese Kreatur aufspüren und töten.«

Beau schüttelte sich, sagte aber nichts.

Ein zweiter Ghûl war aufgesessen, packte die Zügel des Hèlrosses des Astralkörpers, ritt vor den Schwarm und zum Westtor Dendors. Das andere Vieh trottete hinter ihm her.

Auf einer Seite des Astralkörpers hüpfte ein Rukh mit der grauen Parlamentärsfahne, auf der anderen Seite einer mit einer schwarzen Fahne an der Stange.

Der Astralkörper selbst hielt das Bündel an sich gedrückt und deutete auf die Stadt vor sich.

Sie erreichten die Brücke über den Graben und blieben stehen. Während die Rukhs die Fahnenstangen in die Erde rammten, erlosch die Furcht, die der Gargon ausstrahlte, plötzlich vollkommen.

Beau atmete erleichtert durch, und Phais griff nach Lorics Hand. Bekki knurrte nur.

Der Ghûl trieb sein Hèlross rückwärts zu dem Vieh des Astralkörpers und wandte sich zu dem Mann um, der das Bündel plötzlich in die Luft warf. Teile davon baumelten schlaff herunter.

»Elwydd!«, stieß Phais hervor.

»Was?«, fragte Beau.

»Es ist ein Leichnam«, knirschte Loric. »Er hält einen Leichnam in die Luft.«

»Meiner Seel! Warum sollte Modru ihnen eine Leiche zeigen?«

»Terror!«, grollte Bekki. »Er will denen, die zusehen, Schrecken in ihre Herzen einflößen.«

Beau runzelte die Stirn. »Ich glaube, der Gargon reicht dafür doch vollkommen.«

Loric sah auf den Bokker herunter. »Er benutzt den Leichnam als Beispiel für das, was allen geschieht, sollte sich Agron ihm nicht beugen.«

Beau formte mit den Lippen ein lautloses »Oh«.

Weit unten vor der Stadt deutete der Astralkörper zu den Männern auf den Bastionen hinauf und dann auf den Schwarm hinter sich.

»Was sagt er?«, wollte Beau wissen.

»Zweifellos verlangt er ihre Kapitulation«, knirschte Bekki. Er umklammerte den Streitkolben so fest, dass seine Knöchel weiß hervortraten.

Jetzt hob der Astralkörper eine Hand und auf den Mauern der Stadt fielen Männer auf die Knie, während andere wegliefen. Vor dem Tor fielen die beiden Fahnenträger der Rukhs in den Schnee und wanden sich krampfhaft hin und her. Trotz der großen Entfernung hörten die Gefährten die Entsetzensschreie bis zum Kamm. »Der Schrecken hat all seine Furcht gegen sie geschleudert«, erklärte Phais.

Plötzlich spürten die Gefährten den Puls der Furcht wieder, als in der Ferne der Astralkörper von dem Tor weggeführt und in sein Zelt am westlichen Rand zurückgebracht wurde.

»Meiner Seel!«, keuchte Beau, »wie schrecklich, da ist sie wieder. Ich frage mich, ob ich mich jemals daran gewöhnen kann, ständig Angst zu haben.«

Als Beau an diesem Abend Wache hielt und gerade die Feuerpfeile von den vier Toren Dendors in den Himmel geschossen wurden, lief Phais lautlos auf den Hügel.

»Was gibt es?« Beau war noch verängstigter, weil die Trommeln der Rukh in weiter Ferne dröhnten und die Furcht des Gargon selbst seine Seele zu durchdringen schien.

»Leise, und geht in Deckung!« Phais packte seinen Arm.

»Deckung?« Beau umklammerte seine Schleuder noch fester.

Die Dara zog ihn zwischen einige Bäume. »Aye«, zischte sie. »Etwas oder jemand kommt durch das Tal hinter uns.«

Vor Beaus innerem Auge stieg das verzerrte Bild eines der Monster aus dem Ödwald auf, die er nur undeutlich gesehen hatte, das Monster, das durch das Eis auf Tipperton zugestürmt war und sie beide fast getötet hätte.

11. Kapitel

Noch ein Tag, und wo bleiben die Zwerge?

Tipperton marschierte rastlos über die Bastionen, unfähig zu schlafen. Er hatte es versucht, aber der Schlaf wollte sich einfach nicht einstellen. Also war er in den Kerzenstrichen vor Mitternacht aufgestanden, hatte sich angezogen, seinen Bogen und Köcher genommen und war von der Burg zu den Mauern der Stadt gegangen.

Jetzt marschierte er ruhelos über die Zinnen, voller Kummer und Sorgen, sein Herz pochte im Puls der Furcht des Gargon, oder vielleicht auch vor Angst, was der nächste Morgen bringen mochte.

Ab und zu stieg er auf das Waffengestell und spähte im Licht des Halbmondes, der tief im Westen stand, auf den Schwarm und die gewaltigen Belagerungsmaschinen. Er fragte sich, wie man eine so große Streitmacht mit ihren Kriegsmaschinen aufhalten sollte.

Und unaufhörlich dröhnte die tiefe Trommel der Rukh.

Tipperton traf im südöstlichen Abschnitt auf Brud. Der Hauptmann von Drendor stützte sich mit den Händen auf zwei Zinnen neben einer Schießscharte ab und spähte ebenfalls hinaus.

»Hauptmann«, begrüßte ihn Tipperton, als er näher kam.

Brad drehte sich herum. »Herr Tipperton, ich habe Euch nicht kommen hören.«

»Natürlich nicht«, erwiderte Tipperton. »Wer könnte das auch bei diesem Dröhnen des Abschaums?«

Brud schüttelte den Kopf. »Ich glaube, Herr Tipperton, ich hätte Euch nicht einmal gehört, wenn es totenstill gewesen wäre. Man sagt, Ihr vom *Litenfolk* könnt Euch so lautlos bewegen, dass ein Flüstern dagegen wie ein Schrei klingt.«

Tipperton grinste. »Davon weiß ich nichts, Hauptmann, aber wir Wurrlinge treten tatsächlich leise auf.«

Der Bokker stieg auf das Gestell und blickte durch die Schießscharte neben der von Brud. Dann seufzte er. »Die Feinde sind so zahlreich. Und mir kommt es vor, als würden sie uns schon seit Wochen belagern, mit ihren gewaltigen Türmen und Mauerbrechern und allem.«

Brud machte eine verneinende Handbewegung. »Nein, Herr Tipperton. Hätten sie vor Wochen angegriffen, wir hätten ihnen eine harte Schlacht geliefert. Wir hätten vielleicht verloren, aber wir hätten ihnen doch übel zugesetzt. Stattdessen versuchen sie, unseren Kampfeswillen zu zermürben und sich so den Sieg leichter zu machen.«

»Zermürben?«

»Ay. Die Trommeln, die Hörner, die Feuerpfeile, die Leichenteile, die sie in die Stadt geschleudert haben, die dunkle Krankheit ... Aber vor allem diese ständige Furcht des Gargon. Diese Dinge greifen den Willen an – und die Kraft selbst des entschlossensten Kriegers.«

»Aber was ist mit ihnen?« Tipperton deutete auf den Schwarm. »Ich meine, sie scheinen den Gargon doch auch zu fürchten. Greift er nicht ihren Willen ebenfalls an?«

»Aye, aber das Monster richtet seine Furcht vor allem auf Dendor, deshalb leiden wir mehr darunter.«

»Oh, verstehe.«

Tipperton seufzte. Die beiden Männer blieben eine Weile schweigend stehen, während die Lagerfeuer der Brut allmählich erloschen. Nach einer Weile sagte Brud: »Wie habt Ihr sie eben genannt? Abschaum?«

Tipperton grinste. »Das stammt von einem Ausdruck der Zwerge, mit dem sie die Brut meinen. Mein Freund Bekki benutzt ihn oft, wenn er von dem Gezücht spricht.«

Brud nickte. »Das Wort gefällt mir, Abschaum. Es spricht Bände.«

Sie blieben noch eine Weile stehen, bis der Halbmond untergegangen war. Es war Mitternacht. Und immer noch dröhnte die Trommel und pulsierte die Furcht.

Brud drehte sich zu Tipperton herum. »Der morgige Tag wird anstrengend genug, auch ohne dass wir unter Schlafmangel leiden. Ich werde zu Bett gehen, und das solltet Ihr auch tun.«

»Ich bleibe noch eine Weile«, sagte Tipperton. Der Bokker war immer noch zu rastlos, um zu ruhen.

»Wie Ihr wollt, mein Freund«, meinte Brud. »Dann wünsche ich Euch eine gute Nacht.« Der Hauptmann ging fort, und ließ Tipperton allein ... Tipperton und die Männer, die auf den Bastionen Wache hielten.

Nachdem er eine Weile zum Schwarm hinübergestarrt hatte, nahm Tipperton seine unruhige Wanderung wieder auf und sah immer wieder nach Süden, wo sich die Gebirgskette dunkel vom nächtlichen Himmel abhob. *Wo bleiben Valk und seine Armee? Ist ihnen vielleicht etwas zugestoßen?* Aber ihr Signal, wenn überhaupt, würde erst kurz vor Morgengrauen kommen, und bis dahin war es noch eine Weile.

Die Kerzenstriche brannten herunter, der erste Schimmer des Morgens kam und ging, und dann erloschen die Feuer des Schwarmes vollkommen, als wären sie alle auf einen Schlag ... ausgelöscht worden.

Und um die ganze Stadt herum begannen die großen Trommeln der Rukh zu schlagen.

Was ...?

Mehr Kerzenstriche brannten herunter, und dann hörte Tipperton ...

Was ist das?

... unter dem lauten Dröhnen der gewaltigen Trommeln ...

Ich kann es fast erkennen.

... ein Quietschen und Rumpeln, als wenn sich Achsen von riesigen Rädern drehten.

Er spähte auf das Feld vor der Stadt und sah im Licht der Sterne ... Schatten an Schatten, die sich bewegten ... weiter hinten etwas Großes, Dunkles ... etwas Riesiges, das sich näherte.

Himmel, die Belagerungsmaschinen!

In diesem Augenblick ertönte ein Hornsignal innerhalb der Mauern der Stadt, dem ein anderes antwortete, und dann wieder eines.

Es war das Signal, das alle zu den Waffen rief.

Ein Signal, sich zu sammeln.

Ein Signal, die Mauern zu verteidigen.

Diese Signale wurden von Hornsignalen des Gezüchts beantwortet sowie dem lauten Johlen des Schwarmes.

Es knallte.

Aus der Dunkelheit stieg plötzlich ein Feuerball empor und fegte fauchend und Funken stiebend in die Stadt hinab. Aus anderen Abschnitten flogen ebenfalls diese Feuerbälle heran.

»Modru, du Skut! Du Lügner!«, schrie Tipperton durch die Schießscharten neben dem Westtor. »Du hast gesagt, wir hätten einen Tag Bedenkzeit!«

»Er ist ein Betrüger!«, sagte eine Stimme neben ihm. Tipperton drehte sich herum und sah den Magier Delander.

Peng!

Ein weiterer Feuerball stieg empor, und Tipperton stöhnte, als er in seinem Licht sah, wie Hunderte von Rukhs an langen Tauen zogen und die riesigen Sturmtürme zu den Wällen brachten, während andere von der Brut einen mächtigen Mauerbrecher durch den Schnee zum Westtor zerrten.

Peng!

Männer strömten durch die Straßen der Stadt und über die Rampen zu den Wällen, während andere unten hin und her liefen. Einige bekämpften die Feuer, andere gingen weiteren, unbekannten Aufgaben nach.

Tipperton hörte ein Gurgeln von einer offenbar zähen Flüssigkeit, als fließe breiiger Strom und es stank nach ... Öl von den Wällen unter ihm.

Als Delander Tippertons Stirnrunzeln bemerkte, sagte er: »Sie füllen den trockenen Burggraben mit Öl, um die Stadt mit einem Ring aus Feuer zu umgeben. Solange es brennt können die Rukh ihre Sturmleitern nicht benutzen. Leider wird sie das aber nicht daran hindern, ihre Sturmtürme einzusetzen.«

Peng!

»Was ist mit den Mauerbrechern?«

»Durch die Mordlöcher gießen wir brennendes Öl hinab«, antwortete der Magier. »Es wird sie jedoch nur eine Weile aufhalten, denn unsere Vorräte sind begrenzt.«

»Wie lange wird er brennen, der Burggraben, meine ich?«

»Holz, Büsche, alles was brennt, wird in den Graben geworfen, damit das Feuer länger hält. Aber auch wenn es eine große, brennende Barriere gegen die Rupt darstellt, wird es nicht übermäßig lange anhalten.«

Peng!

Trommeln dröhnten, Hörner schmetterten und der heulende Schwarm stürmte vor. In ihrer Mitte rumpelten mit quietschenden Achsen die großen Türme ... und die großen Mauerbrecher. Und immer noch schleuderten die Katapulte brennende Geschosse über die Mauern in die Stadt.

»My Lord Magier!«, rief jemand. »Seht! Seht dort!«

Tip drehte sich herum und sah, wie ein Soldat über die Zinnen hinweg nach Süden deutete, jenseits des Schwarms, wo in der Dunkelheit ein einzelner brennender Pfeil von einem Berggrat in den Himmel emporstieg.

12. Kapitel

Der brennende Pfeil beschrieb einen hohen Bogen durch den noch dunklen Himmel. »Rasch jetzt!«, befahl Magier Delander dem Hauptmann der Wache. »Schickt einen Boten zu König Agron. Sagt ihm, die Zwerge sind eingetroffen!«

Nach wenigen Herzschlägen rannte ein Läufer die Rampe hinab, sprang auf ein wartendes Pferd, als ... *Peng!* ... ein weiterer Feuerball von einem Katapult über sie hinwegflog und auf einem Dach der Stadt explodierte. Brennende Bäche liefen herab.

Und immer noch rollten die mächtigen Belagerungsmaschinen weiter durch den johlenden Schwarm, die großen Türme und die massiven Mauerbrecher, und noch immer wogten die Wellen der Furcht von dem Gargon über die Stadt, pulsierend im Rhythmus der Trommeln.

»Beeilung mit der Speerschleuder!«, schrie Agron, der zu den Soldaten am Tor gestoßen war.

Während die mächtige Speerschleuder nach vorn gerollt wurde, ertönte ein schrilles Hornsignal, das sich wiederholte. »Sire«, schrie jemand von der Mauer herunter, »sie kommen mit Sturmleitern durch den Burggraben und ziehen den Mauerbrecher über die Brücke!«

Über die Mauer pfiffen schwarz gefiederte, todbringende Pfeile, die mit Armbrustsalven beantwortet wurden. »Kümmert Euch nur um den Mauerbrecher und gebt das Signal, das Öl im Graben zu entzünden.«

Noch während der Hornist das Signal gab, drängten sich Veran und Ridich durch die Sturmtruppen zu ihren Magierkollegen.

Es krachte, als Holz gegen den Stein der Mauern schlug, und die Soldaten auf den Zinnen schrien: »Sturmleitern!«

Die Armbrustschützen trotzten den Pfeilen der Rûpt und feuerten ihre Bolzen in die Dunkelheit unterhalb der Mauer. Gruppen von stämmigen Männern stießen mit langen, an der Spitze gegabelten Stangen die Sturmleitern von den Wällen zurück. Andere entzündeten Fackeln, um sie auf Kommando über die Mauern in den Burggraben zu schleudern.

»Feuer frei!«, schrie ein Hauptmann, und die Fackeln flogen Funken sprühend zwischen den Zinnen hinaus.

Mit einem dunklen Fauchen entzündete sich das Öl im Burggraben, und die Flammen erhellten den Himmel mit einem grellen Rot. Tipperton, der mitten in dem Sturmtrupp vor dem Tor stand, hörte die Schreie von der anderen Seite, während die Männer auf den Wällen jubelten.

»Wo bleiben die Zwerge?«, keuchte Ridich, als er mit Veran zu den anderen Magiern trat.

Letha schüttelte den Kopf. »Der Pfeil ist erst vor einem Kerzenstrich geflogen. Sie können noch nicht hier sein.«

»Haltet Euch bereit!«, rief König Agron.

»Aber wir haben unseren Angriff nicht geplant, während die Rûpt angreifen!«, protestierte Ridich.

Tipperton lachte. »Wie mein Dad immer zu sagen pflegte: ›Das Leben ist das, was passiert, während man Pläne schmiedet!‹ Wir haben unsere Pläne gemacht, und es waren gute Pläne, aber wie es aussieht, überläuft uns das Leben einfach, oder vielleicht ist es in diesem Fall auch der Tod, der uns einholt.«

»Sei es das Leben oder der Tod, Herr Tipperton«, erwiderte Agron. »Wir müssen uns mit dem bescheiden, was das Schicksal uns gewährt hat. Und auch wenn die Rûpt unsere Mauern bestürmen, ist unser vordringlichstes Ziel, den Gargon unschädlich zu machen, und bei Adon, das werden wir!«

»Wo ist der Gargon?«, rief Alvaron zu Delander hinauf. Der Magier spähte in die Finsternis hinaus.

»Vorn im Belagerungsring an seinem Zelt!«, rief Delander.

Rumms!

»Was zum ...?«, murmelte Tipperton, doch dann fiel es ihm ein. »Ach so, der Mauerbrecher.«

Oben auf den Zinnen und in den Schießscharten der Tormauern knallten die Sehnen der Armbrüste, die ihre Bolzen auf die Brut abfeuerten, die vor dem äußeren Tor standen.

Rumms!

»Achtung am Riegel!«, befahl König Agron den Wächtern am inneren Tor.

»Sire, warten wir nicht auf die Zwerge?«, erkundigte sich Alvaron.

Rumms!

Agron schüttelte den Kopf. »Es gibt keinen besseren Zeitpunkt für unseren Angriff als dieses Getümmel. Ihre Streitkräfte sind längs des Burggrabens verteilt. Der Gargon steht allein hinter ihren Reihen. Wenn es uns gelingt, den Ring der Brut zu durchbrechen, erwischen wir ihn unbewacht.«

Alvaron schüttelte den Kopf. »Ein Gargon ist niemals unbewacht, Majestät, denn die Furcht, die er wirkt, schützt ihn vor Schaden.«

»Trotzdem!« Agron winkte mit der Hand, auf dass das Tor geöffnet wurde.

Rumms!

Den großen Querbalken zog man weg, und die Fallgitter hoben sich quietschend.

Delander kam von den Zinnen herunter und gesellte sich zu seinen Magierkollegen. Die sechs Zauberer wappneten sich gegen das, was sie erwartete.

Das innere Tor schwang auf ...

Rumms!

... und König Agron strömte mit seiner handverlesenen Kompanie von Männern zu Fuß in den gewundenen Korridor, während sie die Speerschleuder mit sich zogen. Zwischen den bewaffneten und gepanzerten Dendorianern schritten sechs Magier, von denen nur zwei Zauberstäbe trugen. Und zwischen ihnen ging ein kleiner Wurrling, den Elfenbogen schussbereit.

Rumms!

Als sie in dem dunklen Korridor waren, wurde das innere Tor mit einem lauten Krachen geschlossen und das Fallgitter heruntergelassen.

Sie gingen unter den Mordlöchern und an den Schießscharten des Korridors vorbei, erreichten die letzte Biegung – und dann standen sie vor dem äußeren Tor.

Rumms!

Agron trat an den Seiteneingang und zog ein kleines

Sichtfenster vorsichtig auf. Ein rötliches Flackern von draußen erleuchtete den Korridor. In dem wabernden, rötlichen Licht sah Tipperton zu Imongar hoch. »Ich muss an das denken, was der DelfHerr Borl einmal zu mir gesagt hat.«

Rumms!

Imongar hob fragend eine Braue.

Tipperton grinste grimmig. »Er sagte: ›Der Moment, in dem die Schlacht beginnt, ist der Augenblick, in dem alles schiefgeht.‹«

Rumms!

»Nun, Tipperton, hoffen wir, dass sich der DelfHerr Borl in diesem Fall irrt und hier alles nach Plan verläuft!«

Agron schloss die Sichtklappe. »Haltet Euch bereit!«, befahl er. »Der Mauerbrecher und die Mannschaft aus Drökha sind im Weg. Und die Rûpt werden von Schilden vor Armbrustbolzen von oben und den Seiten geschützt. Wir müssen sie angreifen, sie zurücktreiben und dann den Mauerbrecher wegschieben, um die Speerschleuder durch das Haupttor zu bekommen.«

Rumms!

»Signalisiert den Männern auf den Zinnen, die Angriffe gegen den Mauerbrecher einzustellen!«, befahl Agron.

Sein Befehl wurde durch die Schießscharten an den Seiten weitergegeben, und auch zu den Soldaten an den Mordlöchern über ihnen. Zwei Männer begannen, den gewaltigen Querbalken zur Seite zu schieben.

»Wartet, Sire!«, rief Veran, der sich nach vorn drängte. »Vielleicht kann ich Euch hier nützlich sein.«

König Agron drehte sich herum.

»Eine List«, sagte Veran. »Lasst mich an den Sehschlitz.«

Rumms!

»Was hat er vor?«, fragte Tipperton. Der kleine Bokker stand zwischen den Soldaten und versuchte, an ihnen vorbeizusehen. »Ich kann nichts erkennen.«

»Er bereitet einen Zauber vor«, erklärte Imongar.

»Meine Güte.«

»Kommt«, murmelte Alvaron, bückte sich und hob Tipperton hoch.

Der Wurrling hielt den Atem an, kniff die Augen zusammen und wandte den Kopf ein wenig zur Seite, denn jetzt gleich würde ein *Zauber* gewirkt.

Rumms!

Veran stand am Guckloch und murmelte: *»Casus incendio!«*

Whaaaa! Gellende Schreie drangen von der anderen Seite des Tores zu ihnen, und König Agron blaffte: »Verflucht, ich habe doch befohlen, kein Feuer von oben! Das hält uns nur auf!«

»Es ist kein echtes Feuer, Sire«, erklärte Veran, ohne sich umzudrehen. »Sondern nur ein Glanz von Feuer, der von oben herabsinkt und das Gezücht vertreibt.« Veran hielt kurz inne und fuhr dann fort: »Ich glaube, wir können jetzt gehen. Fürchtet das Feuer nicht, es verbrennt Euch nicht.«

Das Seitenportal wurde geöffnet. Mit dem Schlachtruf *Für den König und Dular!* stürmten Agron, die Hälfte seiner Hauptleute und Männer mit erhobenen Schwertern, Äxten, Streitkolben und Morgensternen nach draußen. Aber die Feinde waren längst geflüchtet, hatten Mauerbrecher und Schutzschilde zurückgelassen und stürmten über die Steinbrücke, fort von der Stadt, während von den Mauern Armbrustbolzen mit einem wütenden Pfeifen in die Flüchtenden hagelten.

Plötzlich wurden die inneren Fallgitter gehoben, die gewaltigen Balken zurückgezogen und dann sprangen Männer vor, um das gewaltige Tor zu öffnen. Als Alvaron Tipperton wieder absetzte, schwangen die eisernen Tore weit auf, grellrotes Licht strömte in den Korridor und erleuchtete ihn mit einem gespenstischen Blutrot.

Für König und Dular!, brüllten die Männer im Korridor und stürmten vor, Tipperton mit ihnen, aber dann blieb er wie angewurzelt stehen. Denn er bemerkte, wie die ersten Männer in die lodernden Flammen schritten. Jedenfalls sah es so aus. Das Feuer fauchte um die Soldaten herum, die den Mauerbrecher aus dem Weg schoben, über die Brücke hinaus, um den Zugang freizuräumen, der jetzt von Agron und seinen Leuten bewacht wurde, während die Hlöks in heilloser Flucht davonrannten. Andere Männer schleuderten die Schutzschilde zur Seite, die die flüchtenden Rûpt zurückgelassen hatten. Andere Soldaten schleuderten tote Soldaten der Brut, die von den Armbrustschützen erledigt worden waren, von der Brücke in die echten Flammen des Burggrabens.

Die Dendorianer stürmten aus dem Korridor und rollten die Speerschleuder in das magische Feuer, die Waffe, mit der sie, wie sie hofften, den grauenvollen Gargon erledigen würden.

Tipperton folgte ihnen, zuckte jedoch vor dem Feuer zurück. Imongar, die in den lodernden Flammen stand, wandte sich um, winkte und hielt ihm die Hand hin.

Sein Herz hämmerte, ob aus Angst vor dem Feuer oder aus Furcht vor dem Gargon oder auch vor Respekt vor der Magie, das wusste er nicht. Aber der Bokker raffte seinen Mut zusammen und trat in das Feuer.

Die Welt um ihn herum fauchte von lodernden Flammen, aber sie berührten ihn nicht. Doch während er weiterstürmte, vor der rollenden Speerschleuder, musste sich der Wurrling zusammenreißen, um nicht laut zu schreien.

Dann hatte er die magischen Flammen hinter sich gelassen und stand auf dem steinernen Zugang. Auch hier loderten rote Flammen auf, aber sie kamen aus dem Burggraben und waren echt. Die Hitze war beinahe unerträglich.

Obwohl das echte Feuer nur eine Armlänge entfernt war, und die Hitze seine nackte Haut fast zu versengen drohte, konnten die Flammen die Steinbrücke nicht erreichen. Und jetzt war es nur die Furcht des Gargon, die Tippertons Herz rasen ließ.

Dichte Wolken aus schwarzem, öligem Rauch quollen aus dem Burggraben über die Brücke, und Tipperton hustete und keuchte, während der beißende Gestank in seine Nase drang, und stürmte weiter, zum Fuß der Brücke.

Er drehte sich herum, weil er wissen wollte, wie weit die Steinschleuder schon war, nach Luft schnappend. Denn hinter ihm erhoben sich die hohen Mauern Dendors, die von dem grellroten Licht des brennenden Burggrabens beleuchtet wurden, so weit er blicken konnte.

Es sah aus, als brenne ganz Dendor.

Und im Osten rollten johlende Rukhs und Hlöks und Ghûls einen gewaltigen Belagerungsturm vor, bis zu den Bastionen, die sich von Turm zu Turm erstreckten und weit über den Flammen des brennenden Öls lagen.

Auf der Mauer kreischten Männer auf und wichen zurück. Einige flohen laut schreiend.

Der Gargon! Tipperton drehte sich nach Süden, um zu sehen, wo die schreckliche Kreatur sein mochte, aber er sah in dem flackernden Licht nur sein verlassenes, dunkles Zelt.

Nein, du Narr! Sieh hin zu der Stelle gegenüber der Mauer! Tipperton sah dorthin, wo die Menschen von der Mauer geflohen waren und jetzt Gezücht über die Mauern strömte. Dann blickte er nach rechts und ... sein Herz hämmerte ihm fast im Hals.

Bei Adon! Da ist er!

Aber er ist nicht allein!

Denn eine Kompanie der Brut marschierte vor ihm her, eine andere in einiger Entfernung hinter ihm. Und der Ghath, der Gargon, der Draedan, der Schrecken, der Fürchterich, schritt stampfend und langsam nach Osten. Sein grauenvoller Blick war starr auf die Bastionen gerichtet, und er schleuderte seinen entsetzlichen Terror hinauf, trieb die schreienden Männer weg und entblößte so große Teile der Bastionen von Verteidigern.

Und hinter dem einen Sturmturm stand noch einer, an dessen Fuß sich die Brut versammelt hatte und wartete.

Bei Elwydd! Das ist sein Plan! Er will über einen Turm nach dem anderen in die Stadt eindringen, und der Gargon ebnet ihm den Weg!

»Zur Seite, Waldan!«, schrie jemand. Tipperton drehte sich herum und sah, dass die Speerschleuder von Männern aus den täuschenden Flammen gerollt wurde.

Tipperton lief weiter und an dem gewaltigen Mauerbrecher vorbei, der jetzt zur Seite geschoben worden war.

»König Agron!«, rief er, als er den König und seine Männer erreichte, die den Weg sicherten. »Der Gargon geht da drüben!«

Agron warf dem Wurrling einen kurzen Seitenblick zu. »Aye, wir sehen ihn und seine Eskorte.«

Die Männer schoben die Schleuder auf die verschneite Ebene und nahmen auf Befehl des Königs Kurs nach Osten.

»Rasch!«, rief Tipperton. »Der Gargon ist schon am nächsten Turm!«

Und auf der Mauer dem Turm gegenüber kreischten Menschen und flohen über die Bastionen, während Ghûls die johlenden Rûpt über die ausgefahrene Rampe führten.

Und immer noch kletterten johlende Rûpt über den ersten Turm auf die Bastionen, während brüllende Menschen jetzt zurückkehrten, mit aller Macht kämpften und versuchten, diejenigen von den Zinnen zu drängen, die sich bereits dort befanden. Aber die johlende Brut stürmte weiter, denn die Ghûls, die an vorderster Front marschierten, ließen sich trotz ihrer schrecklichen Wunden nicht aufhalten, während die Verletzungen, die sie den Menschen bereiteten, tödlich waren.

Auf der Ebene stürmte unterdes der König mit seinen Männern, seinen Magiern und dem einsamen Wurrling vor, und alle zerrten die Speerschleuder mit. Doch der gewaltige Gargon, der von seinen Verfolgern nichts merkte, hatte bereits den dritten Turm erreicht.

Erneut flohen die Menschen schreiend, während johlende Rûpt den Turm erklommen und die Rampe auf die Zinnenzähne polterte und so eine Brücke vom Turm zur Mauer schlug. Angeführt von den Ghûls stürmte das Gezücht hinüber, während der Gargon unten mit seiner Vor- und Nachhut weiterzog. Die hünenhafte Kreatur stampfte durch den schwarzen Qualm und das rote Licht, in das das brennende Öl die Mauern tauchte.

»Schnell, schnell!«, keuchte Tipperton. Sein Atem ließ

in der kalten Winterluft Wolken entstehen, während er neben den Menschen und der Speerschleuder einherlief und die Furcht durch seine Adern pulsierte. Der winzige Wurrling konnte an den Dendorianern nicht vorbeiblicken und erhaschte nur ab und zu einen Blick nach vorn. Deshalb wusste er nicht, wie nah oder weit der Feind entfernt war, bis plötzlich der Keil der Dendorianer in die Nachhut brach.

»Für Dular!«, schrie König Agron und ließ sein Schwert herabsausen.

»Für König und Dular!«, brüllten die Krieger Dendors, die mit ihren Schwertern, Äxten, Streitkolben und Morgensternen die Waffen jener Rûpt beiseitefegten, die sie schon überrumpelt hatten. Sie versuchten dennoch, dem Angriff standzuhalten, noch während sich die Menschen ihren Weg bahnten.

Tippertons Herz hämmerte vor Furcht, als er auf die Plattform der Speerschleuder sprang, um von dem erhöhten Standpunkt aus den Gargon besser sehen zu können und vielleicht mit seinem Elfenbogen einen Pfeil auf ihn zu feuern. Aber weil er so klein war, konnte er den Kampf nicht überblicken, der um ihn herum tobte. Die Menschen schrien, und die Rûpt kreischten, während die Schlacht hin und her wogte und Stahl sich durch Haut und Schuppen fraß, Adern zerfetzte und Knochen zertrümmerte.

Irgendwo schmetterte ein Horn der Rûpt, und der Gargon verlangsamte seinen schweren Schritt, blieb stehen und drehte sich umständlich herum.

»Jetzt!«, schrie Alvaron, »feuert den Speer!«

»Aber Mylord Magier«, protestierte der Artillerist, »die Entfernung ist zu groß!«

»Ich sagte *jetzt,* verflucht!«, blaffte Alvaron.

Der Mann sprang auf die Plattform, während ein anderer schrie: »Aus dem Weg, Waldan!« Er schob Tipperton zur Seite, der hinabsprang und Mühe hatte, auf den Beinen zu bleiben, als er auf dem Boden landete.

»Wartet!«, rief Imongar dem Artilleristen zu, aber ...

Peng!

... der große Speer wurde direkt über Tippertons Kopf abgefeuert und fegte durch die rötliche Dunkelheit. Der Mann, der Tipperton zur Seite gestoßen hatte, drehte hastig an einer Handkurbel, und ein Zahnrad ratterte, als sich der Bogen erneut spannte.

Tipperton wand sich durch die Kämpfenden nach vorn und versuchte, den gewaltigen Speer im Auge zu behalten, aber das war vergeblich. Denn die kämpfenden Menschen und Rûpt wogten hin und her und versperrten ihm die Sicht.

»Vorbei!«, schrie Alvaron. »Feuert den nächsten. Magier, haltet Euch bereit, der Draedan dreht sich um!«

Und als der zweite Speer in die Rinne fiel ...

... überwältigte unerträglicher Schrecken Tipperton. Er ließ den Bogen fallen, sank auf die Knie in den aufgewühlten Schnee, schlug die Hände vor das Gesicht und kreischte vor Angst, während um hin herum Männer und Rûpt brüllten und heulten und in den Schnee sanken.

Die Magier standen dicht beisammen und rührten sich nicht vom Fleck, denn der Gargon hatte sie alle mit seinem schrecklichen Blick gebannt, und die Wogen lähmender Furcht spülten über sie hinweg.

Alvarons Züge waren kalkweiß, da ihm alles Blut aus dem Gesicht wich, und er allein schien in der Lage, eine Beschwörung auszustoßen. *»Averto formido, abigo timeo!«*

Doch er allein konnte die schreckliche Macht des mächtigen Gargon nicht brechen, und die Manipulation der astralen MACHT erlosch, bevor er sie überhaupt einsetzen konnte.

Dann begann der grauenvolle Gargon sich zu bewegen ...

Thump!

Thump!

... und schritt vor, auf die wie erstarrt dastehenden Magier zu, auf den knienden Wurrling, auf den brüllenden König, seine schreienden Männer, die kreischenden Rûpt, und hatte die mächtigen Klauen gekrümmt, um all jene zu zerfetzen, die es gewagt hatten, ihm das Leben nehmen zu wollen.

Thump!

Thump!

Er stampfte auf seinen riesigen Füßen immer näher, das schuppige, graue Monster, während der gefrorene Boden unter ihm bebte.

Thump!

Thump!

Menschen schrien auf, und die Brut kreischte, während es immer näher kam.

Thump!

Thump!

Durch den Qualm und Gestank des brennenden Öls und das rote Licht kam der Angstwirker heran. Jetzt erreichte er den Rand der schreienden Kämpfer, von denen niemand fliehen oder sich auch nur rühren konnte, weil die Furcht so überwältigend war. Während der Gargon weiterstampfte, zerfetzte er alle, die ihm im Weg standen, Menschen, Rukhs, Hlöks, Ghûls ... Es war ihm gleich, ob Freund oder Feind, ihn interessierte nur die Vernichtung. Köpfe, Gliedmaßen, Torsos, sie alle flogen durch die Luft und zogen sprühende Fahnen vom Blut der kreischenden Opfer nach sich, während der Gigant an seiner erlegten Beute vorbeischritt.

Aber während er wütend weiterstampfte, ertönte in der Ferne plötzlich ein Hornsignal, ein Ruf aus der Dunkelheit, aus dem Süden.

Ein leichtes Beben erschütterte nun die Erde, und das Horn schmetterte immer noch ...

Tra-ra! ... Tra-ra! ... Tra-ra, Tra-ra, Tra-ra ...

Es wurde lauter, und die Erde vibrierte stärker unter dem Donnern unzähliger Hufe.

Der Gargon wurde langsamer.

Tra-ra! ... Tra-ra! ... Tra-ra, Tra-ra, Tra-ra ...

Im Westen und Osten und sogar aus dem Norden antworteten Hornsignale und aus dem Süden.

Tra-ra! ... Tra-ra! ... Tra-ra, Tra-ra, Tra-ra ...

Jetzt dröhnte die Erde unter dem Hämmern von Hufen.

Die Augen des Gargon glänzten, und Blut troff von seinen Klauen, als er sein Reptilienmaul mit den scharfen, glitzernden Zähnen nach Süden wandte.

Hörner schmetterten, als Ponys aus dem Dunkel heranstürmten, und in das rote Licht brachen fünfhundert Krieger mit Streitäxten und -kolben in den Fäusten.

Endlich waren die Zwerge da.

Der Ghath, der Fürchterich, der Gargon, der Schrecken, der Draedon brüllte vor Wut auf und schleuderte ihnen seinen Schrecken entgegen.

Ponys bäumten sich auf, Zwerge schrien und stürzten aus dem Sattel. Die Brut am nächsten Turm drehte sich um und bemerkte den Feind. Sie packten ihre Krummsäbel und Keulen und Piken und rannten los, dem Fürchterich zu helfen, denn er war der Schlüssel zu ihrem Sieg.

Als der Gargon den Blick abgewandt hatte, bemerkte Tipperton, der immer noch schrie, dass er sich wieder bewegen konnte. Er nahm seinen Bogen und wandte sich zur Flucht. Doch dann fiel sein Blick auf Imongar und Alvaron und die anderen, die immer noch wie angewurzelt dastanden.

Vor Angst brüllend sprang Tipperton auf die Plattform der Speerschleuder und sah ...

Immer noch panisch schreiend riss er einen Pfeil aus seinem Köcher, sprang auf den Boden und rammte ihn Imongar ins Bein. »Zu hoch!«, kreischte er. »Sie zielt zu hoch!«

Imongar wich zurück und schrie jetzt ebenfalls vor Angst. Sie wollte flüchten, aber Tipperton stellte ihr ein Bein und sie stürzte zu Boden.

»Die Speerschleuder!«, schrie Tipperton, packte sie am Haar und riss sie brutal im Schnee herum.

Imongar schlug seine Hände zur Seite und rappelte sich hoch. Sie jaulte vor Entsetzen, während sie zu der Speerschleuder humpelte, um sie herum aber Menschen, Brut und Zwerge schrien und die Magier vor Furcht wie erstarrt dastanden.

Imongar zog sich auf die Plattform, riss die Kurbel der Schleuder herum, zielte, während sich der Fürchterich zu ihr herumdrehte ...

Wumm!

Der Speer schoss davon!

»Verutum ferio cor!«, kreischte Imongar und deutete mit einem Finger auf den Gargon.

Der Speer veränderte leicht den Kurs, traf die Brust des Ungeheuers und durchdrang seine schuppige Haut.

Das Monster stieß ein markerschütterndes Brüllen aus, und Wogen unerträglicher Furcht strahlten von ihm aus. Tipperton wurde von ihrer Gewalt rücklings zu Boden geschleudert und hatte das Gefühl, sein rasendes Herz müsse zerbersten. In der ganzen Stadt schrien Menschen und Brut, Ponys wieherten schrill und stoben davon, Zwerge fielen aus den Sätteln in den Schnee, Äxte und Streitkolben wurden vergessen. Menschen sanken heulend vor Schreck zu Boden, viele von den Bastionen der Mauer hinab auf die Pflastersteine tief darunter, brachen sich die Knochen, die Schädel und starben, während sie noch schrien.

Das Gezücht taumelte von den Belagerungstürmen und Rampen; einige verbrannten im Burggraben, andere krachten auf die Straßen oder die Erde. Auf den Wällen und dem Boden vor der Stadt stürzten Rukhs und Hlöks und Ghûls in den Schnee und kreischten vor Entsetzen, während Hèlrösser über die vereiste Ebene davongaloppierten.

Irgendwo am westlichen Belagerungsrand wälzten sich ein zweiter Wurrling, zwei Elfen und ein Zwerg vor Furcht im Schnee.

Ebenso plötzlich, wie sie begonnen hatte, erlosch diese schreckliche Furcht wieder.

Alvaron brach auf der Stelle zusammen.

Imongar humpelte auf ihrem blutenden Bein zu den anderen Magiern, während sich um sie herum Menschen, Zwerge und Brut regte. Obwohl viele reglos liegen blieben, wenn sie auch keine sichtbaren Verletzungen hatten.

Als sich Tipperton aufrappelte, erhob sich hinter ihm auch ein Hlök, der seinen Krummsäbel noch in der Hand hatte.

»*Waeran!*«, schrie jemand.

Tipperton drehte sich gerade noch rechtzeitig herum und sah, dass der Hlök den Krummsäbel zum Schlag erhoben hatte, sich auf ihn stürzte und ... dem Bokker tot vor die Füße fiel. Ein Armbrustbolzen ragte aus seinem Rücken hervor.

Hinter dem toten Grg saß ein Zwerg im Schnee, die abgefeuerte Armbrust noch in der Hand.

Tipperton grinste, salutierte und bekam ein Grinsen zur Antwort. Aber um sie herum rappelte sich die Brut auf und packte ihre Waffen. Doch warfen sich ihnen ebenfalls bewaffnete Zwerge entgegen, und auch Menschen, die noch ein wenig taumelten.

Tipperton wirbelte herum, riss seinen Bogen vom Boden hoch und lief im Zickzack zu der Plattform der Speerschleuder. Dabei feuerte er Pfeil um Pfeil in die Brut und erledigte jeden, der sich den Magiern näherte. Doch dann brachen die Zwerge durch und trieben den Abschaum zurück, obwohl immer mehr Gezücht heranstürmte und sich in den Kampf warf.

Imongar schüttelte Delander, Letha, Ridich und Veran aus ihrer Erstarrung. »Rasch!«, rief sie. »Sammelt Eure Kräfte. Wir sind zahlenmäßig unterlegen und brauchen unsere ganze Macht!«

Während die vier Magier die Nachwirkungen der Furcht abschüttelten, beugte sich Imongar zu Alvaron herunter, um ihn ebenfalls wachzurütteln. Im nächsten Augenblick fiel sie weinend neben ihm auf die Knie.

Tipperton hatte einen Pfeil auf die Sehne genockt, sprang von der Plattform herunter und trat neben sie. »Was ist denn?«

»Er ist tot«, schluchzte Imongar. »Alvaron ist tot.«

»Tot?«

»Er wurde vom Todeskampf des Fürchterich getötet. Ach, Adon, er ist unter Todesangst gestorben!«

Tipperton blickte von Alvaron zu dem Gargon und dann zu Imongar, und auch ihm traten jetzt die Tränen in die Augen. Dann schaute er auf den Pfeil auf seiner Sehne. »Lady Magier«, sagte er, »ich werde ihn und Euch vor Schaden bewahren, bis die Schlacht zu Ende ist.«

Imongar schüttelte den Kopf, während ihr die Tränen über die Wangen liefen. »Nein, Tipperton, das würde er nicht wollen. Wir müssen kämpfen.«

Mit diesen Worten stand sie auf und fasste sich, während ihr das Blut am Bein herunterlief. Letha kniete sich neben sie und legte eine Hand auf ihre Wunde. »Veran, ich hätte gern tausend Krieger, die die Brut um uns herum angreifen.«

Veran fuhr sich mit einer zitternden Hand über die Stirn. »Aye, Imongar.«

Letha zog ihre Hand von Imongars Bein weg. Die Wunde hatte aufgehört zu bluten. »Passt auf, Imongar, und bewegt Euch nicht zu schnell, sonst bricht die Wunde wieder auf.«

Imongar nickte zerstreut, während sie sich in Richtung Stadt in Bewegung setzte. Dann wandte sie sich zu Delander und Ridich um. »Könnt Ihr beide das Feuer im Graben gegen die Türme wenden?«

Delander nickte. »Aye, aber dafür müssen wir näher herankommen.«

»Dann braucht Ihr eine Eskorte. Letha, ermutige die Zwerge.«

Letha schüttelte den Kopf und deutete auf die Zwerge, die fast alle schon wieder aufgesprungen waren und wütend fochten. »Nein, Imongar, sie brauchen es nicht. Aber der König und seine Männer müssen gestärkt werden.«

Tipperton riss vor Schreck die Augen auf. *Der König! Den hatte ich vergessen!* Er drehte sich herum, um Argon zu suchen, stieß jedoch ein erschrecktes Keuchen aus, als plötzlich tausend schwer gepanzerte Hünen in silbernen Rüstungen und mit gewaltigen Zweihandschwertern aus der Dunkelheit auftauchten und auf das Schlachtfeld zustürmten.

»Baeron!«, schrie Tipperton. *Aber halt! Baeron in strahlenden Rüstungen? Und woher sind sie gekommen?*

Tipperton war jedoch nicht der Einzige, der die neuen Verbündeten sah, denn die Brut erspähte sie ebenfalls. Sie schrien erschreckt und wandten sich zur Flucht. Einige wurden von den Zwergen und König Agron und seinen Männern niedergestreckt, doch den meisten gelang heulend die Flucht.

Als die gepanzerten Hünen das Schlachtfeld erreichten ...

... lösten sie sich plötzlich in Luft auf.

»Guter Zauber, Veran«, lobte Imongar und sah sich um. »Und jetzt zerstören wir diese Türme.«

»Von innen oder von außen?«, fragte Ridich.

»Was ...?« Tipperton runzelte die Stirn.

»Von innen, denke ich«, antwortete Imongar. »Von den Mauern.« Sie wandte sich zu Tipperton herum. »Lauft und holt den König. Wir müssen Delander und Ridich durch das Tor bringen.«

Aber gerade als Tipperton sich herumdrehte, kamen König Agron und eine Handvoll seiner Männer auf die Magier zu. Ein Ausdruck des Bedauerns zuckte über Agrons Gesicht, als er den toten Alvaron im Schnee liegen sah. Doch dieser verschwand rasch und wurde von Entschlossenheit ersetzt.

»Sire Agron«, sagte Imongar, »wir brauchen eine Eskorte für die beiden Magier, damit sie wieder in die Stadt kommen. Sie werden das Feuer im Burggraben umlenken und damit die Türme vernichten!«

»Aye.« Agron drehte sich zu einem seiner Leute herum. »Kapten Harn, sucht einen *Dvärgkapten* und sagt ihm, dass ich zur Stadt gehe und wie ursprünglich vorgesehen so viel Männer wie möglich sammle. Er soll die Nachricht unter dem *Dvärgfolk* verbreiten, unter diesen und auch beim Rest von Valks Leuten, die sich vor den drei anderen Toren aufhalten. Ich führe die Kavallerie und den Rest der Infanterie in zwei Kerzenstrichen ins Feld!

Wenn Ihr das erledigt habt, Harn, nehmt Ihr Euch ein paar vom *Dvärgfolk* und schneidet dem Gargon den Kopf ab. Ich erwarte Euch mit einem Pferd und einer Lanze am Südtor. Ihr werdet den Schädel des Furchtwirkers auf die Lanze spießen und sie neben mir in den Kampf tragen.«

Als sich Hauptmann Harn an die Zwerge wandte, winkte Agron Delander und Ridich. »Kommt und macht ihnen Feuer unter ihren Hintern!«, sagte er. Mit einer Eskorte Bewaffneter ritten der König und die beiden Magier zum Südtor.

Imongar sah ihnen nach. »Der Zwergherold wird ein

Pony brauchen«, sagte sie zu Letha. »Könnt Ihr eins holen?«

Letha nickte, schloss die Augen und murmelte: *»Manni, convenire hic!«*

Dann wandte sich Imongar zu Tipperton und den anderen herum. »Kommt, lasst uns den Hauptmann der Zwerge suchen und herausfinden, was wir tun können, um ihren Teil des Plans zu erfüllen.«

»Was ist mit den Verwundeten?«, fragte Tipperton. »Sollte nicht jemand bei ihnen bleiben?«

Imongar sah Veran an. Der seufzte und nickte. »Ich werde sie mit einer Phantomstreitmacht umgeben, aber ich selbst werde nicht bleiben.«

Tipperton runzelte die Stirn.

»Mehr können wir nicht tun«, erklärte Imongar, als ein Pony kam. Dann noch eines, und dann noch zwanzig. Denen folgten etwa hundert, und sie alle sammelten sich um Letha.

»Eines hätte mir eigentlich gereicht«, sagte Imongar und lächelte, während sich die Ponys an sie schmiegten.

»Ich habe sie wohl alle gerufen, glaube ich, falls alle Zwerge in der Nähe pferdlos waren ... ponylos, meine ich.« Letha erwiderte das Lächeln, als der Boden unter ihren Füßen vibrierte, da der Rest der Herde herangaloppierte. »Wir müssen sie alle wieder zu Valks Leuten bringen.«

»Nicht alle«, widersprach Imongar. »Eines brauche ich. Jemand hat mir ins Bein gepiekst, wisst Ihr?«

»Oh, Imongar«, stieß Tipperton entsetzt hervor. »Es war der einzige Weg, der mir einfiel, Euch aus Eurer ...«

»Ich weiß, Kleiner, ich weiß«, unterbrach ihn Imongar, runzelte die Stirn und strich sich über die Kopfhaut. »Und ich verzeihe Euch auch, dass Ihr mir fast die Haare ausgerissen habt.«

Die Schlacht dauerte lange und wurde verbissen geführt, bis in den Morgen hinein, aber gegen Mittag war die Brut endgültig in die Flucht geschlagen. Ihre Türme brannten, ihre Hèlrösser waren vor der Furcht des Gargon geflohen, und die Hälfte des Schwarms lag niedergemetzelt am Boden. Der König, seine Kavallerie und die Fußsoldaten hielten blutige Ernte, ebenso wie die wilden Zwerge, und als immer wieder hünenhafte Krieger aus dem Nichts auftauchten und sich auf die Rukhs stürzten, waren viele von der Brut in Panik geraten und geflohen.

Irgendwann am Morgen sah Tipperton, der sich von der Schlacht fernhielt und auf einem Pony umherritt, seinen Freund Beau, der ebenfalls beritten war. Letha hatte die Ponys so um die Mauern herumgeführt, dass die Streitkräfte von Kachar wieder beritten waren.

»Beau, Beau! Heja, Beau!«, schrie Tipperton und trieb sein Pony zu einem wilden Galopp an, als er seinen Freund auf dem Feld sah.

Beau wendete sein Tier und galoppierte auf Tipperton zu. »Oh, Tip, wir dachten schon ...!«, schrie er. »Ich dachte, oh, Tip, wie gut, dich lebendig wiederzusehen.«

Sie ritten nebeneinander und sahen sich an, packten sich an den Händen und grinsten. Sie waren froh, wieder vereint zu sein.

»Und Loric, Phais und Bekki?«

»Geht ihnen gut, Tip. Loric und Phais sind mitten im Getümmel, und Bekki auch, obwohl er alle niedermäht, die sich ihm in den Weg stellen, während er nach Modrus Astralkörper sucht.«

»Oh, Beau, dieser Astralkörper ist ... ist Lord Tain.«

»Tain?«

»Ja.« Tipperton erschauerte. »Er schleppt die Leiche seiner Tochter Lady Jolet immer noch mit sich herum und flüstert in seinem Wahn mit ihr.«

»Meiner Seel!«

»Er ist vollkommen verrückt geworden, Beau, nicht wie der Astralkörper in Minenburg Nord. Der schien einfach nur geistlos zu sein.«

Beau runzelte die Stirn. »Vielleicht ist dieser Wahnsinn oder diese Einfalt genau das, was er Modru gestattet, seine grauenvolle Kontrolle über sie auszuüben.«

Tipperton seufzte und legte den Kopf schief. »Vielleicht hast du recht, Beau, wer weiß das schon? Ich jedenfalls nicht. Aber das spielt im Augenblick auch keine Rolle. Ich bin nur froh, dass wir uns wiedergefunden haben. Und sag, wohin wolltest du denn so eilig?«

Beau hob seine Schleuder. »Ich habe keine Geschosse mehr. In der Nähe gibt es einen Strom, und ich wollte hinreiten, um Steine zu sammeln.«

Tipperton hob seinen Bogen. »Ich habe auch keine Pfeile mehr. Bis auf einen, den rot gefiederten, den mir Ryanna gab. Den werde ich nicht verschießen. Stattdessen nehme ich die Pfeile der Rukhs und benutze sie, um damit andere zu töten. Sag, du hast nicht zufällig noch eine Schleuder übrig?«

»Nein, aber wir könnten eine anfertigen, wenn wir ein Stück Leder hätten.«

»Ich weiß genau, wo wir Leder finden«, erklärte Tipperton. »In einem Lederzelt ganz in der Nähe. Es hat einmal einem Gargon als Behausung gedient.«

Sie hielten die Zügel der Ponys fest, damit die Tiere nicht scheuten und wegliefen. Beau verzog angewidert das Gesicht. »Himmel, hier stinkt es wie in einer Schlangengrube.«

Tipperton zog an dem Leder und schnitt das letzte Stück mit dem Messer ab. Der Streifen löste sich. »Hier.« Er hob ihn hoch. »Ein wenig grob, vielleicht, aber möglicherweise kann ich ihn etwas zurechtschneiden.«

Er sah Beaus Gesicht und lachte. »Sag, Beau, du siehst aus, als hättest du einen Stinkekäfer verschluckt.«

Beau grinste. »Ich glaube, es liegt eher daran.« Er deutete auf das Zelt.

Tipperton nickte. »Aye. Aber der Gargon selbst riecht noch viel schlimmer. Wie eine monströse Viper. Verwest und verseucht und schrecklich nach Blut, ein Geschmack, den man kaum aus seiner Nase und dem Mund bekommt. Möchtest du ihn sehen?«

Beau wurde blass. »Also wirklich, Tip!«

»Er ist tot, weißt du. Sein Kopf ist auf einer Lanze aufgespießt worden, und wird an Argons Seite durch die Schlacht getragen!« Tipperton hockte sich auf den gefrorenen Boden und schnitt den Lederstreifen zurecht.

»Das war dieses schreckliche Ding?«, fragte Beau. »Ich wusste es nicht, aber wer es auch mit sich führte, er scheint der Brut damit den Mut genommen zu haben, wenn sie ihn kommen sahen.«

»Aber sie kämpfen immer noch«, wandte Tipperton ein.

»Aber viel zaghafter.« Beau sah zu, wie Tipperton das Leder zurechtschnitt. »Sag, wie wurde das Monster getötet? Der Gargon, meine ich.«

»Durch einen gewaltigen Speer. Imongar hat ihn getötet.«

Beau runzelte die Stirn. »Ist wohl ein mächtiger Kämpfer, dieser Imongar, was?«

»Na ja, ich würde sie nicht gerade einen ...«

»Sie? Der Gargon wurde von einem Mädchen zur Strecke gebracht?«

»Allerdings«, erwiderte Tipperton. »Sie hat ihn mit einer Speerschleuder ...«

»Ist sie etwa eine dieser Jordischen Kriegsbräute, von denen ich gehört habe? Oder ist eine von diesen großen Frauen der Baeron hierhergekommen, Bwen vielleicht?«

Tipperton schüttelte den Kopf. »Nein, Beau. Imongar ist eine Magierfrau.«

»Eine Magierfrau? Hat sie den Gargon denn mit Magie getötet?«

»Ich glaube nicht. Obwohl sie etwas geschrien hat. Und dann hat der Speer den Gargon mitten ins Herz getroffen.«

»Magie.« Beau nickte heftig. »Übrigens, da wir gerade von Zauberei sprechen, was ist eigentlich mit der Münze? War es ein Zauberamulett oder so was?«

»Nein, Beau. Es war einfach nur ein Hilferuf, von Hochkönig Blaine an König Agron. Sie sind Jugendfreunde. Ich erzähl es dir später.«

»Pah.« Beau war seine Enttäuschung deutlich anzumerken. »Ich hatte gehofft, es wäre etwas Magisches gewesen.«

»War es aber nicht«, sagte Tipperton, »und ich bin ganz froh darüber.« Dann blickte er auf das schwarze Band um sein Handgelenk. »Eines kann ich dir aber jetzt schon verraten. Der Mann, der mir die Münze gegeben hat, der vor meiner Mühle ermordet wurde, das war Dular, der Sohn von König Agron.«

»Meiner Treu!«, stieß Beau hervor. Seine Miene war traurig.

Sie schwiegen, als Tipperton einen letzten Schnitt machte, und nur der ferne Kampflärm störte die Stille.

»Wo ist denn dieser kopflose Gargon?«, fragte Beau.

»Da hinten.« Tipperton deutete mit dem Messer in die Richtung. »Ein Stück nach Osten.«

»Und sag«, fuhr Beau fort, »wer sind diese großen Krieger, die diesen engen Kreis da bilden? Sie sehen ja beeindruckend aus. Aber warum kämpfen sie nicht? Das wäre doch besser, als einen kopflosen Gargon zu bewachen, findest du nicht?«

Tipperton lachte. »Das ist Magie, Beau. Sie bewachen einige Verwundete. Sie sind nur eine Täuschung. Und wenn ich darüber nachdenke ...« Tipperton hob die Lederschlinge, betrachtete sie kritisch und nickte. »Ich glaube, wir sollten lieber Kieselsteine suchen und dann weiter kämpfen, statt durch diese magischen Phantome zu schreiten, um uns einen Gargon ohne Kopf anzusehen, so fabelhaft das auch sein mag.« Tipperton stand auf und schob das Messer in die Scheide zurück.

»Einverstanden«, meinte Beau, reichte Tipperton die Zügel seines Ponys und stieg auf. »Folge mir zu den Felsen, dann treffen wir Loric, Phais und Bekki.«

Die beiden Bokker galoppierten zum Bach, sammelten Steine und mischten sich dann wieder ins Kampfgetümmel. Sie schleuderten ihre Steine gegen die Brut, wobei der eine der beiden Wurrlinge allerdings eindeutig treffsicherer und gefährlicher war als der andere.

Immer wieder kehrten sie zum Bach zurück, durchbrachen das Eis und füllten sich die Taschen mit Kieselsteinen, bis sich ihre Finger beinahe taub anfühlten.

Als die Sonne schließlich hoch am Himmel stand und es Mittag wurde, flüchtete auch der Rest des Schwarms. Die Brut zerstreute sich in alle Himmelsrichtungen. Die Verbündeten verfolgten sie nur halbherzig, nicht einmal die Zwerge von Kachar setzten ihren Todfeinden lange nach, die über die Steppe flohen. Dazu waren sie alle einfach zu erschöpft.

13. Kapitel

Tipperton, Beau, Loric, Phais und Bekki ritten auf erbeuteten Ponys über das Schlachtfeld. Es glich dem Schauplatz eines Massakers. Sie ritten vorbei an Toten und Sterbenden, an Heilern, die sich um die verwundeten Menschen und Zwerge kümmerten, und an den Gnadenabteilungen der Zwerge, die durch die Verwundeten der Brut schritten und ihren Qualen auf immer ein Ende bereiteten. Am Ende kamen sie auf den Kreis aus magischen Kriegern zu. Ein stechender Geruch hing über diesem Ort. Tipperton holte tief Luft und ritt durch die Illusion, während Beau stehen blieb und das Werk bewunderte. Verans Phantome standen noch immer Wache.

»Komm schon, Beau, hier gibt es Verwundete!«, rief Tipperton und sprang von seinem Pony. Das Tier scheute, und Tipperton hielt die Zügel fest, damit es nicht durchging. *Außerdem liegt hier ein toter Gargon.*

Beau trieb sein Pony an und ritt in den Kreis. »Puh!« Beau verzog angewidert das Gesicht. »Dieser Gargon stinkt schlimmer als eine Grube mit tausend Vipern!«

»Gebt mir die Zügel«, sagte Loric. »Ich werde mich um die Pferde kümmern.«

Beau stieg ab, übergab dem Elf sein Tier und schnallte seinen Medizinbeutel vom Sattel. »Tip, Phais, Bekki, untersucht die Liegenden und überzeugt Euch, dass sie noch leben.«

»Hier liegen auch Grg«, knurrte Bekki. »Ich werde mich überzeugen, dass sie tot sind.«

Langsam gingen sie zwischen den Menschen, Zwergen und der Brut herum, während sich Bekki gelegentlich bückte und einem die Kehle durchschnitt.

Nach einer Weile trat auch Letha in den Kreis der Phantomkrieger, trat zu den Verwundeten, legte ihnen die Hand auf und flüsterte: *»Concrescere!«* Die Blutungen hörten sofort auf.

Beau sah ihr bewundernd zu. »Meiner Seel, was besitzt Ihr für eine wundervolle Gabe!«

Sie lächelte, arbeitete jedoch weiter, ebenso wie die anderen.

»Kruk!«, grunzte Bekki, »einige der Toten weisen überhaupt keine Verletzungen auf!«

»Sie sind wahrscheinlich der Furcht zum Opfer gefallen«, erklärte Tipperton und deutete auf den enthaupteten Gargon. Der Schaft des Speers ragte aus seiner Brust heraus, und die mit Schleim und Blut verschmierte Spitze lugte aus seinem Rücken. »Als er fiel, überwältigte ein gewaltiger Schwall von Furcht alle in seiner Nähe.«

»Wir haben die Welle auch gespürt, obwohl wir so weit entfernt waren.« Bekki trat mit dem Fuß gegen einen Hlök, dessen Eingeweide herausquollen, als wollte er sich überzeugen, dass er wirklich tot war und es nicht nur vortäuschte.

Tipperton sah zu Alvarons Leiche hinüber. »Es war

schrecklich, dieser Schwall von Furcht, meine ich. Er hat Alvaron und die anderen getötet. Einen Augenblick lang habe ich geglaubt, es würde mir das Herz zerfetzen.«

»Alvaron?«, fragte Bekki stirnrunzelnd.

»Ein Magier ... dort liegt er.« Tipperton streckte die Hand aus und wischte sich dann die Tränen aus den Augen. »Er war einer von sechs.«

Bekki schüttelte den Kopf. »Sechs Magier, und sie konnten den Ghath trotzdem nicht aufhalten?«

Tipperton zuckte nur die Achseln, aber Letha, die gerade in der Nähe arbeitete, antwortete: »Wir waren gerade aus weiter Ferne in den Kampf gekommen und hatten noch keine Zeit, unser FEUER zu formen.«

»Zeit?«, fragte Tipperton.

Letha nickte, ohne von dem Verletzten aufzublicken, den sie gerade behandelte. »Es kostet Zeit, die MACHT zu beschwören. Für kleinere Dinge benötigen wir zwar nur einen Moment, länger jedoch für größere Aufgaben. Und der Kampf gegen einen Gargon zählt zweifellos zu den größeren Dingen.«

»Oh.«

»Tip!«, rief Beau. »Reite in die Stadt und hole Hilfe, um die Verwundeten in Sicherheit zu bringen. Wir können sie nicht in der Kälte liegen lassen. Sie waren ohnehin schon viel zu lange hier.«

Zwei Tage verstrichen, und obwohl König Agron das Schlachtfeld gründlich absuchen ließ, fanden sie weder Lord Tain noch sein grauenhaftes Bündel. Es schien, als hätte sich Modrus Astralkörper in Luft aufgelöst. Als Beau wissen wollte, warum es denn so wichtig wäre, den verrückten Tain zu finden, erwiderte Bekki: »Solange der

Feigling Tain am Leben ist, verfügt Modru über ein Werkzeug, die flüchtenden Grg zu sammeln.«

Am selben Tag wurde der Kopf des Gargon auf einem Turm am Westtor befestigt, mit dem Gesicht zum fernen Gron, Modrus weit entferntem Reich. Als grimmige Warnung für alle, die es wagten, ihre Hand gegen die Stadt und dieses Land zu erheben. Bei dieser Zeremonie wirkten die Hauptleute Agrons, die direkt vom Kriegsrat gekommen waren, erheblich grimmiger, als man eigentlich hätte denken sollen.

Neun weitere Tage verstrichen, in denen sich allmählich Gerüchte verbreiteten. Denn jeden Tag kamen die Hauptleute mürrisch aus dem Beratungsraum, und man hörte, der König solle vom Tod seines Sohnes Dular in den Wahnsinn getrieben worden sein.

Während dieser neun Tage wurden alle Leichen vom Schlachtfeld gesammelt und Scheiterhaufen errichtet, um sie zu verbrennen. Denn die Erde war noch hart gefroren, obwohl bereits Mitte März war. Der Frühling kam schon in das Land, auch wenn noch überall Schnee lag.

Und am einundzwanzigsten März, dem letzten dieser neun Tage, führten Loric, Phais, Beau und Tipperton auf dem verschneiten Feld unter einem abnehmenden Sichelmond den Ritus des Jahreszeitenwechsels durch, während in der Ferne nahe der Stadtmauern die Scheiterhaufen rot aufloderten, um die Frauen und Kinder herumstanden und trauerten, während Zwerge und Männer sich die Haare rauften, auf ihre Brust schlugen und blutige Rache schworen.

Am dritten Tag nach den letzten Feuerbestattungen rückte der größte Teil der Zwergenarmee ab. Ihre Verwundeten nahmen sie auf Karren mit sich, denn sie wollten den

Argon überqueren, bevor er auftaute. Oder mittels der Kaagor-Fähre übersetzen, falls sie schon wiederhergestellt war. Valk hatte in Erwartung der Rückkehr der Armee zu diesem Zweck einige Handwerker dort zurückgelassen. Nur DelfHerr Valk und einige seiner Krieger blieben in Dendor, weil es eine Feierstunde im Thronsaal geben würde, an der auch der geehrte DelfHerr teilnehmen sollte. Tipperton und Beau waren ebenfalls eingeladen, zusammen mit Phais, Loric, Bekki und einer Gruppe anderer Leute.

An diesem Abend kleideten sich die Wurrlinge in ihre besten Sachen, obwohl sie nur eine Garnitur frischer Kleidung bei sich trugen. Bekki hatte ihre Habseligkeiten aus ihrem aufgegebenen Lager auf dem südlichen Hügelkamm geholt. Als er damit zurückgekehrt war, hatte Tipperton zuerst seine wundervolle Elfenlaute untersucht. Sie hatte keinen Schaden genommen und war trotz der Kälte sogar noch gestimmt. Jetzt jedoch stellte er das Instrument vorerst zur Seite und trat mit den anderen in den großen Thronsaal.

Der große Raum war von Menschen, Zwergen und anderen bevölkert, die auf den König warteten. Das Rauschen ihrer Unterhaltungen brandete den Gefährten entgegen, als sie hereinkamen.

»Adon, ich kann kaum meine Gedanken hören!«, rief Beau, als sie sich unter die Anwesenden mischten.

Tipperton und Beau drängten sich durch die Menge und fanden sich schließlich bei den Magiern wieder, die in prachtvoll fließende Roben gekleidet waren.

Beau sah zu Letha hoch: »Sagt!« Er musste schreien, damit sie ihn hörte, »könnt Ihr mir diesen Trick beibringen? Ich meine den, wie Ihr die Blutungen stoppt. Das wäre für mich als Heiler wirklich sehr nützlich.«

Letha richtete den Blick ihrer braunen Augen auf den Bokker und antwortete ebenfalls schreiend: »Ich fürchte, Ihr würdet nicht nur eine lange Ausbildung dafür benötigen, sondern auch eine Spur von wilder Magie in Euch.«

»Wilder Magie?«

Letha strich sich eine braune Haarsträhne aus dem Gesicht, bückte sich und flüsterte ihm dann ins Ohr. »Aye, es sei denn, Ihr könntet das FEUER sehen.«

»O nein«, stöhnte Beau. »FEUER. Davon habe ich schon gehört. Delgar hat es mir erzählt.«

»Delgar?«

Beau nickte. »Ein Magier.«

»Oh, ich weiß, wer Delgar ist. Ich habe mich nur gefragt, wo Ihr ihm begegnet sein könntet.«

»In den Waldsenken. Er ist dort vorbeigekommen, als ich noch ein Grünschnabel war. Ich bin damals etwa zwölf Jahre alt gewesen, das heißt also vor ungefähr elf Jahren. Er hat mir ein Buch über Kräuter, Arzneien und Heilpflanzen und Heilmittel und dergleichen geschenkt und mich an einen Heiler in den Weidenhöhen vermittelt. Sagt, kennt Ihr ihn?«

»Allerdings«, erwiderte Letha. »Er ist mein Vater.«

»Meiner Treu!«, stieß Beau hervor.

Im selben Augenblick knallte der Stab des Haushofmeisters dreimal auf den Marmorboden und eine laute Stimme übertönte das Gemurmel der Versammelten. »Meine Lords und Ladys und Ehrengäste, kniet nieder vor König Agron, Sohn des Morgon und Vater des gefallenen Dular.«

Stille kehrte ein, die Menge bildete in der Mitte des Saales eine Gasse und versperrte so dem Wurrling vollkommen die Sicht. Und alle Versammelten bis auf Phais und Loric und den DelfHerrn Valk gingen auf die Knie, während die Ladys in Hofknicksen versanken.

König Agron schritt, ganz in Rot gekleidet, mit einem schwarzen Seidenband um sein linkes Handgelenk, durch die Gasse zu seinem Thron. Beau kniete neben Tipperton und versuchte, einen Blick an den Männern, Frauen und Zwergen vorbei auf den König zu erhaschen. »Ich kann hier nicht das Geringste sehen«, murmelte er seinem Freund zu. »Du?«

»Ich sehe gar nichts«, flüsterte Tipperton. »Wie damals, als wir den Gargon verfolgten. Ich habe da auch nichts gesehen, weil mir diese Lulatsche die Sicht blockiert haben.«

»Sie sollten uns nach vorn lassen, oder uns wenigstens erlauben zu stehen, oder uns etwas geben, damit wir auf Augenhöhe mit den anderen sind«, murrte Beau.

Tipperton zuckte nur die Achseln.

Sie hörten, wie Agron von seinem Thron herunterrief: »Mylords, Myladys und geehrte Gäste, bitte erhebt Euch.«

Als alle standen, murmelte Beau: »Komm, lass uns irgendwohin gehen, wo wir etwas erleben können.« Tipperton und er sahen sich nach einer Möglichkeit um, sich durch diese Phalanx aus Leibern zu winden.

»Wir haben uns hier versammelt, um unseren Sieg über die Mächte der Finsternis zu feiern«, begann König Agron.

Beau kam nicht weiter, ließ sich schließlich auf alle viere fallen und krabbelte mit Tipperton auf den Fersen zwischen den blank gewichsten Stiefeln und den Säumen der weiten Röcke hindurch, die sich mit den Unterröcken und Reifen blähten. Die Leute blickten konsterniert herunter, machten jedoch Platz, als die beiden Wurrlinge vorbeikrochen.

»... der ohne die Hilfe von DelfHerrn Valk und seiner Legion nahezu unmöglich gewesen wäre ...«, fuhr Agron fort, während die Bokker weiterkrabbelten und sich allmählich dem Mittelgang näherten. Aber auch dort war kein Platz, weil die Lords, Ladys und Krieger ebenfalls genau dahin geströmt waren. Beau wandte sich nach rechts und kroch in Richtung Thron weiter.

»... und es war Lady Magier Imongar, welche den Speer abfeuerte, der den Gargon tötete ...«

Jubel übertönte Agrons Worte, doch die Bokker krabbelten immer noch weiter.

»... wofür ich sie zur Heldin des Reiches ernenne ...«

Erneut brandete Jubel auf, und die Menge machte Platz, damit Imongar den Thron erreichen konnte. Damit jedoch gaben sie auch den Blick auf zwei Wurrlinge frei, die auf Händen und Knien vorwärtskrabbelten.

»Beau!«, zischte Tipperton, der langsam aufstand und vor Verlegenheit rot wurde.

Beau krabbelte weiter.

»Beau!«, zischte Tipperton, diesmal lauter.

»Was? Was ist denn? Wir sind doch fast da!«, erwiderte Beau.

Die Menge stimmte in das schallende Lachen des Königs ein.

Beau blickte hoch ... und versuchte vergeblich, ein Loch in dem Marmorboden zu finden, in dem er versinken könnte.

Mitten in dem schallenden Gelächter und Gekicher bückte sich Imongar zu dem Bokker herunter, streckte die Hand aus und half ihm hoch.

In dieser Nacht wurden viele gepriesen.

DelfHerr Valk von Kachar wurde besonders herausgestellt, und von diesem Tag an sollte die Fahne von Kachar an einem Ehrenplatz im Thronsaal der Hauptstadt von Aven hängen.

Ebenso wurden die Magier vom Schwarzen Berge hervorgehoben: Delander und Ridich, die die Belagerungstürme verbrannt hatten, Veran, für seine magischen Krieger, die in den Schwarm stürmten und viele Rûpt in die Flucht geschlagen hatten, Letha, weil sie die Ponys zusammengetrieben und die Verletzten geheilt hatte, Imongar, weil sie den Gargon getötet und anschließend das Kommando übernommen hatte. Dennoch, sie verkündete vor allen, dass eigentlich Tipperton Thistledown den Ruhm für den Tod des Gargons verdient hätte, weil er ihr ins Bein gestochen und sie an den Haaren festgehalten hätte. Zum Schluss wurde auch Alvaron gepriesen, denn bevor er getötet wurde, war er ihr Anführer gewesen und hatte in den Tagen vor seinem Tod mehr als einmal die Krieger Dendors vor der Furcht des Gargon beschützt.

Danach wurden andere Kämpfer geehrt, Hauptleute, Krieger, Heiler, Ratgeber. Niemand aber wurde so gelobt wie jene fünf Gefährten, die die Münze überbracht hatten. Die beiden vom *Litenfolk*, zwei *Alfs*, und ein *Dvärg*. Denn ohne sie wäre das *Dvärgfolk* von Kachar niemals gekommen, und ohne die Zwerge wäre Dendor gefallen. Vor allem Herrn Tipperton Thistledown hatten sie es alle zu verdanken, dass sie noch am Leben waren.

Schließlich wurde Tipperton vor das Thronpodest gerufen, und als er neben dem König stand, schallten laute Rufe nach *Rede!* und *Halla et tal!* aus der Menge empor.

Tipperton runzelte die Stirn, ließ seinen Blick über die Menge gleiten und hob die Arme. Als endlich Ruhe einkehrte, sagte er: »Kein Einzelner allein ist jemals verantwortlich für einen Sieg oder auch eine Niederlage. Wenn Ihr jemanden preisen wollt, dann sage ich: Preist alle jene, die sich gegen Modru und seinen Abschaum wehren. Zusammen können wir ihn niederringen!«

Seinen Worten folgte ein ohrenbetäubender Jubel.

Schließlich gebot König Agron Ruhe. In der Stille, die seinen Worten folgte, blickte er auf den Wurrling und dann auf seine Hauptleute und Krieger, seine Lords und Ladys, seine Heiler, Magier und alle Untertanen herunter. »Herrn Tippertons Worte sind prophetisch. Zusammen können wir Modru tatsächlich besiegen. Um das zu bewerkstelligen, habe ich vor, den Kampf zu dem Bösewicht selbst zu tragen, zum Mörder meines Sohnes Dular. Wenn sich die Armee erholt hat, die Wunden geheilt und die Kräfte wieder gestärkt, der Nachschub bereit und die Wagen versammelt sind, dann werden wir den Kampf zu Modru bringen, in sein eigenes Reich. Denn ich beabsichtige, mit meinen Armeen in Gron einzumarschieren und seine mörderische Brut dort anzugreifen.«

Bis auf ein allgemeines, tiefes Einatmen antwortete seinen drohenden Worten nur bestürztes Schweigen.

14. Kapitel

Ein Eroberungszug nach Gron?, murmelten viele in den Tavernen und Kaschemmen über ihren Bierkrügen, während sich andere über die Gartenzäune zuraunten: *Modrus Reich? Modru, der Schwarze Magier? Ist der König denn verrückt geworden?* Andere dagegen sahen sich wissend an und verkündeten: *Der König hat einen Plan, der den Krieg rasch beenden wird. Hat er nicht sogar den Gargon getötet?* Andere wiederum beschworen jeden, der es hören wollte: *Dulars Geist wandert über die Bastionen und Zinnen und verlangt nach Rache, und das treibt den König zu seinem Tun.* Was auch immer die Leute jedoch redeten, Reiter in der blauen und goldenen Livree des Königs durchkreuzten das ganze Land und verkündeten aller Orten, dass alle gesunden Männer ihre Waffen und Rüstungen nehmen und ihre Siedlungen im Oktobermond verlassen sollten, um sich bis Mitte November in Älvstad, einer Stadt an einem Fluss im Westen von Aven, zu versammeln. Was die Untertanen des Königs betraf, so war die Angelegenheit damit geregelt.

Trotzdem riet der DelfHerr von Kachar in einer Beratung mit dem König von einem solchen überstürzten Schachzug ab. Valk nannte es Selbstmord, und Imongar stellte sich als Vertreterin der Magier vom Schwarzen Berge auf seine Seite.

»Was sagt Ihr, Lian-Wächter?«, fragte Agron.

Loric wechselte einen kurzen Blick mit Phais, und sie antwortete: »Ich würde vorschlagen, Sire, dass Ihr mit Euren Armeen stattdessen dem Hochkönig Blaine zu Hilfe eilen solltet.«

»Mylady, was ich vorhabe, wird Blaine helfen, auch wenn ich nicht an seiner Seite reite.«

»Aye«, stimmte Phais zu. »Das wird es. Aber ich würde Euch dennoch raten, erst den Hochkönig zu suchen.«

»Wo ist Blaine?«, erkundigte sich DelfHerr Valk.

»Das Letzte, was wir von ihm gehört haben war, dass er sich westlich des Grimmwalls aufhält«, erklärte Loric. »Er hat sich nach dem Fall der Feste Challerain zurückgezogen und führt Rückzugsgefechte.«

Imongar runzelte die Stirn. »Wenn er sich in der Feste Challerain befand, könnte er Schwierigkeiten haben, Pellar zu erreichen. Denn Ihr sagtet doch, alle Pässe über den Grimmwall seien blockiert.«

Loric nickte. »Der Crestan-Pass, der Quadran-Pass und der Gûnnarschlitz, sie alle werden von den Rûpt gehalten.«

»Verzeiht, Mylord«, mischte sich Agron ein. »Aber Ardental liegt hinter diesen Höhen. Wenn sie alle blockiert sind, wie seid Ihr dann herübergekommen?«

»Ich besitze leider nicht die Freiheit, Euch das zu verraten, Sire, denn wir haben geschworen, den Weg, den wir nahmen, geheim zu halten. Sagen jedoch kann ich dies: Die Route, die wir nahmen, ist für Eure Armeen nicht passierbar. Wir haben sie zu Fuß zurückgelegt, die Waerlinga, Dara Phais und ich, und haben unsere Pferde zurücklassen müssen, da der Weg zu schmal für sie war. Ponys dagegen könnten ihn passieren.«

Bei diesen Worten hob DelfHerr Valk eine Braue und nickte den beiden Elfen unmerklich zu.

»Hat jemand versucht, die Pässe zurückzuerobern?«, erkundigte sich Imongar.

»Aye«, antwortete Phais. »Die Lian von Ardental und die Baeron vom Darda Erynian haben um den Crestan-Pass gekämpft, und die Zwerge der Roten Berge haben versucht, die Horde am Gûnnarschlitz zurückzutreiben, obwohl sie von einem Draedan verstärkt wurde. Was den Quadran-Pass angeht, dort ist die Belagerung der Zwergenfeste möglicherweise durchbrochen worden. Die Zwerge dieses Horstes sowie die Lian vom Darda Galion haben vielleicht die Kontrolle über den Pass zurückerobert. Aber wir wissen nicht genau, ob das zutrifft, weil unsere Nachrichten bereits mehrere Jahreszeiten alt sind.«

Agron runzelte die Stirn. »Wenn sie blockiert sind«, wollte er nun wissen, »wo hofft Ihr dann Blaine zu finden?«

»Ich würde ihn in Pellar suchen«, erwiderte Loric. »Selbst wenn er sich jetzt nicht in Caer Pendwyr aufhält, früher oder später wird er dorthin kommen.«

Valk nickte. »Ich habe vor, mit meinen Kriegern nach Pellar zu reiten, um mich an die Seite des Hochkönigs zu stellen. Trotzdem, da es ein langer Feldzug wird, können wir erst nach der Ernte in unseren Bergtälern aufbrechen, denn eine Armee kann nicht lange von dem Land leben, durch das sie zieht.«

Agron wandte sich zu Imongar herum. »Und was werden die Magier tun?«

Sie seufzte. »Wir werden ebenfalls nach Pellar gehen, denn der Hochkönig wird alle Hilfe brauchen, die er bekommen kann, vor allem die der Magier, denn Modru wird nicht nur von der Brut unterstützt, sondern besitzt auch MACHT und verfügt über Gargons und Drachen und andere widerlichen Bestien, gegen die nur wir eine Gegenwehr bieten.«

Phais sah die Magierfrau erstaunt an. »Ihr könnt gegen Drachen kämpfen?«

Imongars Miene wurde düster. »Möglicherweise in einer großen Verbindung von Magiern. Wir können einen Zauberer finden, der als Fokus und Wirker des verbundenen FEUERS dient, obwohl das Wirken eines solchen Zaubers vermutlich alle umbringt, die den Bann bewerkstelligen.«

Phais schüttelte den Kopf und wollte etwas sagen, doch Agron kam ihr zuvor. »Dann werde ich allein nach Gron marschieren.« Er ließ seinen Blick trotzig über den DelfHerrn, die Wächter und die Magierfrau gleiten.

Loric sah die anderen ebenfalls an, bevor er antwortete. »Das ist bedauerlich, Sire. Ihr und Eure Armee werdet auf Euch allein gestellt sein und ohne unsere Hilfe kämpfen müssen, da wir glauben, dass der Sieg an der Seite des Hochkönigs kommt, wo er auch sein mag, und nicht in den eisigen Gefilden Grons.«

Agron holte tief Luft und atmete dann langsam aus. »Es mag so sein, wie Ihr es sagt, Lord Loric, aber hört mich an. Wenn ich nach Gron einmarschiere, werde ich Modru ablenken und Blaine so vielleicht etwas Zeit verschaffen, damit er die Allianz schmieden kann, welche den Bösewicht am Ende zu Fall bringt. Auf jeden Fall werde ich Modru zwingen, einige Horden zurückzuhalten, um meinen Angriff zurückzuschlagen, Horden, die er darum nicht gegen Blaine ins Feld führen kann.« Agron nahm ein Lederband vom Tisch, an dem eine Münze hing. »Dass Ihr ihn finden werdet, bezweifle ich nicht, und deshalb bitte ich Euch um Folgendes: Bringt ihm diese Münze zurück und sagt ihm, wenn Ihr ihn findet, dass diese Münze, die er mir durch meinen Sohn Dular schickte, der von Modru hinterrücks abgeschlachtet wurde, dass diese Münze, die mir also von anderen überbracht wurde, ihren Dienst sehr gut erfüllt hat.«

Loric nahm die Münze entgegen, sah Phais an und nickte. »Sire, obwohl wir anderer Meinung sind, was Euren Feldzug nach Gron angeht, werden Dara Phais und ich den Hochkönig aufsuchen, wo er auch sein mag, und die Münze sowie die Nachricht überbringen. Das geloben wir Euch feierlich.«

So wurde es beschlossen. Weder der DelfHerr noch die Lian-Wächter und auch nicht die Magier konnten König Agron von seinem Entschluss abbringen. Zwerge, Magier und Elfen gingen einen anderen Weg und überließen es Agron und seinen Kriegern, in Modrus Reich einzumarschieren. Aber trotzdem waren es nicht nur Menschen, die nach Gron marschierten. Auch ein kleiner Wurrling, der dem König als Kundschafter diente, würde bei dieser gefährlichen Mission dabei sein, und wo auch immer dieser kleine Wurrling-Kundschafter hinging, ihn begleitete ein kleiner Wurrling-Heiler.

»Wirklich, Beau, wir hocken jetzt schon seit Tagen in diesen vier Wänden. Wollen wir nicht nach draußen gehen und ein paar von deinen Tricks mit der Schleuder ausprobieren? Schließlich kann man seine Pfeile in jeder Schlacht verschießen, lange bevor der Kampf zu Ende ist, wohingegen Steine immer und überall zur Hand zu sein scheinen. Und wenn ich weiterkämpfen will, obwohl mein Köcher leer ist, scheint mir eine Schleuder der beste Weg zu sein. Deshalb würde ich gern den einen oder anderen Trick lernen.«

Beau sah seinen Freund an. »Ich soll dir Tricks beibringen? Und das möchte jemand, der behauptet hat, ich würde Steine auf Bäume schleudern und mir dabei selbst das Gehirn wegschießen?«

Tipperton lachte, als er sich daran erinnerte. »Das ist schon mehr als ein Jahr her, Beau, und du hast deine Technik seitdem ein wenig verbessert.«

Beau grinste. »Also gut, bitten wir Phais, dir eine Schleuder zu machen, denn sie hat auch meine hergestellt.«

»Heda, was stimmt mit der nicht, die ich mir aus dem Zelt des Gargon zurechtgeschnitten habe?«

Beau schüttelte den Kopf. »Warte, bis du meine einmal ausprobiert hast, Wurro. Dann wirst du schon sehen.«

Sie trafen in einen Ziergarten hinter dem Haus, wo sie kalte Kieselsteine aus dem Schnee klaubten. Dann wandten sie sich zu einem offenen Platz vor den Stadtmauern.

»Also gut, Wurro, ich erzähle dir jetzt, was Phais mich zuerst gelehrt hat. Zunächst musst du die Schleife der Schleuder um deinen Daumen befestigen. Bindest du sie zu eng, schnürt sie dir das Blut ab, ist sie zu lose, fliegt die Schleuder dem Stein hinterher. Da wir gerade von Steinen reden: Die besten sind nicht rund, sondern ein bisschen eliptisch. Sie passen gut in die Tasche der Schleuder, erlauben einen besseren Wurf und scheinen auch eine größere Wirkung zu haben, wenn sie treffen. Und noch etwas ...«

So also brachte Beau Tipperton alles bei, was er über Schleudern, Geschosse und tödliche Würfe wusste, unter der Hand und über der Hand, aus dem Arm und mit der Rückhand, denn man wusste ja nie, wann es Zeit für einen Wurf wurde. Ob man auf einer Klippe stand oder an einem Baumstamm hing, oder über eine Mauer spähte, still dastand oder lief oder ritt. Sie schossen auf Ziele, die weit entfernt und nah waren, hoch und tief, standen und sich bewegten, groß und klein. Sie redeten über die besten Körperstellen, an denen man einen Feind zu Fall bringen oder ihn direkt töten konnte. Obwohl Tipperton rasch lernte, musste er zugeben, dass der Umgang mit einer Schleuder weit schwieriger war, als er vermutet hätte.

Am nächsten Tag bereiteten sich Valk und seine restlichen Krieger auf ihren Aufbruch nach Kachar vor, und die Magier vom Schwarzen Berg auf ihre Reise nach Pellar. Phais und Loric dagegen würden zunächst noch bleiben, hofften jedoch, König Agron von seinem Plan abbringen zu können, nach Gron einzumarschieren und sich stattdessen ebenfalls nach Pellar zu begeben. Bekki wollte bei Tipperton bleiben. Er hatte zwar sein Versprechen erfüllt, den Wurrling sicher nach Dendor zu geleiten, aber er fühlte sich dennoch seinem Châk-Sol verpflichtet. Und außerdem, an welchem Ort würde er leichter Grg finden, die er massakrieren konnte, als in Gron?

Sie verabschiedeten sich ausgiebig; Tipperton, Beau, Phais, Loric und Bekki wünschten Valk und den Magiern

Lebewohl. Imongar humpelte zu Tipperton, umarmte den Bokker und flüsterte ihm ihren Dank ins Ohr, obwohl er ihr mit einem seiner spitzen Pfeile ins Bein gepiekst hatte.

Als sie schließlich abrückten, die Zwerge nach Norden, die Magier nach Süden, schmetterten die Hörner von den Wällen von Dendor und verkündeten allen und jedem, dass an diesem Tag Helden über die Steppen von Aven ritten.

Am dritten Tag ihrer Schießübungen mit der Schleuder betrachtete Beau etwas in einiger Entfernung und runzelte die Stirn. »Sag mal, Tipperton, was ist das da? Das ist schon der vierte, den ich heute gesehen habe.«

Tipperton drehte sich herum. Ein weißer Planwagen mit einem weiß gekleideten Kutscher rumpelte über die gepflasterte Straße. »Das ist ein Wagen für die Kranken, Beau. Er bringt sie ins Gefängnis.«

»Ins Gefängnis?«

»Aye. In der Stadt tobt eine dunkle Seuche. Modru hat sie uns gebracht. Als er die Leichenteile über die Wälle schleuderte ...«

»Dunkle Seuche?«

Tipperton nickte grimmig. »Schrecklich. Sie macht Beulen, aus denen Eiter fließt. Dunkle ...«

»Schwarze Knötchen in den Achselhöhlen und den Lenden?«, unterbrach ihn Beau. »Mit Fieber?«

»Von den Knötchen weiß ich nichts, aber Fieber bringt sie mit sich, ja, und dunkle Ringe unter tief liegenden Augen.«

»Meiner Seel!«, stieß Beau hervor. »Das klingt wie die Pest.«

»Pest? Aber ich dachte, die Pest wäre äußerst ansteckend, während sich dies hier nicht allzu sehr verbreitet. Es scheinen sich nur diejenigen angesteckt zu haben, die die Leichen zu den Scheiterhaufen ...«

Erneut fiel ihm Beau ins Wort. »Mag sein, dass sie sich noch nicht über die ganze Stadt ausgedehnt hat«, Beau nahm seine Jacke und seinen Umhang, »aber wenn es das ist, was ich glaube, wird diese Seuche die ganze Stadt vernichten, sofern ihr nicht Einhalt geboten wird.«

»Wo willst du hin?«

»In dieses Gefängnis, wo es auch sein mag. Ich muss es mir selbst ansehen. Außerdem können sie dort meine Hilfe gebrauchen.«

Tipperton zog sich ebenfalls die Jacke an. »Ich bringe dich hin. Aber ob du ihnen helfen kannst, weiß ich nicht, Beau. Der Heiler, mit dem ich gesprochen habe, schien nicht zu glauben, dass viele überleben.«

»Meiner Treu, ich habe gehofft, so etwas nie wieder sehen zu müssen!« Beaus Miene war düster.

»Also ist es die Pest?«

Beau nickte. »Auch wenn ich sie selbst nie zuvor gesehen habe, die Symptome passen auf die Beschreibungen, von denen ich las, vor allem auf jene in meinem roten Heilerbuch.«

Phais warf Loric einen vielsagenden Blick zu. »Hier wird unsere Hilfe benötigt, Chier.«

Loric nickte nur stumm.

Beau seufzte. »Sie haben zwar genügend Silberwurz, aber nichts von dem goldenen Kraut.«

Bekki sah von seinem Teller auf. »Goldenes Kraut?«

»Ja, Güldminze. Ich dachte, eine Prise Güldminze gemischt mit Silberwurz könnte bei der Heilung der Pest helfen. Aber ich habe keine Güldminze mehr. Wisst Ihr, wo es welche geben könnte?«

Bekki zuckte die Achseln. »Möglicherweise. Als ich irgendwann einmal den Grimmwall oberhalb des Nordsees durchkämmte, sah ich sehr viel von diesem goldenen Kraut in den Spalten und Klüften der Steilhänge wachsen. Aber ob es auch das Kraut ist, das du suchst, weiß ich nicht.«

»Viel? Meiner Seel, es wäre genau das, was wir brauchen, falls es sich wirklich um Güldminze handelt.« Beau sprang von der Bank am Tisch herunter. »Augenblick, ich zeige Euch ein Bild davon.«

Wenige Augenblicke später kam der Bokker wieder zurück, das dünne, in verblasstes rotes Leder gebundene Buch in der Hand. Er blätterte hastig die Seiten durch und fand rasch, was er suchte. »Hier, das ist sie.« Er hielt Bekki die Zeichnung unter die Nase.

Der Zwerg grunzte und hob den Blick von dem Bild. »Vielleicht ist es die Pflanze, die ich gesehen habe.« Er warf noch einen Blick auf die Seite. »Diese Worte ... ich kann sie nicht lesen«, sagte er dann verwirrt.

»Das Buch ist in einer einfachen Geheimsprache geschrieben«, erläuterte Beau. »Wartet, ich lese es Euch vor.« Beau nahm das Buch, runzelte vor Konzentration die Stirn und las. »Güldminze ist eine dreiblättrige Pflanze mit gezackten, aromatischen Blättern und fast gleichförmig gelben Blüten.« Er blickte hoch und sah, dass Bekki immer noch die Stirn krauszog.

»Die gelben Blüten, das verstehe ich«, grummelte der Zwerg. »Aber der Rest ...« Bekki zuckte mit den Schultern.

»Delgar schreibt so, Bekki. Zungenbrecherische Worte und dergleichen. Es dauert eine Weile, bis man versteht, was sie bedeuten.«

Bekki hob fragend eine Braue. »Delgar?«

Beau nickte und tippte mit dem Finger auf das Buch. »Der Magier, der mir dies hier geschenkt hat.«

»Ah, Magiersprache, verstehe«, knurrte Bekki. »Was will er denn nun eigentlich über Güldminze sagen?«

Beau deutete auf die Zeichnung. »Stellt sie Euch als eine gewöhnliche Minze vor, Bekki, aber mit drei gezackten Blättern an jedem Stengel, dazu goldfarbenen Blüten, die nach Minze durften. Habt Ihr diese Pflanze je gesehen?«

Bekki warf einen weiteren Blick auf die Zeichnung und nickte. »Aye, jedenfalls soweit ich mich erinnern kann.«

»Meiner Seel! Meiner Treu!« Beau war aufgeregt. »Dann brauchen wir genau das, glaube ich. Könnt Ihr diesen Platz wiederfinden, an dem Ihr sie gesehen habt?«

Der Zwerg warf dem Wurrling einen gereizten Blick zu. »Habe ich dir nicht gesagt, dass ich ein Châkka bin, Kleiner, und wir uns niemals verirren?«

»Ach, stimmt ja.«

»Hör zu«, mischte sich Tipperton ein. »Agron sammelt sein Heer erst im November, das sind noch fast acht Monate. Also kann ich eigentlich mitkommen. Was ernten wir denn eigentlich? Die Blüten oder die Blätter?«

»Die Blätter, Tip. Die Blüten sind bereits verschwunden, wenn sich die Minze gülden färbt.«

»Und wann tut sie das? Jetzt? Im Frühling? Ach, Beau, eigentlich wollte ich fragen, wann wir die Minze ernten. Wann müssen wir am Nordsee sein?«

Beau warf einen Blick in sein rotes Buch. Seine Miene wurde lang, und er stöhnte. »Scheunenratten, das habe ich vergessen.«

»Was? Was hast du vergessen?«, erkundigte sich Tipperton.

»Güldminze ist unter anderem deshalb so selten, weil sie nur zwischen den August- und Septembermonden blüht. Bis dahin könnte die Pest Dendor bereits ausgerottet haben.«

»Trotzdem«, Tipperton sah Bekki an, »das ist noch lange vor der Einberufung der Armee König Agrons im November. Wir sollten die Minze suchen, falls wir vorher hin und zurück gelangen können. Wann genau sind diese Vollmonde?«

»Der volle Mond findet am zehnten August statt«, erwiderte Loric. »Der im September scheint am neunten voll.«

»Also«, Beau warf einen Blick in sein Buch. »Hier steht, dass sich die Minze zwischen den Vollmonden des August und September golden färbt und vor dem folgenden Neumond geerntet werden muss.«

»Dem Neumond, der auf den Septembervollmond folgt?« Tipperton schüttelte etwas verwirrt den Kopf.

Beau nickte.

Tipperton sah Loric an, der seine Frage beantwortete, bevor der Wurrling sie stellen konnte. »Der Neumond ist am vierundzwanzigsten.«

»Also haben wir vom neunten bis zum vierundzwanzigsten September Zeit, um die Minze zu ernten?«, fragte Tipperton seinen Freund, den Heiler.

»Richtig.« Beau blickte von seinem Buch auf. »Und es ist auch sehr wichtig, sie in dieser Zeit zu ernten, damit das Heilmittel wirkt.« Beau klappte das Buch zu. »Wo liegt dieser Nordsee?«, fragte er Bekki, »und wie lange brauchen wir hin und zurück?«

»Einen Augenblick«, sagte Tipperton. »Ich hole meine Karten.«

»Hier ist eine Furt.« Bekki deutete mit dem Zeigefinger auf Tippertons Skizzen.

»Moment mal«, warf Beau ein. »Warum nutzen wir nicht die Fähre von Kaagor? Wäre das nicht kürzer?«

»Sie ist verbrannt«, erinnerte ihn Phais.

»Aber Valk hat Handwerker dort gelassen, die sie wiederaufbauen sollten, bevor er mit seinem Heer hier anrückt. Das geschah vor einem Monat. Mittlerweile sollten sie die Fähre doch wieder aufgebaut haben, aber ganz sicher wird sie in Betrieb sein, wenn es Zeit wird, die Minze zu ernten.«

Loric nickte. »Trotzdem könnte sie wieder den Rûpt zum Opfer fallen, die Furt dagegen eher nicht.«

Tipperton strich sich über das Kinn, während er nachdachte. »Beau hat vielleicht nicht ganz unrecht. Das Gezücht könnte auch die Furt besetzt halten, wie sie es am Hâth in Rell getan haben.«

»Und am Kristallfluss nach Aven«, setzte Beau hinzu.

Bekki schüttelte den Kopf und deutete erneut auf die Furt. »Im Gegensatz zu der Fähre sind diese Untiefen hier strategisch bedeutungslos. Es gibt keine Städte, Siedlungen, Horste oder Pässe in der Nähe. Nichts. Nicht einmal Stützpunkte des Abschaums, denke ich. Es ist unwahrscheinlich, dass die Grg diese Stelle für so wichtig halten, dass sie ihre Kräfte dort binden. Nein, sie werden sie nicht bewachen, allerdings könnten sie die Furt ebenfalls nutzen, um den Fluss zu überqueren und andere, entferntere Landesteile zu verheeren.«

Tipperton runzelte die Stirn und deutete auf einen Ausläufer des Grimmwalls. »Darüber ließe sich streiten, denke ich, denn hier müssten sie um die Berge ziehen. Von daher glaube ich, dass der Weg etwa gleich weit ist, ob sie nun die Fähre oder die Furt nehmen.«

Beau betrachtete die Skizze. »Ach, was soll's?«

»Also gut«, meinte Tipperton. »Dann nehmen wir die Furt.« Er maß die Entfernung mit Daumen und Zeigefinger. »Es sind ungefähr zweihundertsiebzig bis zweihundertachtzig Meilen bis zur Furt und weitere hundertzwanzig bis zum Nordsee.« Er sah Bekki an.

»Von dort ein bis zwei Tage bis zu den Bergflanken, wo ich die Minze gesehen habe«, antwortete der Zwerg.

Tipperton nickte. »Also brauchen wir mit Ponys zwei Wochen bis zur Furt, eine Woche bis zum See und ein paar Tage bis zur Minze. Alles in allem also etwas vierundzwanzig Tage.«

»Gib noch ein paar Tage für Unvorhergesehenes hinzu«, riet Bekki. »Der Abschaum könnte die Strecke unsicher machen und sich sogar in den Bergen aufhalten.«

»Vielleicht sollten dann mehr als nur ihr vier reiten«, schlug Beau vor.

»Du kommst nicht mit?« Tipperton war überrascht.

»Ich muss hierbleiben und helfen, Tip. Die dunkle Seuche wird noch viel schlimmer wüten, bevor sie nachlässt. Aber Phais und Loric können Bekki und dich begleiten.«

Loric runzelte die Stirn. »Nein, das können wir nicht.«

Tipperton sah den Alor fragend an.

»Die Elfen sind gegen diese Seuche immun«, erklärte Loric. »Wenn stimmt, was Beau sagt, werden wir in den nächsten Tagen hier dringender benötigt. Aber König Agron kann Euch jede Hilfe geben, die Ihr braucht, um die Minze zu ernten.«

Bekki schüttelte den Kopf. »Es ist besser, wenn nur wir beide gehen, statt eine große Abteilung, denn wie ich schon sagte, die Grg könnten uns auflauern, und zwei einzelne Reiter haben eine bessere Chance, unbemerkt zwischen ihren Wachen hindurchzuschlüpfen, als eine ganze Kompanie.«

»Hört zu«, erklärte Tipperton. »Dieses Problem lösen wir, wenn es sich stellt. Jetzt planen wir, allein zu gehen, nur Ihr und ich, Bekki. Und zwar ... wann? Mitte Juli?« Tipperton zählte die Wochen an den Fingern ab. »In ungefähr fünfzehn Wochen?«

Beau stöhnte, als er hörte, wie lange es noch dauern würde.

»Deinem Buch zufolge, Beau, können wir nichts anderes tun«, meinte Tipperton. »Wenn die Minze erst zum Septembervollmond Früchte trägt, ist es sinnlos, wenn wir vor Mitte Juli aufbrechen. Damit haben wir vier Wochen Zeit, rechtzeitig zum Augustvollmond den Nordsee zu erreichen, und weitere vier Wochen, um bis zum Septembervollmond alle Orte zu finden, wo die Minze wächst, und dann noch zwei Wochen, um sie restlos zu ernten. Dann können wir in drei Wochen vom Nordsee nach Dendor zurückkommen ...« Wieder nahm Tipperton seine Finger zu Hilfe. »Das heißt, wir sind Mitte Oktober wieder da. Dann habe ich genug Zeit, um bis Mitte November zur Aushebung nach Älvsted zu gelangen. Übrigens, Beau, wir brauchen eine Zeichnung davon, wie die Minze aussieht, bevor sie golden wird. Und noch eines, wie viel davon brauchst du?«

»So viel ihr tragen könnt, Tip, aber nach dem Buch müsst Ihr auch genug zurücklassen, damit sie in den nächsten Jahren wieder blüht.«

Tipperton runzelte die Stirn, und Bekki knurrte. »Ich bin weder Gärtner noch Kräuterkundiger. Wie viel sollen wir zurücklassen? Wer kann das abschätzen?«

Beau lächelte und tippte auf das verblichene Buch. »Delgar. Er hat alles aufgeschrieben, und ich werde Euch genau sagen, was dort steht.«

Also begann Beau Tipperton und Bekki aus dem von einem Magier geschriebenen Buch vorzulesen, was es mit der güldenen Minze auf sich hatte, obwohl er selbst keinerlei Erfahrung damit hatte, wie man sie züchtete.

Während dieser Zeit wurden im Kriegsraum von König Agron Einwände gegen den Feldzug nach Gron besprochen und Lösungen ersonnen.

»Die Armee ist erschöpft, Sire. Viele unserer besten Soldaten sind verwundet.«

»Deshalb warten wir bis zum Herbst, Hauptmann, damit so viele wie möglich wieder gesunden.«

»Was ist mit dem Getreide, Sire? Wir können das Land doch nicht hungrig zurücklassen?«

»Wir werden so viel wie möglich ernten, bevor wir aufbrechen.«

»Aber Älvstad liegt weit im Westen, Sire, und diejenigen, die im Osten leben, werden lange reisen müssen, um die Aushebung am Argon rechtzeitig zu erreichen.«

»Sie sollen stattdessen zum Kristallfluss und zum Grünen Fluss im Osten reisen. Das sind Seitenarme des Argon. Die im Norden sollen auch zum Argon reiten. Sie können mit Booten und Flößen nach Älvstad fahren, denn der Fluss wird nie müde, und so reisen sie schneller.«

»Trotzdem, Sire, es gibt späte Ernten, die eingebracht werden müssen, und außerdem muss die Aussaat für das nächste Frühjahr gemacht werden.«

»In den Fällen, in denen die Alten, Frauen und Kinder nicht ausreichen, soll das Los entscheiden, wer von den gesunden Männern zurückbleibt, um nicht nur seine Aussaat, sondern auch die seiner Nachbarn in die Erde zu bringen.«

Ein Hauptmann räusperte sich am anderen Ende des Kartentisches. »Sire, war es klug, öffentlich zu verkünden, dass Ihr nach Gron einmarschieren wollt? Was ist mit Spionen, die Modru darüber in Kenntnis setzen könnten?«

Agrons eisiger Blick glitt über die Anwesenden an dem Tisch, dann ballte er die Faust. »Ich will, dass er von unserem Kommen erfährt. Er soll mit seinen Plänen innehalten. Denn, merkt auf, er weiß nicht, auf welcher Route wir nach Gron einmarschieren, also muss er seine Streitkräfte zurückhalten und auf verschiedene Orte verteilen. Er kann nicht so einfach seinen Kampf in anderen Ländern fortsetzen.«

»Sire, wie wollen wir denn nach Gron einmarschieren?« Der Hauptmann deutete auf die Karte. »Es liegt jenseits des Grimmwalls, und soweit ich weiß, sind alle Pässe besetzt. Marschieren wir von Älvstad nördlich durch Jord und segeln über das Nordmeer?«

Agron schüttelte den Kopf. »Nein, obwohl Modru das gewiss vermutet. Stattdessen werden wir über einen unerwarteten Weg einmarschieren.« Der König blickte von der Karte hoch. »Dieses Wissen wird diesen Raum nicht verlassen!« Nachdem seine Hauptleute nickten, fuhr

Agron mit dem Zeigefinger über die Karte. »Wir überqueren den Fluss hier in Älvstad, marschieren durch den Jallor-Pass bis zu dieser Ecke von Jord. Hier wenden wir uns nach Westen und marschieren in die Gronspitzen hinein. Denn an diesem Punkt befindet sich ein schmaler, gewundener Pass durch diese düstere Gebirgskette, der vollkommen vergessen ist. Er ist durch einen Erdrutsch blockiert. Und wer würde sich schon die Mühe machen, einen Erdrutsch zu räumen, um in die kalte Einöde von Gron zu gelangen, richtig?«

Als ihn seine Hauptleute erstaunt ansahen, fuhr Agron fort: »Ich habe den Pass selbst gesehen, als ich zwanzig Jahre alt war. Prinz Halfar von Jord und ich ritten aus einer Laune heraus hinein. Damals war es eine Mutprobe, auch wenn ich es jetzt nur als ein närrisches Risiko erachten würde.

Des ungeachtet, mitten in diesem Pass liegt der Erdrutsch, aber eine Armee kann ihn räumen und damit einen Weg bahnen, um unbemerkt nach Gron zu gelangen.«

Ein älterer Diplomat runzelte die Stirn. »Sire, wir müssen dann durch einen Teil von Jord marschieren.«

Der König hob eine Braue.

»Ich meinte damit, Sire, dass wir einen Emissär nach Jordfried schicken und König Ranor darüber in Kenntnis setzen sollten.«

Agron nickte. »Bereitet eine entsprechende Botschaft vor, Lord Vengar. Ich werde mein Siegel daruntersetzen.« Der Diplomat nickte.

»Sire«, meldete sich ein anderer Hauptmann zu Wort, »was ist mit dieser dunklen Seuche, die die Gesunden niederstreckt?«

»Die Heiler tun ihr Bestes, Hauptmann. Aber lasst mich sagen, dass ich mich aus mehr als einem Grund dafür entschieden habe, die Aushebung des Heeres in Älvstad statt in Dendor durchzuführen. Die Heiler sagen mir, dass wir warten sollen, bis die Seuche schwächer wird, und deshalb trennen wir das Heer von der Krankheit. Obwohl Modrus Seuche in Dendor wütet, werden wir verhindern, dass sie sich ausbreitet.«

»Wollt Ihr die Stadt unter Quarantäne stellen, Sire?«

Agron nickte. »Aye. Und nicht nur das. Wir werden alle ausfindig machen, die die Leichenteile verbrannt haben, die Modru über die Mauern geschleudert hat, sie in getrennten Quartieren unterbringen und von der Bevölkerung absondern, bis die Seuche unter Kontrolle ist. Die Heiler werden sich um sie kümmern und die Gesunden von den Kranken fernhalten. Außerdem werden die Häuser all jener niedergebrannt, die krank geworden sind.«

»Aber, Sire, ein großer Teil der Stadt ist bereits von den Feuerbällen der Wrg in Schutt und Asche gelegt worden.«

Agron seufzte. »Ich weiß, Hauptmann, aber drastische Zeiten erfordern eben drastische Maßnahmen. Wir wollen nicht, dass sich diese Keime weiterverbreiten, und Feuer reinigt alles.«

Ein Offizier neben Agron räusperte sich.

»Sire, wir werden mitten im tiefsten Winter nach Gron einmarschieren.«

Agron nickte. »Früher werden wir nicht bereit sein, Hauptmann. Und ja, Winterfeldzüge sind hart. Aber welcher Zeitpunkt wäre für einen überraschenden Angriff besser geeignet?«

»Ich meinte, Sire, der Pass könnte vielleicht von Schnee und Eis blockiert sein.«

»Der Pass liegt tief in den Bergen, Hauptmann, und als Halfar und ich hineingeritten sind, war es fast Weihnachten. Trotzdem lag er bis auf eine dünne Schneeschicht frei. Prinz Halfar meinte, es läge an dem Gwasp, der warmen Luft, die von diesem gewaltigen Sumpf aufsteigt und den Weg freihält.«

»Sire.« Der Offizier sah sich an dem Kartentisch um. »Ich möchte das aussprechen, was niemand anders zu sagen wagt: Wir führen einen Winterfeldzug, und Modru ist der Herr der Kälte.«

Agron sah sich ebenfalls um und seine hellblauen Augen leuchteten wie Eis. »Dann werden wir uns gegen die Kälte wappnen, Hauptmann, und Modru seine Macht verschwenden lassen.«

Agrons Blick glitt von einem Offizier zum nächsten, und jeder Einzelne nickte zustimmend, wenngleich einige auch sichtlich zögerten. »Es wird ein langer Feldzug«, erklärte der König. »Der viel Nahrungsmittel und anderen Nachschub erfordert. Lasst uns berechnen, wie viel, und zwar für sechs Monate, ein Jahr und zwei Jahre. Dann können wir abschätzen, wie viel Pferde und Karren wir benötigen, und wie viel Nachschub wir brauchen.«

Die Planungen gingen weiter.

Am folgenden Tag wurden die Tore von Dendor geschlossen, diesmal jedoch nicht gegen einen Feind von außen, sondern um die Leute in der Stadt zu halten, und zwar alle, bis auf die Bauern und ihre Familien, die von den Heilern als gesund erklärt wurden. Sie durften zu ihren Höfen zurückkehren und das dringend benötigte Getreide anbauen und pflegen, und die Tiere zusammentreiben, die überlebt hatten. Den Boten des Königs wurde ebenfalls der Durchgang gewährt, denn sie waren für den bevorstehenden Feldzug von entscheidender Bedeutung. Alle anderen brauchten die Erlaubnis des Königs, um die Tore zu passieren, denn Agron war fest entschlossen zu verhindern, dass sich die Seuche außerhalb Dendors ausbreitete.

Der April verstrich, und der Winter verabschiedete sich. Die Felder wurden bestellt, die Saat ausgestreut, und Büsche und Bäume trieben die ersten Knospen. Noch während die Wärme des Frühlings das Land begrünte, wuchs in der isolierten Stadt die Finsternis, denn jeden Tag wurden mehr Erkrankte zu den Heilern gebracht. Das Gefängnis, in dem die Heiler den Infizierten Silberwurz verabreichten, barst fast von Kranken und Sterbenden. Die Medizin ließ sehr zu wünschen übrig, denn wie Beau seinem roten Buch folgend vorhergesagt hatte, starben trotz der Kur sechs von sieben Menschen unter großen Qualen. Doch ohne die Medizin hätten nur ein oder zwei von hundert überlebt.

Wie nach der Schlacht um Minenburg Nord nahm Tipperton seine Laute und besuchte die Krankenlager derer, die in der Schlacht verwundet worden waren. Er sang und spielte für sie, um ihnen Mut zu machen. Als er Beau jedoch vorschlug, dasselbe für die Opfer der dunklen Seuche zu tun, weigerte sich der kleine Heiler, ihn einzulassen. Er meinte, außer den Erkrankten wäre es nur Heilern erlaubt, sich innerhalb der Gefängnismauern aufzuhalten.

Schließlich kam der Mai, und mit ihm die Blumen und die Wärme, die Felder wurden bestellt und gediehen, die Blätter wuchsen an den Bäumen, und die Vorbereitungen für die Aushebung des Heeres gingen weiter. Einige von denen, die in der Schlacht um Dendor verwundet worden waren, gesundeten, andere dagegen starben an ihren Verletzungen. Um jene trauerte Tipperton, aber er sang und spielte unverdrossen weiter.

Die dunkle Seuche breitete sich unaufhaltsam aus und hinterließ niedergebrannte Häuser auf ihrem Weg. In der Stadt herrschte großes Unbehagen, denn die Menschen hatten große Angst. Einige versuchten, die Stadt zu verlassen, wurden an den Toren jedoch zurückgewiesen. Die Quarantäne hielt.

Im Gefängnis und den Nachbargebäuden, die wegen der wachsenden Zahl von Erkrankten beschlagnahmt worden waren, konnten die Heiler, Beau, Phais und Loric kaum mehr tun, als die Kranken und Sterbenden zu trösten. Immerhin, einer von sieben überlebte. Und in diesem Monat Mai geschah es auch, dass die ersten Heiler selbst krank wurden.

»Ach, Beau, bist du in Gefahr?«

»Das ist die dunkle Seuche, Tip. Sie kann jeden treffen, ausgenommen den Elfen.«

»Wie kann das sein? Ich dachte, sie hätte nur jene erwischt, welche die Leichenteile verbrannt hatten, die Modru über die Mauern hat schleudern lassen?«

»Nein, Tip. Selbst Leute, diese keine Leichenteile berührten, sind krank geworden. Andere dagegen, die die Reste zu den Scheiterhaufen brachten, sind kerngesund. Hör zu, Tip, ich bin mir ziemlich sicher, dass dies dieselbe Seuche ist, die auch meine Eltern getötet hat. Und sie und andere, die damals daran gestorben sind, haben ganz gewiss nicht mit irgendwelchen Leichen zu schaffen gehabt.«

»Woher kommt die Seuche dann?«

»Das weiß ich nicht, Tip. Einige behaupten, es wären giftige Dämpfe. Andere halten es für einen Fluch. Wieder andere glauben, dass bösartige Kreaturen des Nachts in Schlafzimmer eindringen und die Ahnungslosen mit einem Biss infizieren, den man nicht bemerkt. Dann gibt es jene, welche die Ursache Modru und seinem Gezücht in die Schuhe schieben. Aber was es auch sein mag, es ist eine Seuche, und zwar eine, die dringend und vollkommen ausgerottet werden muss.«

»Also gut, Beau, aber pass auf, dass sie dich nicht auch erwischt, ja?«

Beau hob eine Hand. »Vielleicht bin ich in gewisser Weise wie die Elfen, Tip. Ich meine, die Seuche hat meine Eltern getötet, ist an mir aber vollkommen vorbeigegangen, obwohl ich im selben Haus lebte wie sie, während Wurrlinge, die weit entfernt wohnten, daran gestorben sind.«

»Heja, wolltest du mich deshalb nicht für die Kranken singen lassen? Du hast befürchtet, dass ich mich ebenfalls anstecken könnte?«

Beau zuckte nur die Achseln.

Tipperton runzelte die Stirn. »Hör zu, Wurro, du hast selbst gesagt, dass es keine Rolle spielt, ob man weit entfernt ist oder dicht dran, also werde ich mit dir gehen, wenn ...«

»Nein, Tip. Du kannst nicht mitkommen. Ich glaube, du bist da draußen sicherer als hier drinnen, und ich will dich keinem Risiko aussetzen. Ich würde den Wachen einfach nur sagen, dass sie dich rauswerfen sollen.«

Als Tipperton bemerkte, wie ernst es Beau war, schwieg er, obwohl spät in der Nacht vor den Gefängnismauern eine süße Stimme zum Klang einer Laute sang.

Der Juni brach an, und zu diesem Zeitpunkt kehrte auch der Emissär aus Jordburg nach Dendor zurück. Die Kunde von seiner Rückkehr verbreitete sich wie ein Lauffeuer durch die Stadt, denn mit ihm ritt eine Frau, eine jordische Kriegsbraut, die Emissärin von König Ranor.

Groß war sie, mit kupferfarbenem Haar, gewandet in ein Kettenhemd und mit einem Eisenhelm versehen, von dem ein langer Schweif aus Pferdehaar wehte. Gegürtet war sie mit einem Schwert, in der Hand trug sie einen Speer, an dessen Schaft in der frischen Brise knallend das Banner von Jord flatterte, ein auf der Hinterhand aufgerichtetes weißes Pferd auf grünem Grund.

»Öffnet das Tor!«, befahl der Hauptmann, als sich die beiden näherten. Und in die von der Seuche befallene Stadt ritt sie ein, neben dem Herold, ihr Pferd war lebhaft und munter, und die Leute strömten auf die Straße, um ihr nachzublicken, wie sie zur Burg galoppierte und durch das Tor verschwand.

»Noch während wir hier reden, Sire, marschieren Modrus Schwärme nach Jord ein. Sie sind mit Schiffen an unsere westlichen Gestade gekommen, um die Gronspitzen herum. Aber die Wachfeuer auf den Gipfeln wurden entzündet, und überall im ganzen Land werden die roten Flaggen gehisst. Wir machen uns bereit, die Brut wieder ins Meer zurückzutreiben.«

Agron nickte. »Lady Ryla, möglicherweise tut er es,

weil er glaubt, ich wollte nach Gron einmarschieren, indem ich meine Armeen durch Jord führe und dann übers Meer an seinen nördlichen Gestaden lande.«

»Vielleicht, Sire, aber ich vermute, er hätte Jord auf jeden Fall angegriffen. Trotzdem, König Ranor begrüßt Euren Plan, in Modrus Reich einzumarschieren, denn das wird ihn möglicherweise dazu bringen, einige seiner Horden zum Eisernen Turm zurückzurufen. Wenn und falls das geschieht, und sofern wir jene besiegen, die sich jetzt innerhalb unserer Grenzen aufhalten, wird Euch König Ranor Hilfe schicken.

Der König hat mir ebenfalls aufgetragen, dass er so schnell wie möglich Krieger nach Pellar entsenden wird, um an der Seite des Hochkönigs zu kämpfen.«

»Lady Ryla, dass Modru Jord angreift ist schlimm, wenn auch, wie Ihr selbst sagtet, nicht gänzlich unerwartet. Ranors Versprechen auf Hilfe ist mir höchst willkommen. Überbringt Eurem König jedoch meine Worte, die seinen Plan betreffen, sich dem Hochkönig anzuschließen: Niemand weiß, wo sich Blaine aufhält. Gewiss, er könnte zurzeit in Caer Pendwyr weile. In diesem Fall wird ihm jede Hilfe willkommen sein. Vielleicht jedoch ist er auch nicht dort, denn das Letzte, was wir – vor fast einem Jahr – von ihm hörten, war, dass er sich aus der Feste Challerain zurückzog. Es war eine kleine Garnison, die Modrus Horden in die Klauen gefallen ist. Und die Straßen von der Feste nach Caer Pendwyr werden von der Brut kontrolliert.«

Die Kriegsbraut hob eine Hand. »Dennoch, Sire, bis wir Modru wieder ins Meer zurückgetrieben und nach Pellar gekommen sind, wird man wissen, wo sich der Hochkönig aufhält. Und selbst wenn nicht, Modru wird früher oder später Caer Pendwyr angreifen. Sollte er das wagen, wird Jord dort sein.«

Nach zwei Tagen verließ Ryla das verseuchte Dendor, denn Agron wollte nicht, dass sie von der dunklen Seuche infiziert werde. Sie hatte eine Nachricht bei sich: König Agrons Dank an König Ranor und seine Wünsche für einen erfolgreichen Feldzug. Und als die Emissärin mit einem Packpferd an der Leine davonritt, standen zwei Wurrlinge auf dem Nordtor von Dendor und sahen ihr nach. Ihre facettenartigen Augen glitzerten beim Anblick dieser Kriegsbraut aus Jord.

Der zwanzigste Juni war der längste Tag des Jahres, und Beau bestand darauf, mit Tipperton, Phais, Loric und Bekki ihre kleine Feier für all die abzuhalten, die im vergangenen Jahr Geburtstag gehabt hatten, was, selbstverständlich, alle einschloss. Tipperton jedoch beharrte darauf, Modru und seine finstere Brut auszuschließen.

»Meiner Treu«, rief Beau. »Daran hätte ich nie gedacht. Mir ist niemals der Gedanke gekommen, dass Modru überhaupt Geburtstag haben könnte, geboren wurde, ein Kind war und aufgewachsen ist. Jetzt frage ich mich, ob seine Eltern wohl stolz auf ihn sind.«

Bekki knurrte und spie verächtlich aus.

»Lasst uns«, fuhr Tipperton fort, »auch all jene ausschließen, die sich mit Gyphon verbündet haben: Hyrinianer, Chabbainer, Kistanianer und alle anderen, die mit dem Monster gemeinsame Sache machen, vor allem die Brut.«

»Die Brut? Das Gezücht? Für die sollten wir feiern? Natürlich nicht, Tip. Außerdem glaube ich auch nicht, dass sie geboren wurden, eher sind sie ausgebrütet worden … aus fauligen Eiern.«

Phais sah Loric an und lächelte. Der Alor erwiderte ihr Lächeln.

Bekki dagegen schnaubte nur und schüttelte den Kopf.

Nachdem sie also diese Einschränkungen getroffen hatten, feierten sie die Geburtstage aller, die übrig blieben, was Phais, Loric und Bekki ebenso einschloss wie die beiden Wurrlinge selbst.

Später an diesem Abend begingen sie das Elfenritual des Wechsels der Jahreszeit, und diesmal gesellte sich Bekki zu dem feierlichen Tanz, während Tipperton mitsang.

Doch als der Ritus zu Ende war, fühlten sie sich nicht so erhaben wie bei den letzten Malen, denn die Seuche lastete schwer auf der ganzen Stadt.

In der Hitze Anfang Juli rollten die ersten Fuhrkarren durch Aven nach Westen. Sie hatten Lebensmittel für die Aushebung in Älvstad geladen und fuhren an dem nach wie vor isolierten Dendor vorbei. Die Leute standen auf den Wällen und riefen den Kutschern Botschaften zu, die sie an ihre Verwandten in anderen Städten überbringen sollten. Die Kutscher versprachen, sie würden versuchen, diese Kunde auszurichten. Aber in den schattigen Ecken der Tavernen der Stadt wurden finstere Worte gemurmelt, die von bösen Vorahnungen und mürrischem Unbehagen kündeten.

Während der Juli verstrich, brachten Bauern Käse, Eier und Getreide zum Markt. Aber sie wurden kurz vor den Stadtmauern aufgehalten, denn die Tore blieben geschlossen. Nur den Aufkäufern des Königs erlaubte man, die dringend benötigten Lebensmittel zu erwerben. Anschließend schickten sie die Bauern wieder nach Hause. Nachdem die weg waren, fuhren Soldaten die Wagen nach Dendor, damit sie dort an die Bevölkerung verteilt wurden.

Im Juli kamen auch Boten aus der Ferne zurück. Sie brachten Kunde vom Fortgang des Krieges, aber nach wie vor wusste niemand, wo sich Hochkönig Blaine aufhielt.

Tipperton und Bekki bereiteten sich in den ersten Tagen des Monats auf ihre Reise zum Nordsee vor. Sie hatten beschlossen, sechs Ponys mitzunehmen, zwei zum Reiten und vier als Lasttiere. Zum größten Teil für Lebensmittel und für den Hafer, den die Pferde selbst bekamen. Außerdem wollten sie zwei Bergsteigerausrüstungen mitnehmen, denn Bekki hatte gesagt, dass die Güldminze in den Spalten und Schluchten der blanken Felswände wuchs. Tipperton wurde zwar blass, als er das hörte, doch er hatte schon vorher steile Wände erklommen, als Phais Beau und ihm gezeigt hatte, wie man die Klippen von Ardental bestieg. Außerdem nahmen sie Werkzeuge für die Ernte der Güldminze mit, dazu Fäden und Tuch, um sie einzuwickeln, elf Zweige zu einem Bündel, wie Delgar es in Beaus rotem Buch beschrieben hatte, und zehn große Säcke, in die sie die Bündel verstauen und die sie auf die Ponys laden wollten, falls sie überhaupt so viel Güldminze ernten konnten. Was Bekki bezweifelte.

»Himmel!«, stöhnte Beau. »Wenn ihr nur einen dieser Säcke füllen könnt, kann ich der ganzen Stadt einen Becher Güldminze und Silberwurz-Tee einflößen, falls alle krank werden sollten.«

»Das reicht für die ganze Stadt?«, fragte Tipperton beeindruckt.

»Aye, Tip. Schon ein wenig von der Minze ist sehr ergiebig.«

Sie bereiteten sich vor, am zwölften des Monats aufzubrechen, den Tag des Julivollmondes. Denn wie Tipperton sagte: »Es scheint passend, da unsere ganze Mission, die goldene Minze zu sammeln, von den Phasen von Elwydds Licht beherrscht zu sein scheint.«

Am zwölften Tag ging die Sonne an einem wolkenlosen Himmel auf, und nach einem ausgiebigen Frühstück trugen Tipperton und Bekki die Ausrüstung für die Reise zu den Stallungen. Sie mussten mehrmals hin- und hergehen, bis sie alles verstaut hatten. Schließlich waren die Reitponys gesattelt, die Packtiere beladen, und alles schien bereit. Beau, Phais und Loric unterbrachen ihre Arbeit bei den Kranken und kamen, um sich zu verabschieden.

»Pass auf dich auf, Wurro«, meinte Beau, »denn wie Bekki sagt: Die Brut treibt in Aven ihr Unwesen, ganz zu schweigen von denen im Grimmwall.«

»Himmel, Beau, ich mach mir keine Sorgen um Bekki und mich, sondern um dich ... Du bleibst schließlich in dieser verseuchten Stadt!«

»Oh, wir kommen schon zurecht, Tip«, erwiderte Beau und wandte sich beifallheischend zu Phais herum. »Stimmt doch, oder?«

Doch in diesem Augenblick wich alle Farbe aus dem Gesicht der Dara, und sie sank mit einem Stöhnen auf die Knie. Loric fiel neben ihr zu Boden, schlug die Hände vor sein Gesicht und schrie vor Qualen laut auf.

Phais streckte blindlings die Hände aus, während ihr

Gesicht von Schreck und Schmerzen verzerrt war. Tränen strömten ihr aus den Augen, und dann fiel sie mit einem verzweifelten Schrei in Ohnmacht.

»Was ist denn los? Was habt Ihr?«, rief Beau und sprang vor. Aber Bekki erreichte die Dara als Erster. Seine Miene verriet Ratlosigkeit und Sorge. Der Zwerg sah Beau hilfesuchend an und rief dem Wurrling etwas zu. Was es war, konnte niemand verstehen, weil Loric in diesem Augenblick vor Pein laut aufheulte.

Tipperton kniete vor dem Alor und zog Loric sanft die Hände vom Gesicht. Seine Miene war ebenso trostlos und verzweifelt, wie der würgende, erstickte Laut, der sich der Kehle des Elfen entrang. Er streckte die Hände aus, umklammerte den Bokker und weinte wie ein kleines Kind.

Und auch aus Dara Phais' Augen flossen Tränen, während sie bewusstlos am Boden lag.

Fassungslos hielten sich Phais und Loric an den Händen, während ihre Lippen immer bestürzt zusammengepresst und farblos wirkten.

»Es war wie ... wie ein Todessermon, aber gleichzeitig anders, so schrecklich anders«, erklärte Phais erstickt.

»Es war ein Todesschrei«, fand Loric, dessen Gesichtszüge sich bei der bloßen Erinnerung daran erneut vor Qual verzerrten. »Ein Todesschrei von Hunderten und Aberhunderten.«

»Verzeih, Lord Loric«, sagte Bekki. »Hunderte und Aberhunderte ... wovon?«

»Lian, Lord Bekki. Lian«, antwortete Loric, der an seinen eigenen Worte würgte. »Ein klagender Todesschrei von Hunderten und Aberhunderten von Lian, der wie ein eisiger Sturm durch unsere Seelen fuhr.«

»Was bedeutet das?«, wollte Beau wissen. »Was bedeutet dieses schreckliche Ereignis?«

Phais sah Loric aus tränennassen Augen an. »Dass irgendwo eine schreckliche Katastrophe passiert ist und zahllose von unserer Art den Tod gefunden haben.«

Tipperton und Bekki beschlossen, noch einen Tag länger in Dendor zu bleiben und ihre trauernden Gefährten zu trösten, obwohl Phais und Loric sie baten abzureisen. Aber es war ganz offensichtlich, dass sie dringend Trost benötigten, denn beide Lian brachen immer wieder in Tränen aus. Eine Berührung oder ein Wort oder eine Umarmung linderte ihren Schmerz. Selbst Bekki bemühte sich, die beiden Elfen zu trösten, obwohl seine Miene die Bestürzung verriet, wenn er Dara Phais umarmte. Oder aber sie wirkte wie versteinert.

Das Schlimmste war: Niemand wusste, was passiert war. Doch als Beau vermutete, Modru stecke dahinter, schüttelte Phais den Kopf. »Nein, mein Freund«, sagte sie, »etwas von dieser Ungeheuerlichkeit kann nur Gyphons Werk sein.«

Am Nachmittag dieses klaren Julitages rollte plötzlich ein gewaltiger Donner über das Land und den Himmel, hallte von Gebäuden und Mauern wider, ließ das Geschirr klappern, die Schindeln auf den Dächern und die Fenster in den Häusern. Dann war er verschwunden, und alles schien wieder ruhig. Die Menschen sahen sich verwirrt und furchtsam an, aber keiner wusste, woher das Geräusch gekommen war und was es verursacht hatte.

Am nächsten Morgen sattelten Bekki und Tipperton erneut ihre Ponys, weil ihre dringende Mission keinen weiteren Aufschub duldete. Sie verabschiedeten sich ein zweites Mal und machten sich auf den Weg zum fernen Nordsee.

Sie ritten durch das Westtor, mit König Agrons Passierschein ausgestattet und von Hauptmann Brud persönlich zur Brücke eskortiert. Die Wunde in seinem Gesicht war zwar fast verheilt, aber er würde eine lange Narbe zurückbehalten. Als sie davonritten, drehte sich Tipperton herum und winkte Beau, Phais und Loric zu, die auf der Mauer über dem Tor standen. Die Elfen waren noch geschwächt und leichenblass.

»Pass auf dich auf, Tip!«, rief Beau. »Und Ihr auch, Bekki!«

»Du auch!«, erwiderte Tipperton. »Wir bringen dir genug güldene Minze mit.«

Dann drehte er sich herum, nach Westen, und ritt mit Bekki weiter, die vier Packponys an der Leine im Schlepp. Sie ritten über das sommerliche Land und ließen ihre drei Freunde in einer abgesonderten Stadt zurück, in der eine dunkle Seuche tobte.

Kurz nach Mittag hörten sie einen rollenden Donner, der sich fast wie das schwache Echo des Donners vom Tag zuvor anhörte.

Tipperton sah Bekki an. »Habt Ihr das gehört?«

»Aye.«

»Ich hoffe doch nicht, Bekki, dass sich schon wieder eine Katastrophe ereignet hat, oder was meint Ihr?«

Bekki runzelte die Stirn und schüttelte dann den Kopf. »Das kann ich nicht sagen, Tipperton, denn ich bin kein Elf.«

In der Stille der Nacht, als Tipperton Wache hielt, hörte er einen weiteren, noch schwächeren Knall. Er grämte sich und überlegte, ob er Bekki wecken sollte, entschied sich jedoch dagegen, denn letztlich konnte jetzt keiner von ihnen etwas unternehmen.

15. Kapitel

»Zuerst dachte ich, sie wären der Seuche zum Opfer gefallen.« Tipperton lenkte sein Pony um ein Gebüsch herum. Zwei Packponys folgten ihm. »Obwohl Phais und auch Loric immer sagten, dass sich Elfen nicht mit dieser Seuche anstecken können.«

Bekki nickte, antwortete aber nicht.

»Es muss schrecklich sein, ich meine ihre Gabe. Wenn Ihr mich fragt, mir kommt es eher wie ein Fluch vor, zu wissen, wann jemand stirbt.«

»Das war kein ›Todessermon‹, den ein Elf an einen anderen sendet«, erwiderte der Zwerg, »sondern etwas viel Furchtbareres. Kein einzelner Elf, der im Tod ausruft, sondern Hunderte und Aberhunderte von Elfen, die ihren Todesschrei ausstoßen.«

Tipperton erschauerte, als wäre ihm plötzlich kalt geworden. »Trotzdem, irgendwie muss es ja mit ihrer Gabe zusammenhängen. Wie schrecklich es gewesen sein mag ... ein gruseliger Hauch, der eiskalt durch die Seelen aller Elfen fährt.«

Bekki knurrte. »Ich muss irgendwie daran denken«, sagte er dann, »dass dieses Donnern, das wir gehört haben, das erste und das danach, in irgendeiner Form mit dem Tod von so vielen zu tun haben muss.«

»Ach, Bekki, ich habe Euch noch gar nicht erzählt, dass ich dasselbe Donnern, nur viel schwächer, heute Nacht bei meiner Wache gehört habe.«

Der Zwerg sah ihn an.

»Drei oder vier Kerzenstriche nach Mitternacht, würde ich sagen«, fuhr Tipperton fort.

»Hm, drei rollende Donner«, murmelte Bekki nachdenklich. »So laut, wie der erste war ... vielleicht waren die anderen Donner nur Echos, die von den Enden der Welt zurückgeworfen wurden. Ja, so muss es gewesen sein, Tipperton. Denn das würde auch erklären, warum ein Echo schwächer war als das jeweils folgende.«

Tipperton zuckte die Achseln. »Oder die Elfen haben recht und die Erde ist wirklich eine Kugel. Vielleicht ist der Krach einmal um die Erde gelaufen und dann noch einmal.«

Bekki schnaubte ungläubig, während sie in nordwestlicher Richtung weiterritten.

»Ach, Bekki, ob ein Echo von den Enden der Welt zurückgeworfen wird oder einmal herumläuft ... Wenn wir recht haben, bedeutet das auf jeden Fall, dass es nicht noch eine Katastrophe gegeben hat, oder zwei oder drei, sondern der Donner nur das Echo der ersten gewesen ist, das sich wiederholte.«

Nach etwa einer Meile sagte der Zwerg: »Aye, Tipperton, aber bedenkt dies: Wenn das Geräusch die Wände am Ende der Welt erreicht und dann widerhallt, was für ein schrecklicher Knall muss es also gewesen sein?«

Als Tipperton Wache hielt, gerade um Mitternacht, hörte er in der Ferne erneut ein leises Grummeln. *Wieder ein*

Echo von den Wällen am Ende der Welt? Dies, oder das Geräusch hat die Welt noch einmal umlaufen.

Sie ritten weiter, und am späten Morgen des dritten Tages, nachdem sie von Dendor aufgebrochen waren, glaubte Tipperton, ein weiteres, jetzt sehr schwaches Echo des Knalls zu hören, war sich jedoch nicht sicher.

»Sagt, Bekki, habt Ihr das gehört?«

»Was?«

»Dieses Geräusch. Es war ganz schwach.«

Bekki schüttelte den Kopf.

Sie ritten ein Stück weiter, bevor Tipperton sagte: »Ein letztes Echo von den Wänden am Ende der Welt, was meint Ihr?«

»Dies oder ein ferner Donner«, gab Bekki zurück, blickte zum klaren Julihimmel empor und zuckte die Achseln. Sie ritten weiter.

Am vierten Tag nach ihrer Abreise von Dendor betrachtete Tipperton den Himmel. »Heja, Bekki. Kommt es Euch nicht auch so vor, als wäre der Himmel nicht so klar, wie er sein sollte?«

Bekki nickte. »Obwohl ich weder Dunst noch Nebel noch Wolken erkennen kann.«

Aber je weiter nach Westen sie ritten, desto düsterer wurde es, als würde die Sonne irgendwie schwächer.

An dem Abend bildete sich eine Wolkenschicht hoch über ihnen.

»Da haben wir die Antwort«, sagte Bekki.

»Antwort?«

»Ja. Es wird regnen.«

»Und ...?«

»Deshalb wurde das Licht immer schwächer, als sich oben am Himmel die Regenwolken zusammenzog«, erklärte Bekki.

»Vielleicht.« Tipperton war nicht überzeugt.

Sie ritten eine Weile schweigend weiter, bis Bekki sagte: »Da vorn ist ein Dickicht. Dort können wir lagern.«

Tipperton jedoch starrte über das Dickicht hinweg auf die Wolken am Himmel, die die untergehende Sonne blutrot färbte.

Ein Schauer lief ihm über den Rücken.

Es begann in der Nacht tatsächlich zu regnen, und als Bekki Tipperton für seine Wache weckte, sagte er: »An dem Regen ist etwas merkwürdig, Tipperton.«

»Ach?«

»Aye. Die Tropfen sind trübe.«

Im Licht der Laterne hielt ihm Bekki einen Becher mit Regenwasser hin.

»Himmel, Bekki!«, meinte Tipperton, nachdem er einen Blick hineingeworfen hatte. »Sie sehen wirklich trübe aus, fast staubig. Was hat das zu bedeuten?«

Bekki schüttelte den Kopf. »Das, mein Freund, weiß ich nicht.«

Es regnete die ganze Nacht und hörte auch am nächsten Morgen nicht auf. Die Tropfen, die am Mittag auf die Ponys und Umhänge der beiden fielen, hinterließen schmutzige Schlieren.

»Bei Adon, Bekki, es regnet Staub!«

»Es sieht mehr wie Regen aus, der durch Steinstaub gefallen ist«, antwortete Bekki.

»Regen durch Steinstaub?«

»Aye. Wenn es in den Steinbrüchen regnet, hinterlassen die Tropfen auch solche Schlieren.«

»Aber wie sollte Steinstaub in den Himmel gelangen? Oder gibt es hier Steinbrüche in der Nähe?«

Bekki schüttelte den Kopf. »Nicht dass ich wüsste. Selbst wenn, der Steinstaub wäre längst aus der Luft gewaschen worden. Aber der hier fällt immer noch vom Himmel.«

Sie ritten durch den steingrauen Regen weiter nach Nordwesten.

Am nächsten Tag wurden sie von einem atemberaubenden Sonnenaufgang begrüßt. Das ganze Firmament schimmerte in schillernden Farben, die von Tiefblau über Violett und Lavendel, einem tiefen Blutrot und Pfirsichfarben reichten. Dann stieg die Sonne in einen blassen, graublauen Himmel empor. Der Morgen wirkte fahl, trotz des wundervollen Sonnenaufgangs.

Je weiter nach Westen sie ritten, desto dunkler wurde es, als würde von Westen her ein grauer Vorhang über den Himmel gezogen worden.

»Bei Adon, Bekki, glaubt Ihr, das da ist noch mehr Staub? Steinstaub, meine ich?«

»Aye. Er wird vom Wind herübergetrieben.«

»Grau in Grau«, sagte Tipperton und drehte sich um. »Er bedeckt den ganzen Himmel ringsum.«

Das Grau wurde im Laufe des Tages immer dunkler, und am frühen Nachmittag hätte man den Eindruck gewinnen können, dass es bereits dämmerte. Doch die Sonne stand fahl und hoch am Himmel.

Dann sank Steinstaub herab, wie Schnee an einem Julitag, und legte sich wie ein grauer Schleier über alles.

»Wir müssen uns Tücher vor den Mund binden«, sagte Bekki, »und auch über die Mäuler und Nüstern der Ponys.«

»Das tue ich.« Tipperton stieg ab, zog ein paar Tücher aus den Satteltaschen, riss sie in Streifen und bedeckte damit die Nüstern der Tiere. Anschließend gab er Bekki eines und behielt das letzte für sich. »Himmel, Bekki, was kann der Grund dafür sein?«

»Ich habe so etwas bis jetzt noch nie erlebt, Tipperton, obwohl ich hörte, dass die Feuerberge bisweilen einen solchen Staub ausstoßen. Jedenfalls behaupten dies die alten Legenden.«

»Feuerberge?« Tipperton blickte in den düsteren Himmel hinauf. »Ich habe davon gehört, aber gesehen habe ich noch nie einen. Gibt es denn einen Feuerberg in der Nähe?«

»Der Nächste, den ich kenne, ist der Drachenschlund im Grimmwall-Massiv«, antwortete Bekki. »Aber ich glaube nicht, dass der das hier verursacht hat.«

»Warum nicht? Wenn er doch ein Feuerberg ist ...?«

»Der Wind weht aus der falschen Richtung«, erklärte Bekki. »Dieser Steinstaub kommt aus Westen, aber der Drachenschlund liegt im Osten von Kachar, östlich von Dendor, tausend Meilen entfernt – oder mehr. Außerdem hat man mir erzählt, dass das Feuer dieses Berges nicht mehr brennt, obwohl immer wieder Rauchfahnen in den Himmel steigen.«

»Oh.« Tipperton band sich das Tuch über Mund und Nase. »Übrigens, warum nennt man ihn Drachenschlund?«

»Man behauptet, dass sich der Schwarze Kalgalath in dem Berg versteckt hat«, erklärte Bekki.

»Der Schwarze Kalgalath? Ist das nicht der größte Drachen von allen?«

»Vielleicht ist es auch Daagor.« Bekki band sich das Tuch vor den Mund.

»Daagor, der Abtrünnige?«

Bekki knurrte, während er das Tuch im Nacken verknotete.

»Vermutlich sind beide nicht dafür verantwortlich«, meinte Tipperton, dessen Stimme unter dem Tuch ein wenig gedämpft klang. »Wenn das jedoch von einem Feuerberg im Westen verursacht wurde, welcher Berg kann es dann gewesen sein? Gibt es solche Berge in Gron? Oder in Rian? Oder in Dalara oder noch weiter in Thol?«

Bekki schüttelte den Kopf. »Der Einzige im Westen, von dem ich gehört habe, ist der Karak auf der Insel Atala, aber die liegt weit entfernt im Westlichen Ozean, weit entfernt von hier. Mindestens viertausend Meilen. Das ist zu weit, um diesen Steinstaub zu erzeugen.«

Nachdem die beiden ihre Nasen und Münder geschützt hatten, zogen sie sich ihre Wetterumhänge an, stiegen wieder auf und ritten nach Westen durch den Steinstaub. »Sagt, Bekki, was bringt Feuerberge eigentlich dazu, Feuer zu speien?«

Bekki zuckte die Achseln. »Das weiß ich nicht. Manche behaupten, dass die Erde bebt, wenn ein Feuerberg brüllt, aber ob das Beben die Ursache für das Feuer ist, oder das Feuer das Beben erzeugt, ich weiß es nicht.«

Nach einer Meile fuhr Bekki fort: »Vermutlich wissen es die Steingiganten.«

»Was wissen sie?«

»Den Grund, warum die Feuerberge speien«, antwortete Bekki.

Tipperton wischte sich den Staub von Schultern und Schenkeln, aber es war ein vergebliches Unterfangen.

»Wisst Ihr, bis die Magier in Dendor von ihnen sprachen, habe ich Steingiganten immer für einen Mythos gehalten.«

»Das ist aber keineswegs so, Tipperton, keineswegs«, widersprach Bekki. »Habe ich nicht einmal erzählt, dass der Erste Durek von den Utruni gerettet wurde, den Steingiganten?«

Tipperton hob die Hände. »Ich hatte das nur für eine Geschichte gehalten, die im Laufe der Zeit gewachsen und zu einer Legende geworden ist.«

Bekki lachte. »Wenn das so wäre, hätte man Kraggencor niemals entdeckt.«

»Ach?«

»Aye. Der Erste Durek ...«

»Der Erste Durek? Das ist doch Brichtod Durek, oder?«

Bekki nickte. »Aye, so nennen wir ihn. Oder auch Todbrecher Durek.«

»Warum nennt Ihr ihn Todbrecher?«

»Erinnere dich, Tipperton, wir Châkka glauben, dass die Geister nach dem Tode wiedergeboren werden und über die Erde wandeln. Einige häufiger als andere. Der Geist des Ersten Durek gehört zu denen, die die Fesseln des Todes häufiger brechen.«

»Oh, verstehe. Also gut, dann erzählt weiter von den Steingiganten und Durek und Kraggen-cor.«

Bekki räusperte sich. »Der Erste Durek erkundete den Grimmwall, als er von einer Bande Grg überfallen wurde. Unter höhnischem Geheul schleuderten sie ihn über einen hohen Felsvorsprung in den *Vorvor* und ...«

»Wartet, Bekki, was ist das, ein *Vorvor*?«

Bekki hob grollend die Hand. »Tipperton, wenn du mich ständig unterbrichst, werde ich mit dieser Geschichte niemals zum Ende kommen!«

Tipperton hob verlegen die Hand zu dem staubbedeckten Tuch vor seinem Mund, als wollte er seine Lippen versiegeln. Trotzdem ... »Ihr benutzt Ausdrücke, Bekki«, begann er, »die ich nicht verstehe. Wir haben ja nicht dieselbe Schule besucht, Ihr und ich, stimmt's?«

Bekki seufzte. »Da hast du recht, Tipperton. Ich sollte die Geschichte vielleicht so erzählen, wie die Sagenmeister der Châkka es tun.«

»Bitte, Bekki. Ich verspreche auch, Euch nicht mehr zu unterbrechen.«

Bekki lächelte hinter seinem Mundschutz. Dann rief er sich seine Lehrzeit in Minenburg Nord ins Gedächtnis und fuhr fort. »Im nordöstlichen Abschnitt des Quadra-Gebirges steht ein Berg aus blauem Fels. Er ist nicht wirklich blau, das nicht, aber er schimmert doch in dieser Farbe. Der Berg selbst wird *Ghatan* genannt, oder in Gemeinsprache Dachspitz.

In einem großen Felsenfeld an der südlichen Flanke des *Ghatan* befindet sich der *Vorvor*, ein wirbelnder, reißender Strudel, der tief in den Legenden der Châkka verwurzelt ist. Es gibt einen unterirdischen Fluss, der sich aus dem Fuß des *Ghatan* in ein gewaltiges Felsbecken ergießt und dann wieder unter dem Berg verschwindet. Das ist der *Vorvor*, ein tiefer Strudel, der unaufhörlich tost und dessen Gischt hoch in den Himmel emporsteigt, bevor er sich in die schwarzen Tiefen stürzt.

Als die Welt noch jung war und der Erste Durek ihre Grenzen erkundete, kam er an diesen Ort. Die widerlichen Ükhs ergriffen ihn, verspotteten ihn und stürzten ihn von einem hohen Felsvorsprung in den Strudel hinab. Die gewaltige Strömung sog ihn in die Tiefe. Niemand hatte dieses Schicksal jemals überlebt, der Erste Durek jedoch tat es, auch wenn niemand weiß, wie ihm das gelang. Er wurde bis an den Rand des Totenreiches getragen, und vielleicht sogar hinüber, aber das Leben fand ihn schließlich wieder, am felsigen Strand eines großen, unerschlossenen, unterirdischen Reiches. Der Erste Durek wandelte danach dort, wo noch niemand seinen Fuß hingesetzt hatte, durch das Königreich, das dereinst Kraggen-cor werden sollte. Schließlich jedoch kam er wieder ans Tageslicht. Man behauptet, dass er durch das Tor der Dämmerung aus dem Berg schritt.

Viele haben sich gefragt, wie er all die Tage, Wochen, ja Monate überleben konnte, doch das blieb ein Rätsel. Die Châkka jedoch wissen, dass ihm die Utruni halfen, die Steingiganten, denn sie bewundern die Arbeit, die die Châkka-kyth in ihrem Bergreich vollbringen. Im Gegensatz zu den Grg, die den lebenden Stein eher zerstören, als ihn zu beleben.

Und so, mithilfe der Steingiganten, überlebte Durek und fand den großen Zwergenhorst Kraggen-cor, die mächtigste der Zwergenfesten aller fünf Châkka-kyth, und einer der wenigen Orte in Mithgar, an dem Sternensilber gefunden wird.

Lange haben die Ükhs den Tag bedauert, an dem sie Durek über diesen Felsvorsprung stießen, denn an diesem Tag begann unsere Feindschaft mit dem Abschaum, und die ist weit tödlicher als selbst der gewaltige, mörderische Strudel des tosenden *Vorvor.*«

Tipperton blickte Bekki staunend an. »Aber Kraggencor ist doch schon seit Tausenden von Jahren eine Zwergenfestung.«

Bekki nickte. »Allerdings.«

»Und Ihr wollt mir sagen«, erwiderte Tipperton achselzuckend, »dass etwas, das vor Millennien geschehen ist, Euch und Eure Art immer noch mit Hass auf das Gezücht erfüllt?«

Bekki ballte die Faust. »Jeder, der die Feindschaft mit den Châkka sucht«, stieß er knirschend hervor, »findet sie, und zwar auf ewig!«

Tipperton schüttelte verständnislos den Kopf. »Ich dachte immer, dass selbst alter Groll mit den endlosen Tagen der Zeit erlischt.«

»Bemerkenswert wird der Tag sein, an dem ein Châk vergisst und vergibt.«

Sie ritten eine Weile schweigend weiter, während der graue Steinstaub auf sie herabrieselte. »Sagt mir, falls Ihr das könnt«, bat Tipperton schließlich, »wie hat Durek überlebt? Wie konnte er in der Dunkelheit überhaupt sehen? Wisst Ihr das?«

Bekki zuckte die Achseln. »Was die Sicht betrifft, unter dem Fels gibt es eine leuchtende Flechte, die auf einigen Felsen in der Nähe von unterirdischen Flüssen wächst. In manchen Höhlen gibt es auch fluoreszierende Moose. In Kraggen-cor findet sich beides an vielen Stellen. Wir bearbeiten die Flechten und das Moos, spülen es aus, und fertigen damit die Laternen der Châkka, in denen kein Feuer entzündet werden muss, und die auch niemals nachgefüllt werden.

Und was er aß? Blinde Fische und Algen, das strahlende Moos, Pilze ...«

»Pilze?«

»Aye. Sie wachsen häufig in denselben Höhlen, in denen auch das Moos gefunden wird.«

»Verstehe. Aber wartet ... Die Fische, hat er sie roh verspeist?«

»Allerdings«, antwortete Bekki. »Dies und andere lebende Tiere, denn er konnte kein Feuer entzünden.«

»Andere lebende Tiere?«

»Käfer, Spinnen, Wür…«

»Das reicht, Bekki!«, rief Tipperton und schüttelte sich unwillkürlich.

Bekki lachte schallend.

Und weiter ritten sie durch den Staub unter einem düsteren Himmel.

Schließlich kamen sie an das Dorf *Grönkulle*, einem Weiler auf einer runden Anhöhe. Die Gebäude waren alle von einer Schicht aus Steinstaub bedeckt, und die ganze Siedlung schien von einer fahlen, grauen Schicht überzogen. Trotzdem waren Tipperton und Bekki froh, dass sie dieses Dorf erreicht hatten, denn als sie durch die staubigen Straßen ritten, vorbei an eingestaubten Planwagen, stellten sie fest, dass es hier eine Herberge gab.

Sie stiegen ab, banden ihre Ponys an dem Geländer fest, und betraten den Schankraum, wobei sie sich den Staub von den Umhängen schüttelten und die Tücher von den Gesichtern nahmen. An einigen Tischen saßen Männer, bewaffnet und gepanzert. Sie sogen scharf die Luft ein, als die beiden hereinkamen. Tipperton und Bekki gingen weiter zu einem Mann mit einer Schürze, der gebückt dastand und grauen Staub zusammenfegte.

»Det är en mork dag vilken bringen du …« Der Wirt richtete sich auf und verstummte schlagartig, als er sah, wer die Neuankömmlinge waren.

»Verzeiht uns, aber wir sprechen kein Avenianisch«, erklärte Tipperton und stampfte den Staub von den Stiefeln.

»Ich ... ich sagte, es ist ein düsterer Tag, der Euch in meine Taverne bringt«, antwortete der Wirt, und stellte Schaufel und Besen beiseite. »Was darf es sein?«

»Was es sein darf?«, grollte Bekki.

»Ich meine, was möchtet Ihr? Zimmer? Essen? Trinken? Wir haben nur noch zwei Zimmer frei.« Er deutete mit einem Nicken auf die Männer an den Tischen, »weil so viele Kutscher und Wächter hier sind, die zur Aushebung wollen.«

»Wir möchten alles – und dazu ein Bad«, erwiderte Tipperton und rieb sich den Kopf, dass der Steinstaub flog. Der Wirt verfolgte mit finsterem Blick, wie er auf den gerade gefegten Boden rieselte.

»Habt Ihr jemanden, der unsere Ponys versorgt?«, erkundigte sich Bekki.

»Jarl!«, schrie der Wirt. *»Ponys er ute gata!«*

Ein junger Mann kam die Treppe herunter, riss die Augen auf, als er die neuen Gäste sah, stürmte dann jedoch sofort durch die Tür hinaus. »Bringt unsere Ausrüstung herein!«, rief Tipperton ihm nach. Ob der Junge ihn gehört oder verstanden hatte, wusste er jedoch nicht.

»Ein Zwerg und ein Waldan«, sagte der Wirt, der hinter den Tresen getreten war. »Solche wie Euch sehen wir hier nicht häufig.« Als er Bekkis finstere Miene bemerkte, fuhr er hastig fort. »Damit meine ich nicht, dass daran etwas schlimm wäre ...!«

»Wie viele andere Wurrlinge habt Ihr denn schon ertragen müssen?«, erkundigte sich Tipperton grinsend. »Oder Zwerge?«

»Wenn ich drüber nachdenke, muss ich sagen, dass Ihr die Ersten seid!«

»Hah!«, stieß Bekki hervor.

Der Wirt bückte sich und wühlte unter dem Tresen. »Wollt Ihr einen Raum für Euch beide oder zwei? Und wollt Ihr vor oder nach dem Essen baden?«

»Ein Raum genügt«, antwortete Bekki.

»Und das Bad lieber vorher«, setzte Tipperton hinzu. »Ich möchte erst mal diesen Staub loswerden.«

Der Wirt richtete sich auf. Er hatte ein Schlüsselbund in der Hand. »Die Treppe hinauf, das dritte Zimmer rechts. Das Badezimmer liegt am Ende. Jarl kümmert sich um das heiße Wasser!«

Als die beiden die Treppe hinaufgingen, stand ein Gast an einem Tisch auf und verließ eiligst den Schankraum.

Und schon bald hatte die Neuigkeit wie ein Lauffeuer die Runde durch das Dorf gemacht.

Einer vom Litenfolk ...

... der auch noch mit einem Zwerg zusammen reist ...

... Aus Kachar? Einer von denen, die Dendor gerettet haben?

... und der Kleine, ist das vielleicht derjenige?

... von dem uns der Herold des Königs berichtet hat?

... der sich durch die ganze Horde geschlichen hat?

Nachdem sich die Nachricht verbreitet hatte, strömten die Dorfbewohner durch den Staubregen in das *Den Grönkulle Vädrshus,* Die Herberge zur Grünen Höhe, obwohl das Haus und der Hügel, auf dem es stand, alles andere als grün war.

»Aye, vor einigen Monaten sind welche vorbeigekommen, aber sie haben einen weiten Bogen um unser Dorf geschlagen«, erklärte einer der Männer.

»Vermutlich wollten sie zum Grimmwall«, setzte die Frau neben ihm hinzu.

»Würde mich nicht wundern, wenn sie zur Furt gegangen sind«, sagte eine andere und setzte ihren Krug an die Lippen.

Tipperton schob seine leere Holzschüssel zurück. Der Eintopf hatte ihm gut geschmeckt. Bekki brach ein Stück Brot ab: »Die Furt?«, fragte er.

»Aye, über den Argon, sie liegt ein Stück nordwestlich.«

»Mehr westlich als nördlich«, sagte ein anderer.

Bekki warf Tipperton einen vielsagenden Blick zu. »Meint Ihr die Furt westlich vom Nordsee?«

»Aye«, antworteten die Leute im Chor.

»Falls Ihr dorthin wolltet«, mischte sich der Wirt ein, »würde ich Euch dringend davon abraten. Solltet Ihr trotzdem in diese Richtung reiten, dann passt auf Eure Hälse auf.«

Die Leute murmelten zustimmend.

»Und wenn Ihr vorhabt, zum Nordsee zu reiten«, warnte ein anderer, »dann achtet auf den *Vattenvidunder.*«

Einige lachten verächtlich, andere dagegen stimmten ihm fast furchtsam zu.

Tipperton runzelte die Stirn. »Was ist das, ein ... Vatten...?«

»Vattenvidunder«, wiederholte der Wirt, füllte erst Tippertons, dann Bekkis Humpen mit frischem Bier aus dem Krug und warf dabei einigen Gästen einen schiefen Blick zu. »Ein Wassermonster, das angeblich im Nordsee haust.«

»Das tut es!«, versicherte derjenige, der zuerst gesprochen hatte. »Es kommt manchmal aus dem Meer über den Argon und wohnt dann im Nordsee. Warum – oder was es dort will, weiß niemand.«

»Ach, Norge!«, spottete jemand von den Gästen. »Und wie hat es die Untiefen vor der Furt überwunden, hm?«

»Es geht und kommt bei Flut«, gab Norge zurück.

Tipperton schüttelte den Kopf. »Verzeiht, Meister Norge, aber jedes Wesen, das vom Meer aus durch den Argon bis hierherkommt, müsste die Bellon-Fälle überwinden. Dieser Wasserfall ist mehr als dreihundert Meter hoch. Ich habe sie selbst gesehen.«

»Dann schwimmt es eben darum herum.«

Tipperton schüttelte erneut den Kopf. »Tut mir leid, aber es gibt keine Flüsse, die diese Fälle umgehen.«

Einige Gäste lachten, und jemand rief: »Siehst du!«

Norge runzelte die Stirn und streckte kriegerisch sein Kinn vor. »Ob es nun aus dem Meer kommt oder nicht, jedenfalls gibt es ein Vattenvidunder im Nordsee. Mein Vater, Friede seiner Seele, hat es gesehen.«

»Hat er jedenfalls behauptet«, lachte einer der Gäste.

Norge sprang auf, die Fäuste geballt. Aber Tipperton reagierte rasch. »Ein Lied. Ich singe Euch ein Lied.« Unter lautstarker Zustimmung der Gäste griff er nach seiner Laute mit den silbernen Saiten.

Norges Augen funkelten zwar zornig, aber er setzte sich wieder hin. Tipperton hatte in letzter Sekunde eine Prügelei verhindert.

Am nächsten Morgen fiel noch immer Steinstaub aus dem Himmel. Die Kutscher und Wachen beschlossen, noch einen Tag zu warten, aber Bekki und Tipperton ritten weiter. Denn der Mond wartete nicht, und auch das goldene Kraut würde in seinem Wachstum nicht innehalten. Wie dieser Steinstaubregen jedoch auf die Güldminze wirken mochte, wussten weder Tipperton noch Bekki.

»Rûpt und Wassermonster und herunterregnender Steinstaub«, meinte Tipperton, als sie die Grenzen von Grönkulle verließen. »Ich frage mich, was uns noch alles erwartet.«

»Steinstaub, das ist sicher, Abschaum möglicherweise, aber ein Vattenvidunder? Eher nicht«, erwiderte Bekki.

»Ach? Und warum kein Vatten… Vatten…«

»Vidunder«, half Bekki Tipperton aus. »Ich halte es für unwahrscheinlich, weil ich schon am Nordsee war und kein Monster gesehen habe.«

»Ach. Na ja, ich habe auch noch nie einen Steingiganten gesehen, aber Ihr sagt ja, dass es sie gibt.«

»Das stimmt, Tipperton, aber Ihr habt nicht die meiste Zeit Eures Lebens unter dem lebenden Stein verbracht wie ich.«

»Und Ihr habt nicht die meiste Zeit Eures Lebens an den Ufern des Nordsees zugebracht, Bekki.«

»Das ist wahr«, gab der Zwerg zu.

»Also?«

Bekki runzelte unter seiner Kapuze zwar die Stirn, erwiderte aber nichts.

»Habt Ihr denn schon einmal Steingiganten gesehen?«, erkundigte sich Tipperton, nachdem sie eine Weile schweigend weitergeritten waren.

Bekki schüttelte so den Kopf, dass Steinstaub von seiner Kapuze herunterrieselte. »Nein.«

»Oh.« Tipperton war enttäuscht. »Ich habe gerade darüber nachgedacht, was sie wohl tun. Ich habe einige der Legenden gehört, dass sie durch Steine gehen können, und echte Edelsteine anstelle von Augen haben. Aber ich habe nie etwas über ihren Zweck vernommen. Ich meine, warum gibt es Steingiganten?«

Bekki lachte. »Ah, mein Freund, dann darf ich dir vielleicht eine Frage stellen: Warum gibt es Waerlinga?«

Jetzt war es an Tipperton zu lachen. »Ich verstehe, was Ihr meint.«

Nach einiger Zeit kamen sie an einen Strom. Die Fluten waren schlammig grau. Bekki fand einen kleinen Trog unter einer Eiche, und säuberte ihn mit den Händen. Während sie beobachteten, wie die Ponys soffen, sagte Tipperton: »In Dendor haben mir die Magier erzählt, dass ein Zauberer namens Farrin die Steingiganten sucht. Wenn er sie findet, will er versuchen, sie zu bewegen, an der Seite der Verbündeten gegen Modru zu kämpfen.«

Bekki knurrte. »Gegen Gyphon, meinst du.«

»Ja, richtig.«

Bekki trat hinter einen Baum und erleichterte sich. »Magier Farrin«, sagte er anschließend, »wird wenig Erfolg bei seiner Mission haben. Obwohl die Steingiganten einst dem Ersten Durek halfen, und obwohl sie angeblich den Kammerling bewachen, halten sie sich aus den Angelegenheit von Mithgar heraus.«

»Das hat Ridich auch gesagt. Dass sie weit über den Sorgen von Mithgar stehen, oder vielmehr in ihrem Fall weit darunter.«

Jetzt trat Tipperton hinter einen Baum, um sich zu erleichtern. »Ihr sagtet etwas von einem Kammerling?«, fragte er, als er wieder zu Bekki zurückkehrte.

Der Zwerg nickte.

»Was hat es damit auf sich, Bekki? Hört, erzählt mir doch einfach alles, was Ihr über die Utruni wisst.«

Bekki lachte. »Ha! Was ich über die Utruni weiß, würde nicht einmal einen Fingerhut füllen.«

»Trotzdem, Bekki. Es ist sicher mehr, als ich weiß.«

Bekki seufzte. »Also gut, mein Freund. Man hat mir dies erzählt:

Die Utruni besitzen tatsächlich Edelsteine anstelle von Augen und leben im lebenden Stein. Mit beidem hast du recht. Aber das ist nicht alles. Sie können angeblich sogar durch den Fels wandern, und sie arbeiten an den Flanken der Berge tief unter der Erde, wo Fels an Fels reibt, und lindern die Spannungen, die das Gestein aufbaut. Dadurch verhindern sie angeblich große Beben, aber wie sie das machen, kann ich mir nicht einmal ausmalen. Die Utruni selbst glauben, so sagt man, dass tief im Fels, vielleicht sogar im Herzen Mithgars selbst, ein gewaltiger Steingigant schlummert, und wenn er sich im Schlaf herumdreht, erbebt das Land. Wie das dazu passt, dass sie die Spannungen im Gestein abbauen, muss sich jeder selbst zusammenreimen.

Viel mehr kann ich dir über die Steingiganten nicht sagen, außer dass die Utruni den Hammer des Zorns bewachen, den Kammerling. Man glaubt, dass Adon selbst ihnen dieses Unterpfand der Macht gegeben hat, damit sie über ihn wachen, bis es Zeit wird, ihn zu schwingen. Wer ihn benutzen soll, weiß ich auch nicht, aber sein Zweck ist in meinem Volk sehr bekannt.«

»Was ist das denn, ich meine, der Kammerling? Und was ist sein Zweck?«

»Es ist ein gewaltiger silberner Streitkolben, der angeblich von Adon selbst geschmiedet wurde. Und er wurde geschaffen, um gegen den größten Drachen von allen eingesetzt zu werden.«

»Das ist ... der Schwarze Kalgalath, stimmt's?«

»Der oder vielleicht auch Daago«, erwiderte Bekki.

»Meiner Seel. Selbst bewaffnet mit dem Kammerling

müsste man verrückt sein, um gegen einen der beiden anzutreten. Wer kann es schon mit einem Drachen aufnehmen? Sie spucken ja sogar Feuer, diese Monster.«

Als alle Ponys gesoffen hatten, stiegen sie auf und ritten weiter zur Furt.

»Wir haben einen gesehen, wisst Ihr noch?«, fragte Tipperton.

»Was haben wir gesehen?«

»Einen Drachen. Skail von der Ödnis, jedenfalls haben Phais und Loric ihn so genannt. Riesig und verheerend war er. Er hat ganz allein die gesamte Zwergenarmee von Zwergenheim in ihre Zwergenfestung zurückgetrieben.«

Bekki knurrte wütend.

»Nein, mein Herr, ich habe keine Lust, jemals einem Drachen gegenüberzutreten«, erklärte Tipperton, während sie weiter durch den Steinstaubregen ritten.

Der Staub fiel noch vier Tage vom Himmel und bedeckte alles mit einer dünnen Schicht, aber es wurde von Tag zu Tag weniger. Gleichzeitig wurde es auch kälter, denn die Sonne drang nur schwach durch den Dunst, und die Sommerhitze war kaum zu spüren, obwohl es Mitte Juli war.

Am fünften Tag begann es zu regnen. Die Tropfen waren immer noch trüb und grau. Es nieselte und stürmte drei weitere Tage lang. Der Regen durchnässte die Welt, und der Schlamm wurde von den rauschenden Strömen nach Norden zum Agron gespült.

Am nächsten Tag, einem kühlen Morgen, krochen Tipperton und Bekki mit ihren Ponys an der Leine zum Ufer des Flusses hinab. Aber sie fanden keine Brut, die die Furt bewachte. Doch der Fluss war zu einem reißenden Strom angeschwollen, und das Wasser strömte rasch unter einer grauen Schlammschicht daher, von der eine ebenfalls graue Wolke aufstieg.

»Kruk!«, schnarrte Bekki. »Wir können hier nicht hinüber!«

»Gibt es denn noch eine andere Furt in der Nähe?«, erkundigte sich Tipperton.

Bekki schüttelte den Kopf. »Die in Älvstad liegt zu weit westlich, sechzehn oder siebzehn Tagesritte, und sie ist zweifellos ebenfalls überflutet.«

»Und die Fähre in Kaagor? Ist das nicht näher als Älvstad? Angeblich hat diese jordische Kriegsbraut doch erzählt, dass sie repariert wurde.«

»Aye. Hauptmann Brud sagte, dass die Fähre wieder über den Argon führt. Und er hat mir außerdem verraten, dass sie von zwei Kompanien der besten Soldaten König Agrons bewacht wird. Du hast recht, sie liegt näher als die Furt in Älvstad. Es kostet uns nur zwölf oder dreizehn Tage. Wir könnten sie benutzen, falls der Abschaum sie nicht schon wieder niedergebrannt hat. Aber das ist unwahrscheinlich, wenn Agrons Krieger sie bewachen. Trotzdem, selbst wenn wir sofort aufbrechen, wäre es ein großer Umweg, und wir hätten in dieser Zeit sicherlich längst diese Furt überqueren können. Dann hätten wir den langen Weg umsonst gemacht und fast einen weiteren Monat verschwendet.«

»Einen Monat? Meiner Treu! Dann bleibt uns wohl nichts anderes übrig«, sagte Tipperton, »als zu warten.«

Bekki seufzte. »Es kann dennoch viele Tage dauern, bevor wir die Furt überqueren können. Bete zu Garlon, dass Er nicht noch mehr Regen schickt.«

Noch während Bekki diesen frommen Wunsch äußerte, begann es zu nieseln, und die kalten Tropfen fielen durch den klebrigen Dunst des Steinstaubs.

16. Kapitel

Beau, Phais und Loric blieben noch lange auf den Zinnen stehen und sahen Tipperton und Bekki nach, die sich langsam von den Mauern Dendors entfernten. Schließlich warf Beau einen Blick zur Sonne hinauf. »Ich muss meine Kranken besuchen und Silberwurz auskochen, auch wenn es kaum hilft.«

Phais sah erst Loric an und sagte dann zu Beau: »Ihr müsst eine Weile ohne unsere Hilfe auskommen. Agron hat uns die Erlaubnis gewährt, uns in die Einsamkeit der Hügel zurückzuziehen, um zu trauern.«

»In die Hügel?«

»Aye, zu unserem alten Lager auf dem südlichen Kamm. Falls Ihr uns braucht, findet Ihr uns in dem kleinen Nadelgehölz.«

»Wie lange bleibt Ihr dort?«

»Zwei, vielleicht auch drei Tage, aber nicht länger. Denn wir werden hier dringend benötigt. Trotzdem brauchen wir ein wenig Zeit für uns, damit wir unsere Trauer bewältigen können.« Phais blickte nach Westen, wo Tipperton und Bekki gerade noch zu sehen waren. Phais allerdings bemerkte sie nicht, weil sie mit ihren Gedanken woanders war. »So viele Seelen, die ihren

Tod hinausschrien«, murmelte sie. »So schrecklich viele Seelen.«

»Wohlan«, erwiderte Beau. »Nehmt Euch so viel Zeit, wie Ihr benötigt. Ich bin sicher, die anderen Heiler und ich kommen schon zurecht.«

Loric nickte und nahm Phais an die Hand. »Kommt, Chier.«

Mit einem letzten Blick auf Tipperton und Bekki, und einem leisen »Ich hoffe wirklich, dass sie Güldminze finden« machte sich Beau auf den Weg ins Gefängnis, während der Alor und die Dara zu den Stallungen gingen.

Der frische Duft von Kiefern vermischte sich mit dem Geruch des Zedernholzes, das in einem kleinen Kreis aus Steinen brannte. Vögel huschten durch die Juliluft und zwitscherten, doch Phais und Loric saßen sich am Feuer gegenüber, in tiefe Meditation versunken. Die Sonne hatte ihren Zenit bereits überschritten, und in dem gefleckten Sonnenlicht blieb alles ruhig.

Plötzlich jedoch ertönte ein gewaltiges Donnern, wie von einem fernen Gewitterschlag, der über den klaren, blauen Himmel gerollt wäre.

Phais riss die Augen auf. »Hast du das gehört, Chier?«

Loric sah sie über die kleinen Flammen hinweg an. »Aye.« Vor Konzentration runzelte er die Stirn. »Es scheint ein Echo des donnernde Krachs von gestern gewesen zu sein, vom Tag der Qual.«

Phais nickte. »Aber diesmal habe ich keinen ... keinen Todesschrei empfangen. O Loric, war das ein Echo, oder glaubst du, dass sich eine neue Katastrophe ereignet hat? Eine, bei der keiner unserer Artgenossen starb.«

Loric senkte den Kopf und barg sein Gesicht in seinen Händen. »Das kann ich nicht sagen.«

Phais trat um das Feuer herum und umarmte Loric. »Was ist geschehen, Chier? Sag mir, was geschehen ist!«

Loric antwortete nicht.

Frisch geschnittene Kiefernzweige lagen in dem Kreis, an dem vorher das Feuer gebrannt hatte, und der fast volle Mond segelte durch die Sterne am Firmament. Sie glitzerten und bewegten sich langsam über das vom Licht des Mondes indigoblau gefärbte Himmelszelt. Erneut knieten Phais und Loric in ihre Meditation versunken da, nachdem sie eine Todeselegie für jene gesungen hatten, die von ihnen gegangen waren. Jetzt störte nur noch das Zirpen der Zikaden die Ruhe dieser sternenklaren Nacht.

Da rollte erneut ein Dröhnen über den Himmel, wenngleich auch schwächer als jenes davor.

Phais sah Loric an, der sich nicht rührte und die Augen geschlossen hielt. Sie schloss sie ebenfalls und bat Elwydd stumm, ihr Herz zu beruhigen.

Am späten Vormittag des zweiten Tages der Meditation und des Fastens rumpelte es erneut am Himmel, wieder leiser als am Tag zuvor.

»Schon wieder«, sagte Loric.

»Und wieder empfing ich keinen Todesschrei«, meinte Phais.

»Trotzdem, es ist dasselbe Geräusch, wenn auch deutlich gedämpfter.«

»Stimmt«, meinte Phais.

Und noch einmal grollte es am Himmel, mitten in der Nacht, jetzt aber war es noch viel leiser.

Sie fasteten und meditierten noch einen Tag, den dritten seit ihrer Wache, und an diesem Tag hörten sie nur ein einziges Mal das schwache Grollen, nun am späten Vormittag.

Am nächsten Tag brachen Loric und Phais ihr Lager ab und kehrten nach Dendor zurück. Während sie zur Stadt ritten, sagte Loric plötzlich: »Sieh doch, Chier, es wird dunkler.«

Phais nickte. »Als hätte jemand einen Schleier von Westen nach Osten über den Himmel gezogen.«

»Vielleicht gibt es in der Ferne ein großes Feuer«, vermutete Loric.

»Möglich«, antwortete Phais. Sie ritten weiter nach Dendor. Doch bevor sie die Stadt erreichten, ertönte ein weiteres, schwaches Grollen am Himmel, das kaum noch zu hören war.

An diesem Abend sattelte Loric seinen Hengst und verließ die Stadt mit dem Passierschein des Königs. Als er die Geräusche der Stadt weit hinter sich gelassen hatte, wartete er unter dem dunklen Himmel. Da sich das Zwielicht über das Land senkte und die Nacht über den verschleierten Himmel hereinbrach, hörte er in der Stille das leise Murmeln am Himmel.

Später begann es zu regnen, und ein Wind frischte von Westen auf. Der Regen spülte in seinen Tropfen grauen Staub vom Himmel.

Während des ganzen nächsten Tages fiel der graue Regen vom Himmel. Trotzdem ritt Loric bei Sonnenaufgang, wiewohl die Sonne kaum zu erkennen war, hinaus auf die Steppe. Und obwohl der Regen hinabrauschte, hörte er mit seinen ausgezeichneten Ohren das ferne Donnern ein weiteres Mal.

Irgendwann in der Nacht regnete es nicht mehr.

In der Dunkelheit, kurz vor dem Grauen des nächsten Morgens, weckte Loric Phais. »Reite mit mir, Chier«, bat er sie.

Sie ritten fort aus der Stadt mit ihren mannigfachen Geräuschen und unter den freien Himmel.

Im Morgengrauen kam das Grollen erneut, obwohl es die Elfen trotz ihres großartigen Gehörs kaum noch hören konnten.

»Oh, Loric, neunmal kam dieser Donner, und jedes Mal schwächer als zuvor. Glaubst du, dass neun Katastrophen geschehen sind?«

»Nein, Chier. Ich glaube Folgendes: Wir haben das Grollen neunmal gehört, und jedes Mal war es schwächer als beim Mal zuvor. Mir scheint, dass wir immer nur ein Echo des ersten Knalls gehört haben, der so laut war, dass er in alle Richtungen um die Welt läuft, um dann erneut an unsere Ohren zu dringen, wenn auch viel leiser.«

Die Dara sah ihn fassungslos an und verzerrte ihr Gesicht vor Qual. »Aber, Liebster, was für ein schrecklicher Knall muss dies gewesen sein, dass sein Nachklang die Welt neunmal umrunden kann?«

Loric zog sie in die Arme und drückte sie an sich. »Ich meine, dass es noch immer Echos gibt, Chier, nur sind sie zu leise, als dass selbst wir sie hören könnten.«

Als die beiden in einem schillernden Sonnenaufgang zur Stadt zurückritten, riss Phais ihren Blick vom Osten los und spähte nach Westen. »Loric, scheint es dir nicht auch so, dass der Himmel sich verfinstert?«

Loric sah hin. »Aye. Höchst merkwürdig, finde ich, denn der Regen sollte längst den Schleier aus dem Himmel gewaschen haben. Aber vielleicht ist dies hier ein neuer Schleier.«

Sie ritten durch das Südtor nach Dendor und zu den Stallungen. Nachdem sie die Pferde gefüttert und mit Beau gefrühstückt hatten, machten sie sich auf den Weg ins Gefängnis und wappneten sich gegen einen weiteren Tag voller Qualen und Sterben.

Es wurde immer dunkler, obwohl die Sonne in den Himmel stieg. Als würde ein schattiger Vorhang von Westen nach Osten über das Himmelsgewölbe gezogen. Die Dunkelheit wurde stärker, selbst gegen Mittag, und am Nachmittag schien sich die ganze Welt verdüstert zu haben, denn die Sonne strahlte nur schwach vom Himmel. Laternen und Kerzen wurden entzündet, obwohl es ein früher Julinachmittag war.

Am selben Nachmittag stürmte ein Heiler in die Krankenstationen des Gefängnisses. »Bei Adon!«, stieß er hervor. »Wenn ich es nicht besser wüsste, würde ich sagen, der Himmel fällt uns auf den Kopf!«

Beau warf Phais einen Seitenblick zu. »Lasst uns Loric suchen. Dann gehen wir hinaus und sehen uns an, was geschieht.«

Als sie in den Gefängnishof traten, rieselte fahler, grauer Staub herab, der alles mit einer pudrigen Schicht überzog.

»Puh!«, rief Beau und fuhr mit dem Finger hindurch. »Wie das Zeug, das der Regen aus dem Himmel gespült hat, obwohl das hier im Gegensatz dazu trocken ist.« Der Bokker sah die Lian an. »Was ist das Eurer Meinung nach?«

Loric fuhr ebenfalls mit dem Finger durch den Staub. »Ich habe dies schon einmal gesehen, glaube ich, auf der Insel Ryodo, im Osten, in der Nähe von Jinga. Damals hat ein Feuerberg seinen Rauch in den Himmel gespien.«

Beau rieb den Staub zwischen Daumen und Zeigefinger. »Ist das hier auch der Ausstoß eines Feuerberges? Wenn ja, von welchem kommt er?«

Loric sah Phais an. »Der Einzige im Westen, den ich kenne, ist der …«

»Karak auf Atala«, unterbrach ihn Phais. Sie hatte die Augen entsetzt aufgerissen. »O Adon, Adon …!« Sie schlang ihre Arme um Loric und zog ihn an sich.

»Was?«, rief Beau. »Was habt Ihr denn?«

Loric umarmte Phais. Als er antwortete, hatte er Tränen in den Augen. »Der Feuerberg Karak liegt auf der Insel Atala im Westlichen Ozean. Der Steinstaub, der aus dem Himmel fällt, der Knall, den wir gehört haben, dieser mächtige Knall, und der Todesschrei von tausend oder mehr Elfen, all das kann nur von Atala gekommen sein. Der Karak muss explodiert sein, denn das ist die einzige Erklärung für all das. Der Karak ist explodiert und hat nicht nur sich selbst vernichtet, sondern auch alles Leben um sich herum. Die Elfen aus der Stadt Duellin, die Elfen vom Darda Immer, dem Lichtwald von Atala, und mit ihnen Menschen, Zwerge, Wurrlinge und die Verborgenen. Der Karak muss explodiert sein, und wenn das geschehen ist, dann hat er nicht nur alles Leben vernichtet, sondern diese mächtige Explosion muss die Insel selbst zerstört haben.«

»Meiner Seel!« Beau betrachtete den Steinstaub, der

wie leichter Schneefall herabsank. »Wenn eine ganze Insel in die Luft gehen und verschwinden kann, was ist dann mit dem Ozean darum herum geschehen?«

Der graue Staub sank unablässig herab, während sich Loric und Phais weinend umklammerten.

17. Kapitel

Der Regen spülte durch den morgendlichen Dunst, während Tipperton und Bekki ihre Ponys nach Osten in den Wald führten, weit entfernt von dem Pfad, der zur Furt führte. Sie suchten einen geeigneten Ort und schlugen dann ihr Lager auf.

Während sie eine Plane an Bäumen befestigten, sagte Bekki: »Wir warten eine Woche. Wenn der Wasserspiegel des Flusses bis dahin nicht sinkt, reiten wir zur Fähre nach Kaagor ... oder wir bauen uns ein Floß.« Bekki bog einen Kiefernzweig um. »So oder so, wir werden den Fluss überqueren.«

Tipperton, der gerade die Ponys versorgte, hielt inne. »Ich verstehe nicht viel von der Konstruktion von Flößen, Bekki, aber ich bin bereit, alles zu versuchen. Doch sagt, können wir nicht einfach hindurchschwimmen? Ich schwimme recht gut, und die Ponys ...«

»Schwimmen?« Bekki wurde blass. »Nein, Tipperton. Schwimmen ist unter uns Châkka nicht verbreitet.«

»Ihr könnt nicht ... ich meine ...?«

Bekki schüttelte den Kopf.

Tipperton kümmerte sich wieder um das Pony neben sich. »Na gut, dann bauen wir eben ein Floß.«

Bekki knurrte. »Allerdings brauchen wir ein großes, für die fünf Ponys. Oder wir müssen mehrmals übersetzen.«

»Das ist nicht nötig, Bekki«, widersprach Tipperton. »Einmal genügt.«

»Einmal?«

»Ganz sicher. Das Floß wird Euch und mich tragen, und unsere Habseligkeiten, während wir hinüberpaddeln. Die Ponys dagegen ... Wie ich sagte, sie können schwimmen, also müssen wir sie einfach nur hinter dem Floß festbinden.«

»Hm.« Bekki nickte. »Trotzdem würde ich lieber auf einem Pony über die Furt reiten als mit einem Floß übersetzen. Dabei kann zu viel passieren. Ein Pony könnte scheuen, andere wollen vielleicht nicht schwimmen und ziehen das Floß in die andere Richtung, oder einer von uns könnte ins Wasser fallen. Nein, wenn wir ein Floß bauen müssen, machen wir es so groß, dass wir auch die Ponys darauf transportieren können.«

Tipperton zuckte die Achseln und hob die Hände. »Wie Ihr wollt, Bekki, wie Ihr wollt. Aber, wenn wir mehrmals übersetzen müssen, müssen wir viel paddeln.«

»Nein, Tipperton. Wir werden Taue an Bäume auf beiden Seiten binden und uns dann mit der Strömung hinüberziehen. Wir müssen nur einmal paddeln, danach können wir uns ziehen.«

»Es ist ein breiter Fluss«, gab Tipperton zu bedenken. »Haben wir genug Seile?«

»Wir suchen uns eine schmalere Stelle, wenn wir tatsächlich ein Floß bauen müssen«, beruhigte ihn Bekki.

Tipperton war nicht überzeugt. »Trotzdem ...«

Der Nieselregen hörte gegen Mittag auf, aber ein grauer Schleier bedeckte das ganze Land. Weder Tipperton noch Bekki konnten erkennen, ob es an dem regnerisch düsteren Himmel oder an dem grauen Staub in der Luft lag. Unter diesem bewölkten Himmel ritten die beiden am Ufer des Argon stromaufwärts und suchten nach einer Stelle, die schmal genug war, damit man ein Floß an Seilen hinüberziehen konnte. Doch der Fluss war sehr breit, und sie fanden keine Stelle, die schmal genug gewesen wäre, damit sie selbst mit all ihren Seilen von Ufer zu Ufer gereicht hätten. Geschweige denn hin und zurück.

»Ich fürchte, wir müssen doch paddeln«, seufzte Tipperton.

»Morgen reiten wir in die entgegengesetzte Richtung, stromabwärts«, sagte Bekki. »Vielleicht finden wir dort eine schmale Stelle. Wenn nicht, so bleibt uns noch die Hoffnung, dass das Wasser sinkt, denn, wie gesagt, ich würde lieber über die Furt reiten, als mit dem Floß übersetzen.«

Doch als sie zum Lager zurückgekehrt waren und zur Furt gingen, stellten sie fest, dass der Fluss noch angeschwollener und der Übergang noch breiter geworden war als zuvor.

»Er hat seinen Höhepunkt noch nicht erreicht«, knurrte Bekki.

»Vielleicht wird er das auch nicht so bald.« Tipperton blickte in den bedeckten Himmel empor.

Obwohl es am folgenden Tag nicht regnete, stiegen die Fluten noch mehr an, über die Ufer und fast bis ans Lager. Sie fanden auch auf ihrem Ritt stromabwärts keine schmale Stelle.

»Wenn das so weitergeht«, sagte Tipperton, »werden wir es nie bis zur Güldminze schaffen.«

»Morgen beginnen wir mit dem Bau eines Floßes«, erklärte Bekki.

»Habt Ihr schon mal eins gebaut?«, erkundigte sich Tipperton.

Bekki schüttelte den Kopf. »Nein, aber so schwer kann das ja nicht sein.«

Da sie nur Bekkis kleines Beil zur Verfügung hatten, dauerte es den ganzen Tag, um drei Bäume in der Nähe des Ufers zu fällen und die Zweige und Äste abzuhauen.

»Bei diesem Tempo, Bekki, brauchen wir eine ganze Woche, bis wir auch nur das Gerüst gebaut haben.«

Bekki nickte finster.

Tipperton seufzte. »Vielleicht sollten wir nicht eine Woche warten, sondern morgen zur Kaagor-Fähre reiten. Meiner Treu, das kostet uns noch einen Monat länger, um zur Güldminze zu gelangen. Gut, dass wir genügend Zeit für unerwartete Verzögerungen eingeplant haben, denn dies hier hält uns sicher auf. Trotzdem, wenn wir noch länger warten müssen, versäumen wir vielleicht die goldene Blüte der Minze.« Er stand auf und nahm Bogen und Köcher. »Ich gehe zur Furt und kontrolliere den Wasserstand.«

Bekki nahm seinen Streitkolben und den Schild. »Ich begleite dich.«

Als sie sich der Furt näherten, runzelte Tipperton die Stirn. »Sagt, Bekki, kann es sein, dass das Wasser gesunken ist? Ich glaube mich erinnern zu können, dass es diesen Felsen überspült hatte, aber jetzt reicht es nur knapp bis an seinen Fuß.«

Bekki trat zum Uferrand und spähte zur anderen Seite hinüber. Dann drehte er sich um, nahm einen gut faustgroßen Felsbrocken und legte ihn an den Rand des Wassers. »So. Morgen früh werden wir es genau wissen.«

»Falls niemand den Stein bewegt hat«, erklärte Tipperton lächelnd, »dann fällt der Wasserspiegel tatsächlich!«

Der Fluss strömte in dem schwachen Licht des Morgens an ihnen vorüber. Der Wasserspiegel war gut zwei Meter von dem Stein entfernt.

Bekki nickte. »Aye. Der Argon ist angeschwollen, und jetzt schwillt er wieder ab.«

»Wann können wir hinüber, was schätzt Ihr?«, wollte Tipperton wissen.

Bekki zuckte die Achseln. »Legen wir einen anderen Stein hin und sehen wir uns morgen den Wasserstand an. Dann können wir es besser beurteilen.«

Während Bekki einen Stein an den Rand des Wassers legte, sah Tipperton zum Ufer hinüber, wo die Baumstämme lagen. »Wollen wir weiter an dem Floß bauen?«

Bekki griff unwillkürlich zu dem kleinen Beil an seinem Gürtel. »Warten wir erst einmal ab.«

Tipperton grinste, sagte jedoch nichts.

Am achten Morgen nach ihrer Ankunft an dieser namenlosen Furt konnten Tipperton und Bekki den Argon überqueren. Das langsam fließende Wasser reichte ihren Ponys bis zum Bauch. Aber keines der Tiere wurde von der Strömung mitgerissen oder gar umgeworfen, und zwar sehr zu Bekkis Erleichterung.

Als sie die Böschung des Nordufers hinaufritten, sah

Tipperton auf den Fluss zurück. »Wie schwer kann das schon sein, ein Floß zu bauen, eh? Verdammt schwer, wenn Ihr mich fragt.«

»Vor allem«, grollte Bekki, »wenn man nur ein Beil zur Verfügung hat.«

Sie ritten aus dem Flusstal heraus und durch den Wald, der an den Fluss grenzte und in Richtung des Grimmwalls, den sie jetzt bereits ab und zu zwischen den Bäumen aufblitzen sahen. Das mächtige Gebirgsmassiv erhob sich weit in der Ferne und seine schroffen Gipfel waren mit Schnee bedeckt.

Die Tage waren immer noch düster und kalt, die Sonne fahl, als wäre der Herbst gekommen, dabei war es erst Anfang August.

»Glaubt Ihr, dass immer noch Staub in der Luft ist, Bekki, und uns Adons Wärme vorenthält?«

»Die Luft in der Nähe des Grimmwalls ist immer etwas frischer, Tipperton, aber im Augenblick scheint es mir besonders kühl zu sein.«

Sie ritten weiter, und als sie gegen Abend das Vorgebirge erreichten, setzte ein leichter Regen ein. Hoch oben in den Bergen ging der Niederschlag jedoch als Schnee herunter.

Am siebten Tag, nachdem sie die Furt überquert hatten, kamen sie an einen großen See, der von den Felsen des Gebirges eingerahmt wurde. Sein Wasser war milchig blau, und er wirkte sehr groß. Das gegenüberliegende Ufer lag direkt vor einer mächtigen Gebirgsflanke, fast dreißig Meilen entfernt.

»Der Nordsee«, knurrte Bekki. Sein Atem bildete in der kühlen Luft weiße Wolken.

»Die Heimat des Vattenvidunder, eh?« Tipperton betrachtete skeptisch die Wasseroberfläche.

Bekki schnaubte nur verächtlich.

»Also gut«, meinte Tipperton. »Wo befinden sich jetzt die Klippen, an denen die Güldminze wächst?«

Bekki streckte die Hand aus. Auf der anderen Seite des Sees und hoch oben an dem Hügel erhob sich eine blanke Felswand beinahe senkrecht in schwindelnde Höhen. Sie wurde von einem breiten Felsvorsprung gekrönt, jedenfalls hatte Bekki das gesagt. Jenseits des Vorsprungs stieg der Berg wieder steil an. »Zwei oder drei Tagesmärsche in jene Richtung, falls es wirklich Güldminze ist, die in den Schluchten wächst.«

»Himmel, Bekki, wir müssen doch nicht dort hinaufklettern, oder?«

Bekki lachte. »Nein, Tipperton. Die Flanke dieser Klippe ragt bis zu dem Vorsprung mehr als eine Meile auf. Dort werden wir in dem Espenwald lagern. Dahin führt ein Weg, der auch für die Ponys begehbar ist. Ihn werden wir nehmen. Wir werden die Bergflanke nicht hochklettern, sondern uns stattdessen von dem Vorsprung herunterbaumeln, während wir an Tauen und Felsnägeln hängen.«

Eine Meile? Eine Meile hoch? Selbst aus dieser Entfernung konnte Tipperton erkennen, dass die Flanke so gut wie senkrecht stand. Sein Magen verkrampfte sich, und sein Herz pochte heftig, als er sich fragte, ob er es wohl über sich bringen würde, nur an einem dünnen Seil an diesem Felsen zu hängen.

Sie ritten weiter und schlugen bei Einbruch der Dunkelheit ihr Lager neben den Wassern des Nordsees auf.

Am nächsten Morgen war der Himmel wieder bedeckt. Sie füllten ihre Wasserschläuche, als Bekki feststellte: »Der See war damals, als ich ihn vor ein paar Jahren aufsuchte, wesentlich klarer. Jetzt ist das Wasser trübe.«

»Vielleicht ist der Steinstaub ja auch hier niedergegangen«, bemerkte Tipperton.

»Ja, das muss der Grund sein.«

Sie ritten am Ufer des großen Sees weiter, aber die Berge vor ihnen schienen einfach nicht näher zu kommen. Erneut verbrachten sie die Nacht am Ufer.

Am nächsten Tag ritten sie in das Vorgebirge nördlich des Sees, wobei die senkrechte Felswand in der Ferne größer zu werden schien. Der Stein war braun und grau, ein Grau, das zu dem bedeckten Himmel über ihnen passte.

Als sie einen Hügelkamm erreichten, hielt Tipperton sein Pony an und betrachtete lange die Felswand. »Sagt!«, rief er Bekki zu, »schimmert da oben nicht etwas Blassgelbes? Oder ist das brauner Stein?«

Bekki zügelte seinen Hengst, legte die Hand auf die Augen und sagte schließlich: »Mir scheint, es ist gelb.«

»Glaubt Ihr, dass das Blumen sind? Blüten der Güldminze?«

Bekki zuckte die Achseln.

»Ich hoffe es wenigstens«, fuhr Tipperton fort. »Denn wenn ja, ist das dort oben ein großes Feld davon.«

Bekki knurrte. »Bete zu Elwydd, dass es Güldminze ist und nicht etwa gelbe Gänseblümchen.«

An dem Abend kampierten sie am Fuß des Weges, der zu dem fast eine Meile hohen Felsvorsprung führte. Die senkrechte Felswand selbst reichte fast zehn Meilen nach

Osten und ragte hoch in den Himmel empor. Sie war blank und der im Sonnenuntergang blutrot leuchtende Fels von senkrechten Furchen durchzogen.

Tipperton betrachtete mit Unbehagen diese gewaltige Wand und erschauerte, ob aus Furcht vor dem, was ihnen bevorstand, oder wegen der Kälte, das vermochte er jedoch nicht zu unterscheiden.

Als sie am nächsten Morgen den gewundenen Pfad hinaufritten, regnete es ohne Unterlass. Bekki ritt voneweg, mit zwei Packpferden an der Leine, dann kam Tipperton auf seinem Hengst mit ebenfalls zwei Packponys. Manchmal stiegen sie ab und gingen zu Fuß, damit ihre Tiere verschnaufen konnten, und gelegentlich rasteten sie auch, aber nie lange. Schon nach kurzer Pause kletterten sie den steilen, verschlungenen Weg weiter empor, und je höher sie kamen, desto steiler erhob sich die Felswand, und desto enger drückte sich Tipperton an den Fels. Sein Herz raste bei der Vorstellung, dass ein tödlicher Sturz nur einen Schritt entfernt war.

Gegen Mittag hörte der Regen endlich auf, gerade, als sie die Spitze des Felsvorsprungs erreichten und in ein Espengehölz kamen. Die grünen Blätter zitterten in dem kalten Wind, der von den weißen Gipfeln weit über ihnen herabwehte, und schüttelten ihre Wassertropfen ab. Dort oben war Schnee gefallen.

»Reiten wir weiter«, schlug Bekki vor. »Noch fünf Meilen, bis zur Spitze des Massivs. Dort liegt mein alter Lagerplatz. Dann suchen wir nach den güldenen Blumen.«

»Einverstanden.« Tipperton atmete wieder etwas ruhiger, da er jetzt ringsum von Bäumen umgeben war.

Tipperton überwand sich, trat an den Rand der Klippe und blickte hinab, nur um rasch einen Schritt zurückzutreten. »Da erwartet uns nichts als ein endloser Sturz.«

Bekki stand direkt am Rand des Vorsprungs, beugte sich hinüber und blickte hinab. »Es ist ein Überhang, Tipperton. Du musst drüber weg schauen. Ah, da sind ja Blumen, auf der linken Seite.«

Tipperton trat erneut zum Rand der Klippe, legte sich auf den Bauch und schob sich bis zur Kante vor. Dann spähte er darüber hinweg nach unten. *Das schaffst du nie, Wurro. Vergiss nicht, ein Sturz aus zehn Metern Höhe bringt dich genauso gut um wie einer aus einer Meile, und du bist hier weit über zehn Meter hoch. Der einzige Unterschied ist, dass du auf dem Weg nach unten länger schreien wirst.*

Tippertons Herz hämmerte wie rasend, als er nach links blickte. Nicht weit entfernt sah er die blassgelben Blüten, die in dem Wind schwankten. Etwas weiter drüben war noch ein Flecken, und dahinter auch noch andere. Tipperton sah nach rechts. Auch dort nickten gelbe Blumen im Wind. »Meiner Treu, Bekki, was habt Ihr für einen wundervollen Schatz gefunden!«

»Es wächst in den Spalten des Felsens, wie ich gesagt habe«, murmelte Bekki und blickte zu Tipperton hinüber. Erstaunt bemerkte er, dass der Bokker auf dem Bauch lag, als hätte er Höhenangst. Der Zwerg schüttelte den Kopf. »Komm, Tipperton, klettern wir hinab und sehen nach, ob es wirklich Güldminze ist, oder doch nur gelbe Gänseblümchen.«

»Das sind keine Gänseblümchen«, erklärte Tipperton. Seine Stimme klang gepresst. »Die haben gelbe Blütenstempel, aber ihre Blätter sind weiß, und diese hier sind gelb.«

»Vielleicht ist es ja eine andere gelbe Blume«, erklärte Bekki. »Ringelblumen oder so was.«

Tipperton rutschte von der Felskante zurück und stand auf. »Ringelblumen wachsen meines Wissens in Sümpfen oder Feuchtgebieten, und nicht in Felsspalten von Bergen.«

»Trotzdem.« Bekki ging zur linken Seite des Vorsprungs.

»Hört zu, Bekki«, meinte Tipperton und lief hinter ihm her. »Ihr habt zufällig die beiden einzigen Blumen erwähnt, über die ich etwas weiß, ach ja, und Rosen. Ich bin kein Experte. Das heißt, Klee kenne ich auch und Glockenblumen ... und gelbe Veilchen und ...«

Bekki trat an den Rand und blickte wieder an der Felswand hinab. »Da sind sie«, knurrte er und drehte sich zu Tipperton herum. »Hast du die Zeichnung?«

Tipperton klopfte auf seine Jackentasche.

»Gut«, meinte Bekki und betrachtete die Steine. »Ich pflücke eine, dann wissen wir es genau.«

»Ich hole rasch das Seil und die Felsnägel.« Tipperton wollte zum Lager gehen.

»Das ist nicht nötig«, erwiderte Bekki, als er über den Rand kletterte und in die Felswand hinabstieg.

»Aber der Felsen ist doch nass!«, rief Tipperton.

»Nicht hier unter dem Überhang«, tönte Bekkis Antwort zu ihm hinauf.

Tipperton legte sich wieder auf den Bauch, glitt zur Kante, hielt mehr als einmal den Atem an und kniff sogar gelegentlich die Augen zu, als Bekki langsam zu den Blumen kletterte.

»Es ist Güldminze!«, rief Tipperton fröhlich, als er die Zeichnung, die Beau angefertigt hatte, mit den Blumen in Bekkis Hand verglich.

Bekki grinste erfreut. »Drei gezackte, aromatisch duftende Blätter und alles.« Dann lachte er schallend.

Tipperton kicherte auch, faltete das Pergament zusammen und schob es in seine Tasche. Als sie zum Lager zurückgingen, bemerkte er: »Morgen markieren wir alle Stellen, wo die Güldminze wächst, und wenn in ... sechsundzwanzig Tagen der Septembermond aufgeht, dann fangen wir mit der Ernte an.«

Da Tipperton jetzt eine Aufgabe zu erfüllen hatte, empfand er nicht mehr so viel Angst, wenn er am Rand des Massivs herumkletterte. Bei Regen und Sonne schritten Bekki und er in den nächsten Tagen den Felsvorsprung ab und stapelten an jeder Stelle, wo sie die blassgelben Blüten in den Felsspalten sahen, kleine Steinhaufen auf.

Als sie jedoch am zwölften Tag wieder zu dem Felsvorsprung kamen, blickte Tipperton über den Rand und sah, wie der Wind Blütenblätter davontrug, die in einem gelben Schauer zu Tal schwebten. Die Güldminze warf ihre Blüten ab.

»Meiner Treu, das macht es uns schwerer, die Minze dort unten zu entdecken.«

Bekki nickte. »Das schon, aber es ist trotzdem ein gutes Zeichen, denn die Güldminze ist jetzt reif.«

»Warum ausgerechnet jetzt?«, fragte Tipperton. »Ich meine, warum wirft sie jetzt ihre Blätter ab?«

Bekki runzelte die Stirn, doch dann hellte sich sein Gesicht auf. »Du hast es selbst gesagt, Tipperton, vor einigen Monaten.«

Tipperton sah den Zwerg verblüfft an. »Tatsächlich?«

»Aye. Diese Mission, die Güldminze zu sammeln, wird

von Elwydds Licht bestimmt. Und heute, in dieser Nacht, ist Neumond.«

»Das stimmt, Bekki. Ihr habt recht.«

Später am Tag regnete es in den Bergen, und weiter oben auf den Gipfeln fiel Schnee. Tipperton seufzte. »Sagt, Bekki, kommt es Euch nicht auch so vor, als würde es in letzter Zeit häufiger regnen?«

Bekki blickte in den Regen hinauf. »Aye, das stimmt.«

Tipperton schüttelte den Kopf. »Was ist wohl die Ursache dafür, was meint Ihr? Könnte es etwas mit dem Staub oben am Himmel zu tun haben, der vom Wind herangetrieben wird? Selbst an schönen Tagen ist der Himmel etwas grau und die Sonne fahl und die Luft kalt. Und dann noch der ständige Regen. Was haltet Ihr davon, hm?«

Bekki zuckte die Achseln. »Wer weiß schon, wie Garlon den Regen macht.«

Tipperton runzelte die Stirn. »Garlon?«

Bekki sah Tipperton erstaunt an. »Er ist der Meister des Wassers. Woher sollte der Regen sonst kommen?«

Tipperton hob die Hände. »Keine Ahnung. Vom Wind. Vielleicht weht der Wind über die Meere, hebt etwas davon heraus und lässt es woanders als Regen niedergehen.«

Bekki schnaubte. »Und wie erklärst du dann die Karoo?«

»Die Karoo?«

»Aye. Die große Wüste jenseits des Avagonmeers. Dort weht Wind, und ein Ozean liegt gleich nebenan. Aber in dieser Sandwüste regnet es nur selten. Und selbst wenn es das tut, ist das Wasser rein und nicht salzig vom Meer. Vom Wind herangewehtes Wasser? Nein, Tipperton. Ich glaube lieber an Garlon.«

Tipperton schüttelte den Kopf, erwiderte aber nichts, und gemeinsam setzten sie ihre Wanderung über den Felsvorsprung fort.

In dieser Nacht weckte Bekki Tipperton, indem er einen Finger auf die Lippen des Bokker legte.

»Was ist?«, flüsterte Tipperton.

»Jemand kommt über den Felsvorsprung«, knirschte Bekki. Er hatte seinen Schild am Arm und seinen Streitkolben in der Hand.

Tipperton lauschte und konnte im Osten das Geräusch von raschen Schritten hören. »Mehr als einer«, zischte der Wurrling und griff nach Bogen und Köcher.

»Die Ponys«, murmelte Bekki. »Wir müssen dafür sorgen, dass sie ruhig sind.«

Er huschte mit Tipperton zu der Koppel aus Seilen, die sie zwischen den Bäumen angelegt hatten.

Eine Weile später hörten sie, wie die Schritte an ihnen vorbeiliefen und schließlich in Richtung Westen verklangen.

»Wer war das?«, hauchte Tipperton. »Eine Abteilung des Abschaums?«

»Wer sonst?«, knurrte Bekki.

»Meiner Seel, das macht die Lage schwieriger. Wenn hier in der Nähe ein Stützpunkt des Gezüchts ist, dann bekommen wir vielleicht Schwierigkeiten, die Minze in Ruhe ernten zu können.«

In diesem Augenblick ertönte ein langes, tiefes Heulen, fast wie von einem traurig gespielten Horn, das weit entfernt geblasen wurde.

Tipperton riss die Augen auf. »Meine Güte, was war das denn? Ein Signal der Brut?«

Bekki schüttelte den Kopf. »Ein solches Signal habe ich noch nie gehört, und auch keine Eule ruft so. Aber ob Horn oder Eule, wir sollten unser Lager tiefer in den Wald hineinverlegen, weg von dem Felsvorsprung.«

»Jetzt? Heute Nacht noch?«

»Aye.«

Am nächsten Tag fanden sie in der vom Regen aufgeweichten Erde auf dem Felsvorsprung Stiefelspuren, die nach Westen führten.

»Genageltes Schuhwerk«, erklärte Tipperton. »Rukhs, etwa zwanzig, schätze ich. Wie gut, dass wir trotz des Regens kein Feuer gemacht haben, sonst hätten sie uns bemerkt. Von jetzt an dürfen wir nur tagsüber eins anzünden, und zwar nur rauchlose.«

»Wenn wir nicht die Minze sammeln müssten«, grollte Bekki, »würden wir sie verfolgen und allesamt niedermachen.«

Tipperton blickte nach Süden, wo der Nordsee wie eine matte Eisenplatte in dem fahlen Licht der Sonne schimmerte. »Die Güldminze hat Vorrang vor allem anderen, Bekki, und auch, sie zu Beau zu schaffen. Da wir gerade von Güldminze sprechen ...« Tipperton warf einen Blick über die Schulter. »Ich glaube, wir sollten tagsüber nicht mehr nach neuen Stellen der Minze suchen. Sie könnten uns sehen, wenn wir über den Vorsprung gehen. Möglicherweise beobachten sie uns ja sogar jetzt gerade.«

Bekki seufzte. »Aye. Gehen wir zurück zwischen die Bäume.«

Als sie wieder in dem Gehölz untertauchten, sagte Bekki: »Ich werde unsere alte Zeltplane abbauen und sie an unseren neuen Lagerplatz bringen.«

Während der nächsten Tage regnete es sporadisch immer wieder, und obwohl sie keinen Abschaum mehr vorbeimarschieren hörten, wagten sich weder Bekki noch Tipperton tagsüber aus dem Wäldchen, in dem sie lagerten. In diesen Tagen nahm der Mond zu, bis er seine volle Größe erreicht hatte, von einer hauchdünnen Sichel zu einem Halbmond und weiter.

Als er schließlich zu einer fast runden Scheibe angewachsen war, schlichen Bekki und Tipperton nachts durch das Gehölz zum Felsvorsprung und suchten in dem silbernen Licht nach mehr Güldminze.

Immer noch ließ sich kein Rukh blicken.

»Vielleicht war es ja nur ein Zufall«, sagte Tipperton. »Möglicherweise gibt es hier gar keinen Stützpunkt der Brut.«

Bekki zuckte die Achseln. »Vielleicht hast du recht, Tipperton, aber vielleicht eben auch nicht.«

Tipperton seufzte. »Ich weiß. Besser, wenn wir nichts riskieren.«

Schließlich stand die Scheibe des Septembermondes voll am Himmel und die Münze wurde über Nacht golden. Zwerg und Wurrling hangelten sich an dünnen Seilen die Felswand hinab. Tipperton hatte sich zwingen müssen, über den Vorsprung zu gleiten. Jeder hatte einen Sack über die Schultern geschlungen, und im Licht des Mondes schnitten sie die aromatische Minze und ließen für jede Blume, die sie ernteten, eine zurück. Bekki erntete als geschickterer Kletterer doppelt so viel wie Tipperton und hangelte sich an seinem Seil seitwärts über die Steilwand, um noch mehr Zweige zu erreichen.

Wenn der Morgen dämmerte und bevor sie abwechselnd schliefen saßen sie im Lager, bündelten je elf Zweige zu einem Strauß zusammen, die sie mit Tuchstreifen umwickelten.

»Habe ich Euch schon erzählt, Bekki«, begann Tipperton, als er ein weiteres Bündel rollte, »dass Phais Beau und mich lehrte, wie man klettert? Aber Ihr habt uns beschämt. Ihr seid ein großartiger Bergsteiger. Wo habt Ihr das gelernt?«

»Neun, zehn, elf«, zählte Bekki die Zweige der güldenen Minze und wickelte sie in einen Tuchfetzen. Dann blickte er hoch. »Fast alle Châkka können klettern, denn *in* einem Berg muss man viel mehr klettern als an der Außenseite. Was mich angeht, mein Vater hat es mir beigebracht, und seine Geschicklichkeit stellt meine eigene weit in den Schatten.«

»Oh«, machte Tipperton. »Dann muss es ja erstaunlich sein, ihm zuzusehen, wenn er besser ist als Ihr.«

Bekki nickte, und rollte weiter Güldminze in Tücher. »Aye, er gehört zu den Besten, aber es gibt noch Bessere als ihn.«

»Meiner Treu!« Tipperton griff nach einer weiteren Handvoll Zweige.

An ihrem vierten Erntetag hingen die beiden in der Felswand im Schatten des Mondes, als plötzlich ...

»Leise!«, zischte Tipperton Bekki zu. »Da kommt jemand.«

Sie hingen regungslos an ihren dünnen Seilen vor dem vom Mond beleuchteten Fels. Über dem Rand des Vorsprungs hörten sie Schritte, die sich näherten. In dieser Nacht redeten die Rukh auf Slûk, der gutturalen Sprache der Brut.

Tipperton klammerte sich an den Berg und schaute die mehr als eine Meile hohe blanke Felswand hinab. Sein Herz hämmerte heftig. *Himmel, wenn sie unsere Felsnägel finden, dann schneiden sie uns los und wir ...* Er biss sich auf die Lippen, um einen lauten Schrei des Entsetzens zu unterdrücken, und kämpfte gegen seine Furcht an.

Über ihm hörte er Schritte, eine Stimme schrie etwas ...

Tipperton umklammerte sein Tau. *Sie haben uns gefunden!*

Doch die Brut beachtete den Ruf nicht und marschierte weiter.

Unmittelbar über sich hörte Tipperton ein leises Brummen.

Einer ist stehen geblieben. Warum?

Dann ergoss sich ein Piss-Strahl über Tipperton hinweg und fiel in die bodenlose Leere.

Im nächsten Augenblick hörten sie dasselbe ferne Heulen, das einem einsamen Hornsignal glich. Es kam von Süden und war noch weit entfernt.

»Woww!«, rief die Stimme über ihm, und der Strahl hörte schlagartig auf. Tipperton hörte rasche Schritte, die sich entfernten. Offenbar flüchtete der Rukh zu seinen Kameraden.

Als die Schritte verklungen waren, stieß Tipperton den Atem aus, den er unbemerkt angehalten hatte, und sah zu Bekki hinüber. Der Zwerg war schon wieder dabei, im Mondlicht die güldene Minze zu sammeln.

Sie ernteten acht weitere Nächte, während derer der Mond immer schwächer wurde, der Kreis abnahm, zur Sichel wurde und jeden Abend später aufging, während er sich dem Neumond näherte.

Bevor sie in der neunten Nacht zur Ernte aufbrachen, erklärte Tipperton: »Heute ist die Taggleiche, Bekki, und in Dendor feiern jetzt Beau, Phais und Loric den Wechsel der Jahreszeiten. Ich wünschte, ich könnte das auch tun, aber ich kenne die Schritte nicht, weil ich Loric immer gefolgt bin.«

Bekki sah ihn an. »Wenn du mich als unwürdigen Vertreter akzeptierst, Tipperton, dann führe ich dich hindurch.«

Tipperton sah ihn verblüfft an. »Ihr kennt die Schritte?«

»Habe ich Euch nicht bei der Sommerwende Gesellschaft geleistet?«

»Schon, aber woher ...? Ach ja, richtig! Ihr seid ein Zwerg.«

Und so begingen sie in dem Aspengehölz den Elfenritus, Bekki, der die Schritte sicher durchmaß, und Tipperton, der leise dazu sang. Als sie fertig waren, bedankte sich Tipperton bei dem Zwerg. »Danke, mein Freund. Das war großartig. Und jetzt lasst uns gehen und Güldminze ernten.«

Bekki nickte. »Vielleicht tun die Elfen ja recht daran«, meinte er, als sie ihre Ausrüstung sammelten, »wenn sie jeden Wechsel feiern. Die größte Feier der Châkka findet ebenfalls in einer solchen Nacht statt, der Längsten Nacht des Jahres.«

»Ich erinnere mich«, sagte Tipperton. »Es war die Längste Nacht, als wir den Schwarm am Eisenwasser marschieren sahen. Damals habt Ihr Euren Ritus auf einem Hügel gesprochen.«

»Ich habe zu Elwydd gebetet, wie wir Zwerge es an diesem Jahreszeitenwechsel immer tun.«

»Elwydd?«

»Aye, Châk-Sol. Wir glauben, dass sie die Châkka schuf und nach Mithgar brachte. Jedes Jahr beten wir zum Gedenken an ihre Tat, dass wir die Sterne berühren mögen.«

»Die Sterne berühren? Wie meint Ihr das?«

»Die Sterne sind von Elwydd erschaffen, und wir versuchen mit unserer Handwerkskunst etwas zu erzeugen, das fast genauso vollkommen ist.«

»Verstehe. Und Ihr betet um ihre Hilfe bei dieser Aufgabe?«

Bekki stand auf, breitete die Arme aus und intonierte einen Singsang:

Elwydd
– Tochter des Adon
Wir danken Dir
– Für Deine sanfte Hand.
Die uns den
– Odem des Lebens schenkte.
Möge dies
– Das goldene Jahr sein
In dem die Châkka
– Die Sterne berühren.

Sie ernteten die Güldminze während zweier weiterer Nächte und lauschten auf Schritte des Gezüchts. Aber in diesen Nächten war nichts zu hören.

Am frühen Morgen des nächsten Tages bündelten sie in einem leichten Nieselregen die letzten Zweige ihrer Ernte. Damit waren sie fertig, denn obwohl es noch eine Nacht bis zum Neumond dauerte, hatten sie keine weiteren Stellen mehr gefunden, an denen das Kraut wuchs. Sie beschlossen, am nächsten Tag aufzubrechen, denn die Kletterei war anstrengend gewesen, und sie mussten sich einen Tag und eine Nacht ausruhen, bevor sie sich auf den Rückweg machten. Von der Güldminze hatten sie in diesen vierzehn Nächten drei ganze Säcke voll gesammelt. »Das genügt, um Dendor dreimal zu kurieren, falls Beau recht hat«, fand Tipperton. »Wir haben eine gute Ernte eingebracht.«

Bekki nickte mürrisch. Der kalte Regen setzte ihm zu, er deutete auf den Himmel. »Jetzt müssen wir noch in die Stadt zurückkommen.«

»Hoffen wir, dass die Furt nicht überschwemmt ist«, sagte Tipperton.

»Wer kann das wissen, bei Garlons Regen?«, gab Bekki zurück.

Früh am nächsten Morgen brachen sie auf, ritten zu den Stellen, die sie zuerst gekennzeichnet hatten, und sahen sich noch einmal um. Nebelschwaden waberten unter dem Vorsprung, als versuchten sie, ihn zu überwinden. Aber sie betrachteten nicht den Nebel, sondern die Stellen mit der Güldminze. »Genau rechtzeitig«, sagte Tipperton und deutete auf den Nebel. »Es ist so braun wie ein alter Lederschuh, wie Beau es vorausgesagt hat.«

»Retten oder zerstören«, sagte Bekki und blickte dann auf einen der Säcke auf dem Packpferd. »Retten und zerstören in einem.«

Sie stiegen auf und ritten nach Westen auf den schmalen, schwierigen Pfad zu, der ins Vorgebirge hinabführte. Sie folgten seinen Windungen hinunter in den Nebel. Tipperton war froh, dass er in dem grauen Dunst den Abgrund nicht sehen konnte, auch wenn er wusste, dass er dort lauerte.

Sie ritten bergab, bis sie schließlich das Vorgebirge erreichten. Ohne einen Blick zurückzuwerfen, wandten sie sich nach Süden, in Richtung Furt.

Der Nebel hielt die Welt drei Tage lang in seinem Griff, und am dritten Tag ritten sie an den Gestaden des Nordsees entlang. Plötzlich hallte ein trauerndes Heulen über dem Wasser, das in der Stille besonders laut klang.

»Meiner Seel!«, stieß Tipperton erschreckt hervor und versuchte, im Nebel etwas zu erkennen. Aber er sah nur grauen Dunst. »Das haben wir auch neulich in der Nacht auf dem Vorsprung gehört. Es ist kein Horn, ganz und gar nicht.«

Bekki runzelte die Stirn und spähte ebenfalls durch den Nebel, hatte aber genauso wenig Glück wie Tipperton. »Vielleicht ist es ein Vogel«, spekulierte er, aber er klang nicht sonderlich zuversichtlich. »Ein Fischreiher oder ein Schwan oder so etwas.«

»O nein, Bekki, ich bin sicher, dass es der Vattenvidunder ist.«

Tipperton hob die Hände, hielt sie wie einen Trichter vor den Mund und schrie über den See: »Danke, Wassermonster. Du hast uns mit deinem Schrei vielleicht das Leben gerettet.«

Als Antwort kam nur ein lautes Platschen, als wäre etwas Großes abgetaucht.

Als Tipperton am nächsten Morgen aufwachte, war der Boden von Raureif überzogen. Bekki hielt Wache. »Der Frost ist in der Nacht gekommen.«

»Aber es ist September, Bekki. Viel zu früh für Frost.«

»Das Wetter benimmt sich zurzeit merkwürdig, Tipperton. Regen, eine fahle, schwache Sonne, kalte Nächte.«

»Und jetzt ein früher Frosteinbruch«, sagte Tipperton. »Ich frage mich, was der Grund dafür sein mag.«

»Vielleicht ist es so, wie du gesagt hast, Tipperton. Möglicherweise ist es Staub, den der Wind durch die Luft trägt, und der uns vor Adons Wärme abschirmt.«

Sie brachen ihr Lager ab und ritten weiter. Die Furt war nur noch wenige Meilen entfernt.

Sie ritten fast eine Woche lang durch frostige Morgen und kalte Tage, bis sie an die Untiefen des Argon kamen. Das Wasser stand niedrig, und sie hatten keine Probleme, den Fluss zu überqueren. Dann wandten sie sich nach Osten, nach Aven, doch das Wetter blieb unbeständig. Es regnete, und manchmal schneite es sogar schwach. Trotzdem war die Luft am Tage recht klar, und sie erlebten wunderschöne Sonnenauf- und -untergänge.

Am Nachmittag des siebzehnten Oktober erspähten sie die Mauern von Dendor. Im Zwielicht stieg Rauch aus der Stadt empor, als würden Teile der Stadt brennen. Sie beeilten sich, und es wurde Nacht, als sie die Bastionen erreichten.

»Öffnet das Tor!«, rief Bekki dem Wächter zu.

Eine Laterne schwang über die Zinnen, und ein Soldat blickte herunter. Bekki nahm die Kapuze ab, um sein Gesicht zu zeigen. »Nay, Dvärg, die Stadt ist gesperrt.«

»Aber wir sind vom Nordsee zurückgekehrt!«, schrie Tipperton und setzte seine Kapuze ebenfalls ab. »Wir haben einen Passierschein von König Agron.«

Der Soldat drehte sich um und sprach mit jemandem. Dann trat Hauptmann Brud auf die Mauer. »Seid Ihr das, Herr Tipperton? Lord Bekki?«

»Allerdings«, knurrte Bekki.

»Aye!«, rief Tipperton und deutete auf die Packpferde hinter sich. »Wir haben Güldminze mitgebracht.«

»Einen Moment!« Brud verschwand außer Sicht.

Nach einer Weile wurde das Seitenportal geöffnet und Brud trat heraus. Ein Soldat mit einer Laterne begleitete ihn. »Ich gebe Euch eine Eskorte mit.«

Tipperton runzelte die Stirn. »Eine Eskorte?«

»Aye, Herr Tipperton. Ihr und Lord Bekki braucht Schutz. Die Stadt steht unter Kriegsrecht. Die Bürger haben zweimal Aufstände angezettelt.«

Tipperton und Bekki stiegen ab und führten ihre Pferde durch das Tor. »Aufstände? Warum?«

»Die Pest. Sie ist außer Kontrolle geraten. Ein Viertel der Bürger ist bereits tot.«

»Dann bring uns zum Gefängnis!«, knurrte Bekki. »Zu Herrn Beau Darby. Wir haben, was er benötigt.«

Ein dunkler Ausdruck legte sich über Bruds Miene, und Tippertons Herz setzte für einen Schlag aus.

»Aber er ist doch tot, Lord Bekki«, platzte der Soldat an Bruds Seite heraus. »Beau Darby ist an der Pest gestorben.«

18. Kapitel

Tipperton bekam einen Augenblick lang keine Luft mehr. Erbleichend drehte er sich zu Bekki herum, während ihm die Tränen in die Augen schossen, und fiel dann auf die Knie.

Hauptmann Brud beugte sich herunter, um Tipperton aufzuhelfen, aber Bekki kam ihm zuvor. Seine Augen waren so hart wie Feuersteine, als er den Soldaten ansah, der mit dieser schrecklichen Nachricht herausgeplatzt war. Dann blickte er zu Hauptmann Brud zurück. »Tot? Beau ist tot?«

Brud warf seinem Adjutanten einen vernichtenden Blick zu, und wandte sich anschließend zu Bekki und Tipperton herum. »Man hat uns gesagt, er sei heute Morgen gestorben.«

Tipperton rappelte sich auf. »Kommt, wir eilen zum Gefängnis. Ich möchte ihn noch einmal sehen, bevor sie ihn mit den anderen verbrennen.«

Sie eilten durch den verschlungenen Korridor unter den Mauern und in den weiten Innenhof hinein, wo eine berittene Eskorte bereits wartete. Hauptmann Brud sprang auf ein Pferd. »Kommt«, sagte er. »Ich reite voran.«

Tipperton und Bekki waren aufgestiegen und galoppierten durch die Stadt, mit einer Eskorte aus Soldaten vor und hinter ihnen. Sie donnerten durch die schmalen Straßen, die Hufe der Pferde hämmerten über das Kopfsteinpflaster. Sie kamen an zerbrochenen Türen und Fenstern vorbei, und an Häusern, die nur noch aus ausgebrannten Hüllen bestanden. Sie ritten durch Barrikaden, die von Soldaten bewacht wurden, die auf Hauptmann Bruds Befehl sofort einen Durchlass öffneten. Patrouillen von Soldaten sahen ihnen nach, als sie durch die Stadt galoppierten, ebenso blickten Bürger aus den Fenstern, deren Gesichter blass vor Furcht waren und die ihnen Beschimpfungen hinterherschrien. Es war klar, dass Furcht die Stadt regierte, wie damals, unter dem Gargon, nur dass diese Furcht nicht von einem Fürchterich erzeugt wurde. Einen Gargon konnte man töten, aber was, bei Adon, würde dieser Seuche Einhalt gebieten?

Doch Tipperton bemerkte weder die Zerstörungen noch die Angst. Seine Brust fühlte sich leer an, sein Herz war wie taub, und er war von Trauer erfüllt.

Wären wir nur früher gekommen ... wenn wir nur ...

Schließlich hielten sie vor den Toren des Gefängnisses an. Bekki sprang von seinem Pony und half Tipperton beim Absteigen. »Bring die drei Säcke mit hinein!«, fuhr er Hauptmann Brud an und betrat dann an Tippertons Seite das Gefängnis.

Ein Wachsoldat trat ihnen in den Weg. »Ihr dürft hier nicht rein!«

»Aus dem Weg«, grollte Bekki drohend, und die Knöchel seiner Finger, mit denen er seine Streitkolben umklammerte, wurden weiß.

Der Soldat sah ihn verwirrt an und drehte sich fragend zu Hauptmann Brud herum, der ihnen gefolgt war. »Lasst sie rein!«, rief dieser, aber Bekki hatte sich bereits an dem Soldaten vorbeigedrängt und zog Tipperton hinter sich her.

Sie gingen zu den Toren des Gefängnisses, gefolgt von Brud und zweien seiner Leute, die die Säcke mit Güldminze trugen.

Als sie das Gefängnis betraten, blickte ein Mann an einem Tisch im Eingang hoch. »Heda ...!«

»Herr Beau Darby, wo liegt er?«, fuhr Bekki ihn an.

Der Mann sah Hauptmann Brud an, der nickte.

»Im zweiten Stock!« Der Mann deutete auf eine Treppe. »Da entlang. Die Alfs sind ...«

Bekki wartete nicht ab, was der Mann noch sagen wollte, sondern stürmte stattdessen mit Tipperton im Schlepptau die Stufen hoch.

Je höher sie kamen, desto lauter hallte das Stöhnen der Fiebernden und die Schmerzensschreie durch das Treppenhaus. Ihnen begegneten zwei weiß gekleidete Männer, die eine Bahre mit einer verhüllten kleinen Gestalt trugen.

Tipperton sog scharf die Luft ein. »Ist das ...?« Nein, es war ein Kind. Es schien nur noch aus Haut und Knochen zu bestehen und war von schwarzen Pocken übersät.

Die beiden gingen weiter, gefolgt von Brud, der einen Sack trug. Von den beiden anderen Soldaten war nichts zu sehen.

Sie erreichten den zweiten Stock und traten durch eine Eisentür, die weit offen stand. Dann liefen sie über den Korridor, von dem offene Zellen abgingen, die mit Kranken und Sterbenden belegt waren. Infizierte stöhnten vor Schmerz, fieberten und waren am ganzen Körper mit eiternden Beulen übersät. Einige wanden sich vor Qualen, andere rührten sich gar nicht. Weiß gekleidete Menschen bewegten sich zwischen den Opfern, tupften ihre Stirnen mit feuchten Tüchern ab, fütterten sie mit Flüssigkeit, schlossen den Toten die Augen und bedeckten sie mit Leinentüchern.

Schließlich kamen sie zu einer Zelle, in der Phais und Loric Wache hielten. Auf einer der Kojen lag eine kleine Gestalt. Es war Beau. Er schien ausgemergelt, hatte eiternde Pusteln am ganzen Körper, und seine Achselhöhlen und Lenden waren dunkel verfärbt. Er rührte sich nicht. Tipperton keuchte und schlug zitternd die Hand vor den Mund, als er Beaus abgezehrte Gestalt sah.

Weinend trat er neben das Bett. »Oh, Beau, Beau, warum musstest du nur diese schreckliche Seuche bekommen? Warum musstest du sterben ...?«

Beau sog rasselnd den Atem durch seine rissigen Lippen und in seine Lungen.

»Er ist nicht tot!«, rief Tipperton. »Bekki, Phais, Loric, er ist nicht tot!« Tipperton fiel neben dem Bett auf die Knie und packte Beaus Hand, die schlaff herunterhing. »Oh, Beau, du bist nicht tot.«

Phais kniete neben dem Bokker nieder und schlang einen Arm um seine Schulter. »Noch nicht, Tipperton, aber bald. Schon bald.«

»Nicht, wenn wir ein Wörtchen mitzureden haben!«, knurrte Bekki. »Wir haben die Güldminze mitgebracht.« Der Zwerg wandte sich herum und riss Hauptmann Brud den Sack aus der Hand.

Phais starrte auf den Sack und richtete ihren Blick

dann wieder auf Bekki. »Güldminze? Ihr beide hattet Erfolg?«

Bekki ließ den Sack neben sie fallen. »Aye.«

Phais Augen weiteten sich. »So viel?«

»Es gibt noch zwei Säcke davon!« Bekki wandte sich an Brud.

»Unten, am Eingang«, antwortete der Hauptmann.

»Bei Adon!«, stieß Phais hervor.

»Eine Gabe aus Güldminze und Silberwurz«, meinte Bekki. »Das hat Beau gesagt.«

Hastig knotete Loric den Sack auf. »Aye, das stimmt, aber in welchem Verhältnis werden sie gemischt?«

Bekki schüttelte ratlos den Kopf.

Loric zog ein Tuchbündel mit den Zweigen hervor und drehte sich zu Tipperton herum. »Tipperton, erinnert Ihr Euch an das Mischungsverhältnis?«

»Mischungsverhältnis?«

»Wie viel Güldminze auf wie viel Silberwurz?«

Tipperton runzelte die Stirn, als er sich zu erinnern suchte. »Ich glaube, er sagte, im gleichen Verhältnis. Ja, halb und halb, daran kann ich mich erinnern.«

»Rasch, Chier«, drängte Phais, während Loric bereits davonlief. »Wir haben nicht mehr viel Zeit.«

Beau atmete erneut rasselnd ein und aus.

Noch einmal.

Dann noch einmal ...

Nach einem Kerzenstrich kam Loric mit einer Schale zurück, in der eine Flüssigkeit dampfte. »Ob das im gleichen Verhältnis gemischt ist, weiß nur Adon allein.«

»Betet zu Elwydd, dass es so ist«, erklärte Bekki.

Loric verabreichte Beau den Trank mit einem kleinen Löffel, während Tipperton die Hand seines Freundes hielt und Phais wiederum ihn an sich drückte. Bekki ging unruhig hin und her, Hauptmann Brud aber hockte auf dem Boden der Zelle.

Als Bekki zum vielleicht hundertsten Mal an dem Hauptmann vorbeikam, räusperte sich Brud. »Lord Bekki, da fällt mir etwas ein: Ein Emissär der Dvärgs wartet in König Agrons Saal auf Eure Rückkehr.«

Bekki blieb stehen. »Ein Emissär?«

»Aye. Aus Minenburg Nord, sagte er. Er ist im August angekommen und hat darauf bestanden, auf Euch zu warten. Er hat sich nicht abweisen lassen. König Agron hat selbst mit ihm gesprochen und ihm dann gestattet, die Stadt zu betreten, obwohl er die Eskorte weggeschickt hat. Ich glaube, sie haben sich in einem Bauernhaus in der Nähe einquartiert.«

»Weißt du, warum sie gekommen sind?«

Brud schüttelte den Kopf.

»So.« Loric stellte die leere Schale zur Seite und legte den Löffel hinein. »Jetzt können wir nur noch warten.«

In den frühen Morgenstunden atmete Beau leichter. Phais legte dem Bokker eine Hand auf die Stirn. »Sein Fieber ist gesunken«, sagte sie.

Tipperton brach in Tränen aus.

Loric hob den Sack mit der Güldminze auf. »Ich werde den Heilern sagen, wie sie es zubereiten müssen.«

Brud stand auf. »Lord Bekki, ich begleite Euch zum Palast.« Er wandte sich an Tipperton. »Euch auch, Kleiner. Ihr braucht Ruhe.«

Tipperton wischte sich mit dem Ärmel die Augen und schüttelte dann den Kopf. »Nein danke, Hauptmann. Ich schlafe hier auf dem Boden.«

Phais hielt dem Bokker die Hand hin. »Nein, Tipperton, das Risiko, dass Ihr Euch mit der Seuche ansteckt, wenn Ihr hierbleibt, ist zu groß.«

Als Tipperton den Kopf störrisch schüttelte, mischte sich Brud ein. »Die Aushebung, mein Freund. Wir müssen bald abrücken. Und wir können einen gesunden Kundschafter besser gebrauchen als einen kranken.«

Tipperton ließ die Schultern hängen. »Die Aushebung. Die hatte ich vergessen.« Er drehte sich zu Beau herum und drückte dem bewusstlosen Bokker die Hand. »Ich komme morgen früh zurück, Wurro, darauf kannst du dich verlassen. Werd nur wieder gesund, hast du gehört?«

Beau reagierte nicht.

Als sie den Palast betraten, sprang ein Lakai von einem Stuhl auf. »Mylord Bekki, Ihr seid zurück!«

Bekki sah den Lakaien fragend an.

»Mylord, ich soll Euch bitten, im Vorraum zu warten, während ich Emissär Dalk hole.«

»Dalk ist hier?«

»Aye.«

Als Bekki Tippertons fragende Miene sah, erläuterte er: »Aus Minenburg Nord. Er hat einen gelben Bart.«

»Ach ja, ich erinnere mich. Er ist einer vom Rat der Hauptleute.«

Als Tipperton und Bekki in den Vorraum traten, lief der Lakai eiligst davon.

Innerhalb eines Kerzenstrichs stürmte Dalk in den Vorraum. Er knöpfte sich noch das Hemd zu, kniete sich jedoch vor Bekki hin.

Dieser erbleichte, als er das sah.

Dalk sah Tipperton an.

»Er ist Châk-Sol«, erklärte Bekki. Seine Stimme war kaum mehr als ein Flüstern, und er hatte die Fäuste geballt, als wenn er zuschlagen wollte.

»Ich bringe schlimme Kunde, DelfHerr Bekki. Dein Vater, DelfHerr Borl, ist tot.«

»O nein!«, stieß Tipperton bestürzt hervor.

Bekki ballte die Fäuste so fest, dass seine Knöchel weiß hervortraten. »Wie?«, knirschte er.

»Ein Pfeil des Abschaums im Skarpal-Massiv.«

Bekki schlug mit der Faust so wuchtig auf einen Tisch, dass das Holz unter dem Hieb zerbarst. Tipperton fuhr erschreckt zusammen.

»Wir haben blutige Rache geübt«, erklärte Dalk.

Langsam löste Bekki seine Finger und zog die Kapuze über den Kopf – das war die Art der Châkka, ihre Trauer zu zeigen. Eine Weile herrschte Schweigen im Raum, das Bekki jedoch schließlich brach. »Die Minenburg?«

»Liegt in den geschickten Händen von Lord Berk. Trotzdem, DelfHerr, der Burgwächter, dein Großvater, ruft dich zurück. Denn der Krieg brennt im Land und die Minenburg bedarf deiner Herrschaft.«

Beau war immer noch von eiternden Pusteln übersät, und unter den Achselhöhlen sowie an den Lenden schimmerten blauschwarze Flecken. Er wachte auch am folgenden Tag nicht auf, aber sein Fieber sank doch weiter, und seine Atmung ging leichter. Er schluckte Wasser und behielt es auch im Magen.

Am Tag danach hielt Tipperton neben dem Bett Wache. Gerade als Phais vorbeischaute, um nach dem Bokker zu sehen, schlug Beau die Augen auf und lächelte Tipperton schwach an.

»Oh, Beau, Beau, ich dachte, wir hätten dich verloren. Hauptmann Brud meinte, du wärst tot.«

Beau hob einen Finger und winkte seinen Freund heran. Als sich Tipperton zu ihm beugte, flüsterte der kleine Heiler: »Die Nachricht von meinem Tod war etwas verfrüht.«

Tipperton lachte, und Beau lächelte schwach. Phais dagegen schüttelte den Kopf. »Mir deucht, höchstens um die Spanne eines Kerzenstriches.«

Beau ließ die Hände auf die Decke zurücksinken und schloss die Augen. Tipperton wartete, aber schon bald wurde deutlich, dass Beaus erschöpfter Körper nach Schlaf verlangte.

»Kommt, Tipperton, wir wollen ihn nicht ermüden«, sagte Phais.

Als sie aus dem notdürftigen Krankenzimmer gingen, erkundigte sich Tipperton: »Was ist mit den anderen Patienten?«

»Bis auf einige wenige sprechen alle gut auf die Arznei an.«

»Ihr meint, sie werden gesund?«

»Aye. Es scheint, dass Beau tatsächlich auf etwas gestoßen ist, was schon seit unzähligen Zeiten gesucht wird: eine wirksame Medizin gegen die Pest.«

Die Neuigkeit verbreitete sich in der Stadt wie ein Lauffeuer, aber die Quarantäne wurde aufrechterhalten. Bevor er sie aufhob, wollte der König sichergehen, dass sich tatsächlich alles so besserte, wie es bislang aussah. Trotzdem, die Bürger feierten, denn *Litenfolk* und *Alfs* und *Dvärgs* konnten sich doch nicht irren, oder? Im Palast atmete König Agron derweil erleichtert auf, denn die von Furcht gespeiste Revolte war abgewendet worden, wenn auch nur knapp. Er schickte Ausrufer durch die ganze Stadt, welche verkündeten, dass die Quarantäne aufgehoben würde, sobald alles wirklich wieder in Ordnung wäre. Die Herolde verkündeten auch eine Amnestie des Königs für alle Verbrechen außer Mord, die während der Panik im letzten Monat begangen worden waren. Die Bürger selbst, die eifrig nach einer Entschuldigung suchten, schoben die Schuld für ihr Verhalten Modru zu.

Innerhalb einer Woche bestätigte sich, dass die Verbindung von Güldminze und Silberwurz tatsächlich wirksam war, und statt sechs von sieben Menschen, die der Seuche zum Opfer fielen, starb nur noch einer von hundert. Und diese auch eher an Komplikationen im Gefolge der Krankheit als durch die Seuche selbst. Also erklärte der König die Quarantäne für beendet. Die Tore wurden weit geöffnet, aber nur wenig Menschen nutzten die Gelegenheit, aus Dendor zu fliehen. Denn, Wunder über Wunder, jemand hatte endlich ein Mittel gefunden, das die Pest gänzlich ausrottete.

Niemand hatte das Herz, den Bürgern zu verraten, dass Silberwurz, wovon es in Dendor genügend gab, nur an bestimmten Plätzen wuchs, und die goldene Güldminze äußerst selten war, trotz des Überflusses, über den die Heiler jetzt verfügten.

In dieser Woche bereitete der König auch seine Reise nach Westen zur Aushebung in Älvstad vor. Tipperton plante ebenfalls den Tag der Abreise. Trotzdem verbrachte er viele Kerzenstriche an Beaus Bett, plauderte mit seinem kranken Freund und spielte für alle Kranken auf seiner Laute und sang dazu.

Kaum einen Tag, nachdem Beau sein Bewusstsein wiedererlangt hatte, nahm er bereits Brei zu sich, damit er zu Kräften kam. Am nächsten Tag aß er Suppe mit Brot, und schließlich verzehrte er am Tag danach sogar feste Nahrung. »Dieser Fraß wird dir wieder Fleisch auf die Knochen zaubern«, sagte Tipperton, als er an diesem Tag ein volles Tablett in die Zelle trug.

Langsam verblassten die Eiterbeulen und auch die schwarzen Flecken. Trotzdem sah Beau ziemlich mitgenommen aus, jedenfalls seiner eigenen Einschätzung nach, als er einen Blick in den Spiegel aus seinem Medizinbeutel geworfen hatte. Er benutzte ihn, um Atem und Atmung zu kontrollieren.

»Hauptmann Brud hat also gesagt, ich wäre tot, was?«

»Nicht Brud, Beau, sondern sein Adjutant, obwohl der nur ein Gerücht wiederholte«, gab Tipperton zurück. »Er hat sich seitdem auch dauernd entschuldigt.«

Beau warf einen letzten Blick in den Spiegel. »Ich kann der Person, die das Gerücht in die Welt gesetzt hat, gar nicht verübeln, dass sie es glaubte. Ich sehe wirklich gespenstisch aus.«

»Beau, wenn du glaubst, dass du jetzt schlecht aussiehst, hättest du dich erst mal in den letzten Tagen sehen sollen. Ich meine, du hast ...«, Tipperton traten plötzlich Tränen in die Augen. »Ach, Beau, ich dachte wirklich, du wärst tot.«

Beaus Augen schimmerten ebenfalls feucht. »Ich auch, Tip, ich auch.« Er drückte Tippertons Hand.

Tipperton lächelte seinen Freund an. »Aber du bist

nicht gestorben, Beau, und nur dies zählt. Dies, und dass du ein Mittel gegen die Pest gefunden hast.«

Beau sah ihn erstaunt an. »Meiner Treu, das habe ich tatsächlich, stimmt's? Trotzdem, ich wünschte, es wäre vor fünfundzwanzig Jahren von jemandem anders gefunden worden.«

Tipperton hob fragend eine Braue. »Wieso?«

»Hätte man das Heilmittel damals schon gekannt, würden meine Eltern noch leben.«

»Oh, verstehe.«

Die Bokker verstummten und hingen jeder seinen Erinnerungen und Gedanken nach. »Bekki reist bald ab«, meinte Tipperton schließlich. »Er ist jetzt der neue Delf-Herr von Minenburg Nord, weißt du.«

»Ja, und es tut mir schrecklich leid, dass sein Vater ums Leben gekommen ist. Das habe ich ihm gestern Nacht gesagt.«

Tipperton warf einen Blick aus dem vergitterten Fenster. »Ich werde auch abreisen. Mit der Kavalkade des Königs. Die Aushebung in Älvstad findet schon in drei Wochen statt, aber Agron sagt, wir würden Ersatzpferde mitnehmen, weil die Reise lang und die Zeit knapp ist.«

»Richtig.« Beau seufzte. »Ich komme nach, wenn ich mich besser fühle.«

»Ach, Beau, mir wäre es lieber, wenn du nicht mitkämst. In Gron wird es gefährlich und ...«

Beau hob die Hand. »Umso mehr Grund, dabei zu sein, Tip. Wer soll sich um dich kümmern, wenn du geheilt werden musst?«

Tipperton lächelte schwach. »Ich habe nicht vor, etwas zu tun, in dessen Folge ich zusammengeflickt werden muss, Wurro. Außerdem wird deine Heilkunst hier benötigt.«

»Keineswegs. Die Seuche ist so gut wie besiegt, wegen der Güldminze, die Bekki und du mitgebracht haben, und die Heiler hier können alles, was anfällt, allein schaffen. Nein, Wurro, sobald ich kann, komme ich nach und passe auf dich auf. Ich bin sicher, dass es zwei von uns *Litenfolk* erfordert, Modru zu Fall zu bringen.«

Tipperton grinste und zuckte die Achseln, und Beau lächelte. Plötzlich jedoch wurde seine Miene ernst. »Sieh mal, Tip, wir wissen nicht, was die Zukunft uns bringt ... Aber dass wir uns trennen, muss etwas zu bedeuten haben. Alles, was geschieht, hat Auswirkungen auf zukünftige Ereignisse. Alles ist irgendwie miteinander verwoben, weißt du.«

Tipperton lachte. »Hoffen wir, dass es nur zum Besten ist, dass ich dich jetzt verlasse und du nachkommst.«

Erneut schwiegen sie. Tipperton nahm seine Laute und spielte ein paar leise Akkorde.

»Habe ich dir eigentlich schon erzählt«, sagte Beau plötzlich, »dass Phais und Loric glauben, der Feuerberg in Atala wäre explodiert und hätte vielleicht die ganze Insel in die Tiefe gerissen?«

Tipperton stellte die Laute zur Seite. »Wegen dieses Knalls, den wir immer wieder um die Welt haben rollen hören?«

»Deswegen und wegen des Staubs, den es vom Himmel regnete. Hat er auch dich und Bekki getroffen?«

Tipperton nickte. »Ja. Er kam aus Westen, schwebte über den Himmel und ist schließlich heruntergesunken. Bekki meinte, es wäre Steinstaub, vielleicht von einem Feuerberg, und der einzige Feuerberg im Westen, von dem er wusste, war der Karak auf Atala.«

Beau atmete einmal tief durch. »Karak, ja. Phais glaubt,

dass viele Elfen und andere Lebewesen an seinen Hängen lebten, und als er explodierte ... er hat sie alle getötet, furchtbar. Das war diese furchtbare Katastrophe, die sie und Loric an diesem Tag gefühlt haben. Sie sagte, auch andere Lebewesen als Elfen hätten die Insel bewohnt, Menschen, Zwerge, die Verborgenen, sogar einige Wurrlinge. Aber der Tod so vieler Elfen auf einen Schlag ist wie ein böser Orkan durch sie gefahren.«

»Meiner Treu«, stieß Tipperton hervor. »Meiner Seel!«

Drei Tage später kam Tipperton am frühen Morgen an Beaus Bett. Bekki begleitete ihn, ebenso Phais und Loric. Sogar König Agron besuchte Beau, denn dies war der Tag des Abschieds. Bekki würde mit seiner Zwergeneskorte nach Minenburg Nord reiten. Und da die Pest unter Kontrolle war, würden Phais und Loric mit Bekki und den Zwergen nach Süden reiten, bis sie zur Überlandstraße kamen. Dort würden die Zwerge nach Westen abbiegen, die Lian dagegen nach Süden weiterreiten, weil sie geschworen hatten, Agrons Botschaft mitsamt der Münze zu Hochkönig Blaine zu bringen. Agron und Tip dagegen wollten nach Älvstad reiten. Und Beau, der schwach und entkräftet war, würde zunächst einmal nirgendwo hingehen, da er ans Bett gefesselt war.

Jetzt jedoch stand König Agron neben dem Bett des zarten Wurrlings. »Herr Beau, Ihr habt nicht nur Dendor gerettet, sondern ganz Mithgar kann Euch seine Schuld niemals vergelten, denn die Pest hat alle Menschen heimgesucht, und Ihr habt das Heilmittel dagegen gefunden. Andere wurden bereits zu Helden des Reiches erhoben, Euch aber kann ich nur zum Helden der Welt erklären.«

»Hört, hört!«, rief Tipperton.

Beau errötete unter seinen letzten Pusteln. »Ich bin gar kein Held, nicht wie die anderen hier …«

»Unsinn!«, fuhr ihm Bekki in die Parade. »König Agron hat recht, und ich verkünde hier und jetzt, dass du Châk-Sol von Minenburg Nord bist, Beau Darby, Meister der Pest. So habe ich gesprochen, und so soll es sein.«

»Meiner Treu!«, meinte Beau, und Tipperton grinste.

Agron wandte sich an Tipperton. »Herr Tipperton, ich weiß, dass Ihr mir Treue geschworen habt und als Kundschafter für mich reiten wollt. Aber ich sage Folgendes: Statt mit mir auf den Winterfeldzug nach Gron zu gehen, solltet Ihr vielleicht mit Beau und den Lian-Wächtern gehen und die Interessen des *Litenfolks* vor Hochkönig Blaine darlegen, wo auch immer er sein mag.«

Tipperton sah Phais und Loric an, seine Freunde, die ihm so ans Herz gewachsen waren. Es wäre so einfach, mit ihnen zu gehen und den Hochkönig Blaine zu suchen, statt in die eisigen Öden von Gron zu reiten. Er sah zu Boden und dachte an den mutigen jungen Mann, der damals an der Mühle sein Leben gerettet hatte, und hob den Blick dann wieder zu Agron. »Nein, Sire, ich habe Euch geschworen, den Tod von Dular zu rächen. Ich bin ein Kundschafter, und das werde ich auch bleiben.«

Agron sah Beau an, und der Bokker schüttelte schwach den Kopf. »Nein, Sire, wohin Tip geht, gehe auch ich. Wir haben diesen Krieg zusammen angefangen, und wir werden auch zusammen sein, wenn er beendet wird. Dass wir uns jetzt trennen, ist nur vorübergehend, jedenfalls glaube ich das. Außerdem werdet Ihr Heiler bei Eurem Winterfeldzug benötigen, und Ihr könnt mich gut gebrauchen. Schließlich bin ich ein Held, das habt Ihr selbst gesagt.«

Also wurde es beschlossen. Die Gefährten würden getrennte Wege gehen, drei nach Süden, einer nach Westen und einer würde bleiben, bis er gesund genug war, um dem anderen folgen zu können.

Agron warf einen Blick auf das helle Gefängnisfenster. Es schneite bereits. »Es wird Zeit, dass wir reiten, Herr Tipperton.« Dann musterte Agron die Gefährten, einen nach dem anderen. »Gehabt Euch wohl, Herr Beau. Und Ihr, DelfHerr Bekki, Dara Phais, Alor Loric. Möge Adon über Euch alle wachen.« Dann drehte er sich auf dem Absatz herum und ging hinaus.

»Ich wünschte«, grollte Bekki, »dass ich mit dir nach Gron gehen könnte, Tipperton, um die Grg zur Strecke zu bringen.« Dann lächelte er Beau an. »Hör mich an, Châk-Sol: Wenn du gesund genug bist, um Tipperton folgen zu können, dann nimm genug Steine für deine Schleuder mit, denn du wirst sie dringend brauchen.«

Beau nickte. »Ach, Bekki, da fällt mir noch etwas ein: Nehmt einen großen Vorrat an Güldminze und Silberwurz mit in Eure Minenburg. Die Châkka dort werden sie brauchen. Und Ihr, Phais und Loric, nehmt auch etwas davon mit. Und du, Tipperton. Man weiß nie, wann man es gebrauchen kann.«

Phais nickte, bückte sich und küsste den Bokker trotz seiner Pusteln auf die Wange. »Passt auf Euch auf, Kleiner. Wir werden uns wiedersehen.«

Loric küsste Beau ebenfalls auf die Wange und legte dem Bokker eine Hand auf die magere Schulter. »Ich glaube auch, dass wir uns wiedersehen, Kleiner.«

»Ach, Phais, Loric, Bekki, Tip, es kommt mir fast so vor, als würde ich alle verlieren, die ich liebe.«

»Unsinn.« Tipperton umarmte seinen Freund. »Wir

sehen uns bald wieder. Immerhin hast du ja selbst gesagt: Alles ist irgendwie miteinander verwoben.«

»Verwoben, das schon, aber das bedeutet doch nicht unbedingt, dass wir uns auch wiedersehen *müssen*.«

Bekki zuckte die Achseln. »In diesem Krieg, wer weiß das schon?«

Ein Hornsignal schallte durch das Fenster in den Raum.

»Meiner Treu, Beau, ich muss jetzt gehen.« Tipperton nahm seine Laute. »Werde schnell gesund.«

»Mach ich, Wurro, darauf kannst du wetten.«

Die vier Gefährten – Bekki, Phais, Loric und Tipperton – verließen das Gemach. »Vergesst nicht!«, rief Beau ihnen nach. »Geht zu den Heilern und nehmt Euch Güldminze und Silberwurz mit.«

Beau hörte, wie Tipperton antwortete: »Das tun wir«, dann hörte er einen Akkord auf der Laute und Tippertons Stimme, die ein Lied anstimmte.

Oh, fiddle di hi, fiddle di ho
Fiddle di hej ha hee.
Wiggel di di, wiggle di do
Wiggle di fiddle dei di.
Es war einmal ein fröhlicher Mann,
der aus Waldeslust kam ...

Tippertons Stimme verklang, als er den Flur entlang und ins Treppenhaus ging. Beau saß gegen das Kissen gestützt in seinem Bett, und die Tränen liefen ihm über die Wangen, während er sein Lieblingslied mitsummte. »Der Fröhliche Mann aus Waldeslust«.

Eine Weile später hörte Beau, wie das Horn ein zweites Mal schmetterte, dann kamen laute Stimmen und das Klappern von Hufen auf den Pflastersteinen, das Klirren von Waffen und Rüstungen und das Rattern der Wagen, bis all diese Geräusche langsam in der Ferne verklangen ...

... und er nichts anderes mehr wahrnahm als die Stille des Gefängnisses.